ERA UMA VEZ
UM RENEGADO

OBRAS DA AUTORA JÁ PUBLICADAS PELA HARLEQUIN

IRMÃOS TREWLOVE
Desejo & escândalo
O amor de um duque
A filha do conde
A sedução da duquesa
Fascínio da nobreza
A tentação do bastardo

ERA UMA VEZ UM DUCADO
Era uma vez um renegado

Lorraine Heath

ERA UMA VEZ
UM RENEGADO

Tradução:
Daniela Rigon

Rio de Janeiro, 2022

Copyright © 2021 by Jan Nowasky. All rights reserved.
Título original: Scoundrel of my Heart

Todos os personagens neste livro são fictícios. Qualquer semelhança com pessoas vivas ou mortas é mera coincidência.

Direitos de edição da obra em língua portuguesa no Brasil adquiridos pela Editora HR LTDA. Todos os direitos reservados. Nenhuma parte desta obra pode ser apropriada e estocada em sistema de banco de dados ou processo similar, em qualquer forma ou meio, seja eletrônico, de fotocópia, gravação etc., sem a permissão do detentor do copyright.

Direitos exclusivos de publicação em língua portuguesa cedidos pela Harlequin Enterprises II B.V./S.À.R.L para Editora HR Ltda.

A Harlequin é um selo da HarperCollins Brasil.

Contatos: Rua da Quitanda, 86, sala 218 — Centro — 20091-005
Rio de Janeiro — RJ
Tel.: (21) 3175-1030

Diretora editorial: *Raquel Cozer*

Editora: *Julia Barreto*

Copidesque: *Thaís Lima*

Revisão: *Lorrane Fortunato* e *Julia Páteo*

Imagem de capa: *Abigail Miles © Arcangel*

Design de capa: *Renata Vidal*

Diagramação: *Abreu's System*

CIP-Brasil. Catalogação na Publicação
Sindicato Nacional dos Editores de Livros, RJ

H348e

Heath, Lorraine
    Era uma vez um renegado / Lorraine Heath; tradução Daniela Rigon. – 1. ed. – Rio de Janeiro: Harlequin, 2022.
    256 p.   (Era uma vez um ducado; 1)

    Tradução de: Scoundrel of my heart
    ISBN 978-65-5970-173-5

    1. Ficção americana. I. Rigon, Daniela. II. Título. III. Série.

22-77435   CDD: 813
                                      CDU: 82-3(73)

Gabriela Faray Ferreira Lopes – Bibliotecária – CRB-7/6643

Com amor para minha amiga querida Nancy Haddock,
que me ensinou a alegria
de dançar na praia.

E em memória de Jerry Haddock,
um gigante gentil entre os homens,
que sempre fez eu me sentir querida.

Capítulo 1

*Londres
9 de junho de 1873*

— Eu diria que é uma oportunidade maravilhosa para uma de nós conquistarmos um duque.

A voz rouca — como uma lixa finíssima roçando em veludo, uma aspereza suave contra algo tentadoramente macio — fez lorde Griffith Stanwick acordar de supetão com um desejo tão intenso que quase o fez gemer, e seu membro pulsou com uma vontade que não seria satisfeita naquela manhã. Não que ele tivesse interesse em ir para a cama com aquela mulher.

Em um dia bom, ele achava a presença animada de lady Kathryn Lambert um tanto irritante, mas, naquele exato minuto, a maldita jovialidade da mulher era especialmente agravante. Seu cérebro martelava e seu estômago estava embrulhado enquanto ele tentava se lembrar como havia acabado com a cara na terra atrás das cercas vivas do terraço. Terraço onde sua irmã estava decerto tomando café da manhã com a querida amiga, que passava uns dias na casa dos Stanwick enquanto os pais de lady Lambert viajavam pela Itália. Era óbvio que o excesso de uísque fora parcialmente responsável por seu estado infeliz, mas Griff não era nenhum novato em bebedeiras e nunca acabara daquela forma antes. O que mais ele havia aprontado para dormir num canteiro em vez de uma cama de verdade?

— Mas o duque deve estar em busca de uma debutante — afirmou uma voz mais séria.

Lady Jocelyn, outra amiga de sua irmã, era tão irritante quanto lady Kathryn. Pelo visto, ela decidira se juntar às amigas praticamente de madrugada. Quer dizer, madrugada para Griff. Quando o trio se reunia, a fofoca não tinha fim e o silêncio não tinha espaço, e, naquele momento, silêncio era tudo o que ele desejava.

— Com quase 24 anos, somos praticamente solteironas. Teremos sorte se conquistarmos qualquer homem de família nobre.

— Não, nada de "qualquer homem de família nobre", nada de extras — insistiu lady Kathryn. — Isso não serve para mim.

Não era a primeira vez que ele ouvia lady Kathryn dizer aquilo, como se a ideia de casar com um homem que não fosse herdeiro fosse a mesma coisa que rolar no estrume. Apesar da dificuldade em raciocinar, as palavras o machucaram. Conquistar o coração de um segundo filho não era a pior coisa que poderia acontecer a uma mulher. Ele conhecia duques que derrubariam homens com seu bafo, marqueses que riam como mulas, condes com mãos tão moles quanto mingau e viscondes com verrugas. Embora, considerando seu estado atual, talvez ele não devesse julgar os outros.

Além disso, lady Kathryn não era a única a desgostar de homens que nunca herdariam títulos. Era exatamente por este motivo que Griff, aos 27 anos, ainda não tinha conquistado ninguém. Outro motivo era que, como o filho reserva, não tinha a obrigação de prover um herdeiro. Também adorava a solteirice. Zero responsabilidades. Uma mesada modesta. Uma grande quantidade de álcool, apostas e mulheres de moral duvidosa à sua disposição. Uma escapadela diferente a cada noite... Embora as manhãs estivessem ficando cada vez mais tediosas. Não era ruim acordar ao lado de um corpo quente e disponível, porém, se Griff fosse honesto consigo mesmo, até isso estava ficando chato. Mas não tão chato ao ponto de preferir acordar com a cara na terra.

Como diabo ele fora parar ali?

— Como a flecha do Cupido foi certeira comigo, não posso deixar de acreditar que vocês, queridas amigas, também aproveitarão as maravilhas do casamento até o fim da temporada — falou Althea em um tom calmo e determinado, mas com uma pontinha de alegria por sua recente sorte.

— Chadbourne é um homem abençoado — afirmou lady Kathryn.
— Todo mundo em Londres sabe que você o conquistou, e ele será
um marido maravilhoso. Ele está encantado por você. Completamente
encantado.

Griff imaginou a irmã corando e sorrindo ao ouvir o nome do
conde. Althea também estava encantada pelo homem com quem se
casaria em janeiro.

— Como disse, assim como eu, vocês logo receberão propostas.
Estou certa disso. E essa é a oportunidade perfeita de testar minha
teoria.

— Mas será mesmo que é a melhor forma de fazer isso? — perguntou lady Jocelyn. — Escrever uma carta ao duque explicando por
que ele deveria me escolher? Parece muito ousado.

— O duque de Kingsland é um homem muito ocupado, pois cuida
de várias propriedades e fortuna — explicou lady Kathryn. — Ele não
tem tempo para cortejar dama atrás de dama até finalmente encontrar
a mais adequada. A ideia dele é brilhante.

O duque de Kingsland, o solteiro mais cobiçado da sociedade.
O homem que evitava a cena social, que ficava em Londres apenas
tempo o suficiente para cumprir seus deveres com a Câmara dos
Lordes e que nunca perdia em jogos de azar. Pelo que Griffith sabia, o duque tinha poucos amigos próximos, mas detinha grande
fortuna, poder e influência graças a um título que manteve sua
importância por gerações. Isso certamente explicava o anúncio
do homem no *Times* incentivando jovens damas a lhe escreverem,
explanando por que ele deveria considerá-las como duquesas em
potencial. Basicamente uma audição pelo correio. Ele anunciaria
sua escolha em um baile que daria no fim de junho e cortejaria a
sortuda pelo resto da temporada. Então, se decidisse que a dama
era tão adequada quanto sua carta dizia, se casaria com ela até o
fim da próxima temporada.

Tão planejadinho, certinho e absurdamente chato. Griffith preferia
sentir aquela primeira pontinha inesperada de fascínio, de interesse,
e então explorar o potencial de forma lenta e sedutora, descobrindo
gostos em comum, diferenças e segredos. Ele gostava de observar as

peças do quebra-cabeça que se uniam para formar uma mulher intrigante. Algumas coisas eram descobertas antes de irem para a cama juntos, outras durante e outras depois, mas ele sempre gostava de revelar as diferentes partes que criavam o todo. Mesmo que perdesse o interesse após ter a visão completa, a jornada ainda era aproveitada. Para Griff, o importante era saborear as descobertas e apreciar cada nuance como um vinho especial e nunca provado.

— Não sei se é brilhante — disse lady Jocelyn. Não era. Era deveras preguiçoso. Era uma injustiça com a dama, que seria reduzida a uma lista de atributos, como se fosse gado. Além disso, será que uma mulher se conheceria o suficiente para entender o que um determinado homem gostaria nela? — Mas suponho que não faça mal escrever para ele. Não é como se eu tivesse homens se jogando aos meus pés...

— Ótimo! Sempre acho que a competição nos estimula a dar o melhor de nós — exclamou lady Kathryn com alegria.

Griffith sentiu como se uma agulha atravessasse os ouvidos e o cérebro e foi incapaz de conter um gemido de dor.

— O que foi isso? — perguntou sua irmã.

Ele desejou ter o poder de se transformar numa bolinha ou a força para se arrastar para a lateral da casa, mas qualquer movimento faria sua cabeça latejar ainda mais. Era melhor ficar quietinho e torcer para que as damas continuassem a fofocar.

Ouviu o barulho de folhas e um galho quebrando. Pelo visto, torcer não era a melhor estratégia.

— Griff? O que diabo você está fazendo deitado aqui no chão?

Cerrando os olhos — o sol da manhã era sempre tão claro? —, ele olhou para Althea.

— Para ser sincero, não tenho certeza, mas parece que errei o caminho enquanto voltava para casa ontem à noite.

Por alguma razão misteriosa, ele não usara a porta da frente. Talvez seus dedos bêbados não tivessem conseguido pegar a chave no bolso do paletó. Mas, ao tatear o bolso, Griffith não encontrou nada. Será que perdera a chave de casa?

— Você bebeu demais de novo, não é?

— Acho que lembro de algum tipo de comemoração.

Por algumas horas, a sorte esteve ao seu lado nos jogos... até que não esteve mais. O que um homem que perdera dinheiro devia fazer senão afogar as mágoas na bebida?

— Bom, ajeite-se e venha aqui — ordenou ela, como se não fosse três anos mais nova que ele.

Com dificuldade, Griff ficou de pé, apoiou as costas na parede de tijolos e se esgueirou pelo espaço estreito entre parede e folhagem, tentando não se cortar com as folhas afiadas da cerca viva. Quando se aproximou da irmã, ela franziu o nariz.

— Você está fedendo a bebida.

— E como você sabe qual é o cheiro de bebida?

Olhando para as duas damas sentadas na mesa redonda forrada com uma toalha branca, ele forçou seu sorriso mais charmoso — um sorriso que não queria conceder, não apenas por causa da dor crescente em sua cabeça, mas por causa do que ouvira.

— Senhoritas, como estão nesta linda manhã?

— Atrevo-me a dizer que melhor que você — retrucou lady Kathryn, usando o tom especial que guardava só para ele.

— Aqui — falou Althea, pegando o bule. — Tome um pouco de chá. Você parece estar precisando.

Chá não estava na lista de coisas de que Griff precisava. Um banho quente — ele realmente estava cheirando a bebida e charutos —, uma navalha para fazer a barba e o café mais preto possível seria melhor. Se as outras damas não o estivessem encarando com expressões idênticas de nojo, talvez ele pedisse licença e fosse direto para a coisa de que mais precisava: sua cama macia. Mas a consciência de que sua presença irritaria as duas o deixava perversamente feliz, então ele se sentou numa cadeira e aceitou a xícara de chá.

— Você é mesmo gentil, irmã querida.

Cuidar dos outros era típico de Althea. Ele realmente não merecia ter uma irmã tão generosa. Olhando pelo vapor que emanava da xícara, tomou um grande gole de chá. A irmã caprichara no açúcar, e seu corpo reagiu com gratidão — a dor de cabeça diminuiu um pouquinho e deixou o dia pelo menos mais suportável.

Lady Kathryn o olhou com uma cara de desaprovação, com os lábios apertados, e ele não teria se surpreendido se ela de repente falasse: "Você é melhor que isso".

Mas Griff não era. E o motivo era exatamente o que ela mencionara antes. Ninguém queria "extras". Nem as damas da sociedade, nem seu pai, nem sua mãe. Nem mesmo o herdeiro, apenas dois anos mais velho que ele, tinha tempo para Griffith. Mas o uísque, o carteado e as atrizes raramente o dispensavam.

— Talvez a presença do seu irmão seja algo bom — disse lady Jocelyn. — O senhor com certeza ouviu o que estávamos discutindo.

— Peço perdão, senhoritas, não era minha intenção bisbilhotar, mas vocês capturaram toda a minha atenção com suas vozes de veludo.

Lady Kathryn quase revirou os olhos, claramente ouvindo o sarcasmo em sua fala, mas lady Jocelyn sorriu como se estivesse recebendo as Joias da Coroa. Ela nunca lhe passara a impressão de saber ler as entrelinhas.

— Então poderia nos dizer o que acha que devemos escrever ao duque para convencê-lo de que vale a pena nos cortejar?

— E como ele saberia o que um duque deseja? — questionou lady Kathryn.

Griff se permitiu dar um pequeno sorriso sensual e provocante.

— Um duque deseja o mesmo que qualquer outro homem. Uma mulher que seja uma santa perante a sociedade, mas uma devassa no quarto.

Lady Kathryn semicerrou os olhos castanho-claros até que lembrassem duas adagas afiadas. Ela se irritava com muita facilidade e, por alguma razão inexplicável, ele sempre tivera grande prazer em deixá-la brava.

— Isso não ajuda em nada — retrucou ela.

— Mas é a verdade.

— Somos damas da alta sociedade, logo não temos experiência neste quesito e não podemos falar nada sobre nossas habilidades, digamos, sob os lençóis.

Griffith a imaginou embaixo dos lençóis, sendo atiçada por ele até entender de verdade sua habilidade no quesito "prazer". Mas, ao sentir seu corpo respondendo às imagens, ele tratou de logo as afastar da mente. O que tinha na cabeça para pensar em qualquer tipo de intimidade carnal com lady Kathryn?

— Além disso, é nosso marido quem precisa nos dizer o que deseja neste aspecto do casamento — continuou ela.

— Por quê? — perguntou ele, verdadeiramente confuso. — Por que ele deve ser o único a decidir algo sobre o assunto? Decerto já deve ter pensado sobre o que você gostaria, Sardas.

— Nunca, nem pensar — respondeu ela com irritação.

— "Parece-me que a dama faz demasiados protestos."

— Não seja ridículo. Damas não poluem a mente com pensamentos carnais.

— Se nunca os teve, como sabe que eles poluem a mente?

— Você está sendo difícil de propósito.

— Não, estou apenas curioso… O que você acha que acontece entre um homem e uma mulher que seria terrível o suficiente para poluir uma mente imaculada apenas ao ser imaginado?

Ela fez uma cara de quem estava cogitando jogar seu chá nele.

— Você sabe muito bem.

A voz dela havia descido um tom e estava mais séria, e ele sentiu um frio na barriga.

— Carícias em peles nuas, uma mordidinha no pescoço, um aperto aqui e ali? Beijos delineando curvas, descidas e subidas? Como isso pode ser sórdido?

A boca dela se abriu lentamente, e as bochechas mudaram de um leve rosado atraente para um tom de vermelho adorável. Será que, assim como ele, ela estava imaginando a mão dele sem luvas, de palma aberta, deslizando por sua coxa nua em direção ao ponto celestial onde um paraíso inexplorado e intocado o esperava? Jesus. O que diabo havia de errado com ele? Ela era a última mulher que ele queria levar para a cama. Não importava que seu cabelo acobreado refletisse como fogo quando iluminado pelo sol, e que Griff, vez ou outra e sempre para seu próprio desgosto, se perguntasse se as madeixas seriam tão quentes quanto chamas ao toque, se incendiariam o prazer. Não importava que o cheiro dela fosse mais picante do que doce e que ele sempre gostara de comidas bem temperadas. Não importava que os lábios dela fossem mais rosados do que vermelhos e que, nas raras ocasiões em que pintava quadros, ele preferia o encanto sutil dos tons pastéis.

— Griff, não acho que esse assunto seja apropriado para nossa companhia — apontou Althea com hesitação.

— Mas esse é o meu ponto. — Ele esperava que atribuíssem a rouquidão de sua voz ao fato de ter acabado de acordar, e não porque sua boca havia repentinamente ficado tão seca quanto um deserto. — Esse assunto não deveria ser um tabu. Homens podem pensar e discutir isso, e até experimentar, sem o benefício do casamento. Por que as mulheres não podem?

Sua fala rendeu um coral de espanto, e ele balançou a cabeça.

— Mesmo que uma mulher não vá *experimentar* isso fora do casamento — embora Griff não concordasse com a ideia… —, ela deveria ao menos poder pensar e discutir o assunto sem sentir vergonha ou medo de poluir sua mente. — Ele voltou sua atenção a lady Kathryn. — Você *nunca* pensa sobre isso?

— Não.

— Então como pode saber o que deseja, do que gosta?

— Como falei antes, isso é algo que meu marido deverá me mostrar.

— Você nunca me pareceu uma mulher sem opinião em qualquer tipo de assunto. Eu apostaria uma mesada inteira que você já pensou nisso, e pensou bastante.

O frio na barriga só aumentou quando ela inflou as narinas e pareceu prender a respiração. Que imagens ela teria conjurado na mente?

— Griff, creio que você acabou de chamar nossa convidada de mentirosa — disse Althea, claramente chateada.

E ele tinha mesmo, mas apenas porque lady Kathryn estava mentindo. Não que ele fosse insistir no assunto, mas bem que gostaria de descobrir as fantasias dela…

— Peço desculpas. Parece que minhas indulgências da noite passada ainda estão no controle da minha mente e não estou apto a lhes fazer companhia. — Ele empurrou a cadeira para trás e se levantou. Então, virou-se para lady Jocelyn, que fizera a pergunta inicial, pois continuar olhando para lady Kathryn fazia o sangue do corpo bombear para onde não deveria. — Escreva para o duque falando de suas características mais atraentes, sua maestria em etiqueta, seus interesses e suas conquistas.

— Obrigada, milorde.

Ele abriu um pequeno sorriso.

— E que a melhor dama vença.

Então, Griff se afastou da mesa e marchou para dentro de casa, sabendo que o banho quente que desejara anteriormente ficaria para depois. Lady Kathryn podia evitar pensamentos sórdidos para não poluir sua mente, mas a dele já estava cheia de imagens do corpo dela roçando contra o seu, e aquilo pedia um banho muito gelado.

Sentada na sala da frente, com um caderninho praticamente esquecido no colo, Kathryn amaldiçoou lorde Griffith Stanwick pela milésima vez. Ele havia colocado pensamentos lascivos em sua cabeça, e ela não conseguia se livrar deles. Mãos deslizando por ombros desnudos, descendo para lugares que não deveriam. Maldito!

E ele ainda havia insinuado que ela mentira sobre nunca ter tido pensamentos impróprios. Mas que canalha! Óbvio que Kathryn já pensara naquilo, mas fora deveras mal-educado da parte dele insistir que ela confessasse. Uma dama bem-criada não deveria refletir sobre assuntos tão sórdidos, e com certeza não deveria admitir que o fizera — principalmente quando tais pensamentos envolviam o irmão abominável de sua amiga querida praticando atos maliciosos com seu corpo, como roçar os dedos por seu decote ou beijar a parte interna de seu pulso, onde ela sempre pingava um pouquinho de perfume por garantia. Kathryn o amaldiçoou mais uma vez.

Para piorar, ele a chamara pelo apelido detestável que havia lhe dado quando se conheceram pela primeira vez, quando Kathryn tinha apenas 12 anos: "Sardas". Um apelido horroroso. As manchinhas marrons eram um constante pesadelo em sua vida. Após anos usando chapéus que ela odiava e passando todo o tipo de loção milagrosa, as manchas haviam praticamente desaparecido, mas um leve traço delas ainda persistia e se destacava quando ela ficava constrangida. Constrangimento este que, por algum motivo, o lorde Griffith Stanwick conseguia causar com bastante frequência quando estava presente.

Por estar hospedada na casa de sua amiga querida, lady Althea, cruzar o caminho de Griff — como sua irmã o chamava, assim como Kathryn o fazia, mas em segredo — havia se tornado parte regular de seu dia... e de algumas noites também.

Kathryn lutou contra o sentimento de culpa, pois fora ela a responsável por Griff ter dormido ao relento. Sem conseguir pregar o olho na noite anterior, ela decidira pegar um livro na biblioteca quando, no meio do caminho, viu a porta da frente se abrir. Então ele surgiu tropeçando e se apoiou na soleira, sem soltar a maçaneta. Seu estado desgrenhado era deplorável. O nó de seu lenço do pescoço estava desfeito, seu chapéu havia desaparecido e seu cabelo estava espetado para todos os lados, como se uma dúzia de mulheres tivessem passado os dedos pelas mechas — o que provavelmente havia acontecido. Quando ele a viu, um canto de sua boca arqueou.

— Oi, Sardas.

Ela odiava vê-lo daquele jeito, comportando-se igualzinho ao tio George, irmão do pai de Kathryn. O homem bebia muito, jogava mais que trabalhava e normalmente procurava o irmão para pedir dinheiro para resolver seus problemas com apostas. Ele argumentava que receber ajuda era um direito seu, já que o pai dela havia herdado o título e as propriedades, enquanto ele não recebera nada — mesmo que ele fosse herdar tudo eventualmente, já que o pai de Kathryn não tivera filhos homens. Não ajudava nada que a própria mãe do tio George sentia apenas decepção pelo filho. "Nunca se case com um segundo filho", a avó havia lhe aconselhado inúmeras vezes quando o tio aparecia entorpecido em encontros familiares. O tio se importava apenas consigo mesmo e ninguém mais. Ele não se preocupava com a esposa ou o próprio filho, que o puxara em todos os aspectos — inclusive na hora de pedir dinheiro para o pai de Kathryn. "Eu vou herdar tudo isso", ele dizia. "Custa dar um adiantamento?"

E, ao que parecia, lorde Griffith Stanwick era da mesma laia. Ela não devia se importar, mas não conseguia evitar, maldito fosse.

Kathryn só não conseguia entender por quê. Por isso, na noite anterior, quando a oportunidade de o humilhar surgiu, ela não pensou duas vezes e disse:

— Seu pai está chegando. Ele não deveria vê-lo nesse estado. Dê a volta na casa, eu abro a porta para você.

O pai dele não estava vindo. Na verdade, nem estava em casa. Todos sabiam que o homem tinha uma amante e preferia a companhia dela à da mulher e, por isso, dormia fora na maioria das noites. Mas a mente embriagada de Griff não percebeu a mentira, e ele apenas concordou e se apressou para sair pela porta. Kathryn pegou a chave na maçaneta do lado de fora, trancou a porta e guardou a chave no bolso. Depois, correu até a entrada dos criados e garantiu que a porta de trás também estivesse trancada. Por fim, ela encostou na madeira e riu silenciosamente enquanto o lorde batia sem parar na porta.

Então, ele a chamou.

— Sardas! Vamos, Sardas, abra a porta. Seja uma boa menina.

Mas Kathryn não queria ser uma boa menina. Ela queria que ele parasse de chamá-la por aquele apelido ridículo, queria que ele fosse diferente dos dois homens que causavam tanto problema para a família dela.

Após um tempo, ele finalmente desistiu. Depois de criar coragem o suficiente, ela abriu a porta e espiou, mas o lorde não estava em lugar nenhum. Ela sentiu uma onda de pânico até ouvi-lo cantarolar alguma coisa sobre as pernas de uma mulher, então observou-o desaparecer atrás da cerca viva. Tudo ficou em silêncio de novo até Kathryn escutar roncos e concluir que ele merecia dormir na terra.

Mas, agora, ela sentia-se mal pelo que havia feito, já que decidira naquela tarde que pediria um favor a ele. No entanto, era praticamente impossível encontrá-lo sozinho durante o dia, e por isso Kathryn optara por permanecer na sala da frente enquanto Althea e a mãe tomavam chá depois do jantar na sala de estar favorita da duquesa.

Kathryn jantara diversas vezes com a família, mas só naquela noite havia reparado que o duque, sentado na ponta da mesa, conversava apenas com Marcus, o filho mais velho, que estava à sua direita. Nunca com o filho mais novo à sua esquerda.

Embora estivesse sentada do outro lado de Griff, pois apenas seis pessoas ocupavam a mesa — a duquesa na outra ponta e Althea à frente de Kathryn —, ela não conseguira conversar discretamente com ele. À primeira vista, ninguém poderia dizer como ele começara a manhã. Sua fragrância era sedutora, uma combinação de rum e um cheiro unicamente dele, parecendo o aroma da terra no outono. O cabelo dele estava penteado de forma impecável, como se nenhum dedo tivesse passado pelas mechas. Ele também parecia acostumado a ser ignorado, pois sua atenção estava centrada em uma de duas coisas: seu prato ou sua taça de vinho.

Em alguns momentos, o duque perguntara algumas coisas para Althea, e uma vez perguntou a Kathryn se ela tivera notícia da chegada dos pais à Itália. Ela respondeu que sim, e que os dois estavam bem, então o duque contou sobre sua última viagem para Roma. Ele parecia gostar mais de falar do que ouvir.

Os pais dela chegariam em Londres na tarde do dia seguinte, e Kathryn voltaria para casa na manhã subsequente. Não que os jantares fossem ficar mais confortáveis. Os pais dela estavam tentando reacender a chama do casamento, basicamente excluindo todos os outros no processo. E por isso haviam viajado. Nenhum dos dois era muito bom em expressar sentimentos, mas Kathryn recebera todo o amor que precisava da avó. Suas melhores lembranças eram dos dias que passara com ela no chalé da praia.

Será que Griff tinha algum lugar que lhe trazia conforto? Não que ela ficasse exatamente feliz em sentir empatia por ele, até sentia um pouco de culpa pela intenção de usá-lo, mas ela precisava fazer o necessário para conseguir o que queria.

Kathryn estava certa de que ele sairia naquela noite, pois tinha saído todas as noites desde a chegada dela. E era exatamente por isso que ela estava na sala da frente com seu caderninho no colo, listando todas as suas qualidades. Ou tentando, pelo menos. Até aquele momento, havia apenas escrito "habilidosa no uíste". Lady Jocelyn tinha razão. Parecia pomposo demais se gabar sobre as próprias qualidades, embora Kathryn não tivesse dúvidas de que a amiga aceitaria o desafio de listar suas melhores características. Ela devia ter, inclusive, usado uma grande quantidade de folhas de papel almaço no processo. Kathryn nunca teve o mesmo nível de autoconfiança que Jocelyn, e até achava aquilo algo irritante na amiga, o que explicava por que se sentia mais próxima de Althea.

No entanto, era extremamente necessário que Kathryn chamasse a atenção do duque. Ela tinha um dote considerável, que incluía o chalé no qual a avó vivera os últimos anos de sua vida antes de falecer. O local seria colocado em seu nome para que Kathryn o utilizasse como moradia quando fosse viúva, enquanto o restante do dote seria transferido para seu marido. Mas ela não se importava com o restante, queria apenas o chalé. Entretanto, para consegui-lo, a condição no testamento de sua avó era que Kathryn precisava se casar com um homem de títulos. Como seu tio inútil herdaria tudo da família, seguido de seu primo, a avó quisera ter certeza de que Kathryn estaria segura, e obviamente não confiara que o futuro conde fosse cuidar das necessidades de sua neta querida. A avó acreditava que apenas um homem de títulos pudesse oferecer a Kathryn a vida que ela merecia. Porém, a cada ano que se passava após sua primeira temporada, a probabilidade de atingir esse objetivo e garantir a coisa que mais almejava no mundo parecia mais distante.

Kingsland era perfeito. Kathryn já o vira uma vez. Ele podia ser menos pomposo, mas, até aí, a maioria dos duques era. Afinal, eles eram duques. Kathryn seria uma esposa dedicada, lhe daria um herdeiro e mais um filho e, quando ele se cansasse dela, ela encontraria conforto no chalé. Naquela casa aconchegante e com as lembranças do amor da avó, ela conseguiria suportar qualquer coisa.

Kathryn ouviu passos pesados na escadaria de mármore. Já que o duque e seu filho mais velho haviam saído mais cedo, só poderia ser Griff. Deixando seu caderno de lado, ela ficou de pé, arrumou as saias e marchou para a porta.

Ele vestia o mesmo casaco azul-marinho e colete prateado que usara no jantar e segurava o chapéu na mão. A visão fez seu coração palpitar, como sempre acontecia quando tinha um primeiro vislumbre dele. Mas certamente era só porque eles haviam se estranhado e ela estava se preparando para a conversa. Não tinha relação alguma com o fato de ele ter se tornado um homem lindo com o passar dos anos.

Griff não a viu, pois já estava colocando a mão na maçaneta da porta da frente. Ela sentiu uma onda de pânico diante da perspectiva de perder sua oportunidade e rapidamente pegou a chave dele do bolso.

— Milorde, acredito que encontrei sua chave.

Ele parou de supetão e a estudou de cima a baixo. Ainda bem que ela usava um vestido verde-claro que a favorecia e amenizava seu rubor.

Griff avançou em sua direção, e Kathryn se perguntou por que seu espartilho parecia estar ficando mais apertado conforme ele se aproximava e seu olhar ficava mais evidente. Os olhos dele sempre foram lindos. Um azul-escuro com tracinhos acinzentados.

— Onde você a encontrou?

— Na frente da casa. Estava passeando esta tarde e lá estava ela, no chão.

— Curioso… — Como ele ainda estava sem luvas, os dedos dele roçaram os dela quando Griff pegou a chave, e um calor estranho subiu pelo braço e se espalhou por todo o corpo dela. — Procurei na frente da casa depois que as deixei no jardim e não encontrei nada.

Maldição! Sua mentira estava quase sendo descoberta.

— Bom, você deve admitir que não estava em boa forma essa manhã. Talvez sua visão tenha sido afetada.

Os olhos dele capturaram os dela.

— Então você acha que tenho uma boa forma, lady Kathryn?

Griff abaixou o tom de voz e falou como se estivessem compartilhando um segredo delicioso. Kathryn sentiu vontade de retrucar, mas começou a perceber coisas nele que nunca havia reparado antes. Quando os ombros dele ficaram tão largos? Quando começara a preencher as roupas tão bem? À primeira vista, ele parecia ter um corpo bem torneado. Será que praticava algum esporte? Griff era o irmão de sua amiga mais querida, e apesar disso ela sabia tão pouco sobre ele…

Mesmo assim, ela ignorou a pergunta.

— Suponho que esteja saindo para alguma casa de jogos ou clube de cavalheiros.

— Como filho extra, eu tenho alguma outra opção?

O sarcasmo em sua voz era claro. Ele estava se referindo ao que ouvira naquela manhã. Ela não tinha nada contra segundos filhos, apenas contra aqueles com atitudes reprováveis, como o tio e o primo. Infelizmente, Griff se encaixava na mesma categoria.

— Juntar-se ao exército, tornar-se um vigário, tentar uma vaga como membro do Parlamento.

— Não é possível que você realmente me veja fazendo qualquer uma dessas coisas.

— Você pretende ser um cavalheiro que não faz nada por toda a sua vida?

Por que ela havia perguntado aquilo? Por que estava prolongando a conversa?

Algo parecido com desejo brilhou nos olhos azuis antes de ele dar um passo para trás.

— É, também conhecido como um "libertino". Obrigado pela chave.

Dando uma piscadela, Griff guardou o latão no bolso do casaco e virou-se para sair.

— Você não tem uma corrente ou um relógio de bolso.

Griff voltou sua atenção a ela, e Kathryn se perguntou por que havia demorado tanto para perceber que ele não possuía nenhum dos dois. Por que o interesse repentino?

— Não. Quando Marcus fez 18 anos, nosso pai lhe deu de presente o que havia ganhado do nosso avô. Achei que ele me daria um quando eu fizesse 18 anos, mas, como já se passaram seis anos desde então, acho que é melhor eu mesmo comprá-lo.

— O que ele te deu de presente quando você fez 18 anos?

— Que eu lembre, nada.

As palavras soaram como se Griff estivesse comentando algo mundano, sem qualquer tipo de emoção, mas como não ter se decepcionado?

— Lamento muito.

Outro tipo de emoção brilhou nos olhos azul-acinzentados. Raiva, vergonha, irritação.

— Não preciso da sua pena. Agora, se me der licença, preciso ir. A dona Sorte e outras damas esperam por mim.

Ele tentou sair de casa mais uma vez.

— Por acaso você verá o duque de Kingsland esta noite?

Dessa vez, quando ele a encarou, seus olhos estavam semicerrados e sua mandíbula estava tensa.

— É possível. Frequentamos o mesmo clube.

Kathryn umedeceu os lábios e juntou as mãos ao dar um passo na direção dele.

— Você me faria a gentileza de lhe perguntar o que, exatamente, ele busca em uma esposa?

Ele sacudiu a cabeça levemente.

— O duque é um completo boçal. Ele não tem a capacidade de se importar com ninguém além dele mesmo. Você será infeliz se casar com ele.

Como se ele se importasse com sua felicidade. Na verdade, Kathryn achava que fazê-la infeliz era o objetivo da vida de Griff.

— Por favor. Tenho minhas razões para desejar ser cortejada por ele.

— Para vencer lady Jocelyn?

Ela abriu um leve sorriso.

— Em parte. Mas tenho outras razões que são mais pessoais.

— Você pretende escrever mentiras em sua carta ou mudar quem é para ser o que ele deseja?

— Não mentirei em minha carta, mas certamente vou enfatizar as qualidades que tenho se forem as que ele procura.

Griff suspirou com pesar.

— Se a oportunidade aparecer, perguntarei a ele. Mas não vou mudar meus planos ou estragar minha noite para lhe fazer esse favor ridículo.

— Obrigada, milorde. Aprecio muito sua generosidade.

— O dia que você apreciar algo sobre mim, lady Kathryn, será o dia em que o Inferno congelará.

O sorriso dela ficou mais atrevido.

— Suponho que esteja certo. E, aproveitando, espero que você não beba demais a ponto de esquecer a resposta do duque.

— Por que você acha que eu beberia a ponto de esquecer algo?

Será que ele não lembrava onde havia acordado naquela manhã?

— Ouvi você dizer a Althea que não lembrava como havia ido dormir atrás da cerca viva.

— Ah, isso. A perda de memória é temporária. Eventualmente, lembrarei de tudo.

Kathryn não teria ficado tão tensa nem se ele virasse um balde de água gelada em sua cabeça. Por Deus, ela esperava que ele estivesse errado.

— Boa noite, Sardas.

Ele ajeitou o chapéu na cabeça e marchou para a porta.

Ora, o maldito!

— Você não reparou que não tenho mais sardas?

Abrindo a porta, ele deu um passo para fora antes de se virar para ela com um sorriso que faria uma dama mais frágil desmaiar.

— Mas ainda lembro da posição de cada uma delas.

Então, Griff desapareceu na noite, e Kathryn se arrependeu de ter devolvido sua chave e ter lhe pedido um favor... e também de gostar tanto de suas provocações.

Capítulo 2

Enquanto a carruagem que ele pedira mais cedo sacolejava pelas ruas, Griff tirou a chave do casaco e quase sentiu o calor dos dedos de lady Kathryn no metal. Era possível que o sol da tarde tivesse reluzido na chave durante seu passeio e ela encontrara o que ele não conseguira, mas também era provável que algo mais perverso tivesse acontecido.

Lampejos de lady Kathryn trajando sua camisola passaram por sua mente. Será que ela foi a responsável por fazê-lo dar a volta na casa e dormir na terra? Era bem do feitio da atrevidinha.

E quanto às suas sardas, é claro que ele notara que não estavam mais lá. Ele notava tudo sobre lady Kathryn — sempre o fizera, o que era extremamente irritante. O modo como seu cabelo vermelho parecia quase castanho nas sombras, mas brilhava na luz do sol. O modo como a ponta de seu nariz fazia uma curvinha para cima, como se estivesse inclinando-se para receber um beijo. A maneira como as sobrancelhas ruivas se uniam quando ela estava preocupada. O jeito com que os lábios formavam um sorriso encantador. O modo como a boca tinha o formato perfeito para um beijo, e como ele já acordara inúmeras vezes com o membro pulsando por ter sonhado com ela.

Era um dos motivos pelos quais ele gostava de atormentá-la, para deixar sua boca em uma constante expressão de irritação — embora até isso o provocasse. A grosseria dele garantia que ela manteria a distância. Não era segredo que ele era o tipo de homem que lady Kathryn nunca consideraria, muito menos o que a merecia. Griff era um plano B, o reserva que, se tudo desse certo, nunca seria necessário. Ela, por outro lado, estava destinada a conquistar um lorde de prestígio, um nobre herdeiro. Um duque.

Mas ela realmente precisava ter pedido sua ajuda para isso?

A carruagem parou e ele ficou de pé enquanto um criado chegou para ajudá-lo.

— Obrigado, James — agradeceu ele. — Pode retornar. Voltarei sozinho para casa quando eu estiver pronto.

Isso, claro, após dar uma passadinha em seu clube favorito.

— Está bem, milorde.

Quando a carruagem desapareceu pela rua de paralelepípedos, Griff apoiou-se no poste de luz e observou o prédio de três andares do outro lado da rua. Não havia nenhuma luz acesa. A construção estava completamente depredada, abandonada e negligenciada. A afinidade que ele sentia pelo local era ridícula, mas desejava o edifício com tanta intensidade que acabava tomando decisões tolas e apostava afoitamente tentando comprá-lo. O prédio estava à venda, mas ele não podia pagar.

Porém, tinha planos. Griff queria restaurar o prédio para sua antiga glória e transformá-lo em um clube que não aceitaria filhos herdeiros como membros. Seria um lugar para segundos filhos, seus irmãos mais novos e outros homens com dinheiro, mas que não eram bem-vindos na alta sociedade. Seria um lugar para mulheres esquecidas, solteironas e jovens que sofriam por escândalos na família. Um lugar para que os considerados impróprios pela sociedade — ou aqueles que *deveriam* estar na sociedade — se encontrassem para comer, beber e experimentar prazeres proibidos.

Mas, primeiro, ele precisava arrecadar fundos.

Com este objetivo em mente, Griff marchou em direção ao clube Dodger. Ele tinha dinheiro no bolso, vinte e cinco libras para gastar com apostas, tudo o que restava de sua mesada. Quando o valor acabasse, suas apostas cessariam também. Ele nunca pedia dinheiro emprestado, muito menos por crédito. Era muito fácil cair na armadilha de achar possível pagar o empréstimo com uma carta virada ou girada de roleta. Para Griff, ou ele ganhava com o que tinha em mãos, ou perdia tudo. Na noite anterior, abocanhara duzentas libras em apostas e então perdera tudo em um piscar de olhos quando decidira jogar um "tudo ou nada" ganancioso na roleta. Insistindo na estupidez, decidira encher a cara para tentar amenizar a decepção. Entretanto, tudo o que conseguiu foi uma manhã dominada pela ressaca. Mas tudo aquilo era passado. Era a hora de recomeçar. Era a hora de ganhar.

Griff não gostava do blefe de quatro cartas, mas lá estava ele, pois aquele era o jogo favorito do maldito duque de Kingsland. Ele preferia ganhar dinheiro em outros tipos de jogos, mas como viu um lugar vago ao lado do duque assim que entrou no clube, decidiu fazer logo o favor a lady Kathryn. Mesmo que aquilo fosse deveras inconveniente. Talvez ele devesse pedir algo em retorno. Precisaria pensar melhor no que ela poderia oferecer, algo que fosse comparável ao tamanho de sua irritação.

As apostas iniciais foram feitas, fichas colocadas no pote e cartas distribuídas. Após analisar sua mão, Griff descartou a carta de que não gostou e pigarreou.

— Pois bem, Sua Graça... — Kingsland era o único duque na mesa, então ele não precisava ser mais claro. — Vi seu anúncio no *Times*. O que exatamente deseja em uma esposa?

— Silêncio.

A palavra foi dita de forma tão brusca e desdenhosa que Griff decidiu permanecer no jogo até deixar Kingsland sem um único tostão. Não era uma criança para ser repreendido daquela forma. Quando ele jogasse sua cartada final, o duque se arrependeria de sua atitude intragável.

Após descartar uma carta, Kingsland olhou para Griff com uma expressão intimidadora, a qual sem dúvida praticara desde criança. Pena que não funcionava com Griff, já que ele perdera a conta de quantas vezes recebera o mesmo olhar de seu pai.

— Quero uma esposa silenciosa. Uma esposa que não me incomode quando estou focado em assuntos importantes. Uma mulher que fale pouco, mas que saiba fazê-lo quando for necessário.

— Você por acaso conhece as mulheres?

O comentário de Griff foi seguido de diversas risadinhas dos outros quatro cavalheiros sentados à mesa.

— Sim, conheço muito bem — respondeu o duque.

— Então sabe que pedir para uma mulher não falar é a mesma coisa que pedir ao sol para não brilhar. Além disso, por que desejar o silêncio quando se pode ter conversas agradáveis?

— Não é como se você precisasse ouvir o que elas falam — disse um dos homens com um sorriso. — Uma voz suave costuma ser o suficiente para mim.

O olhar do duque pousou no visconde quase como um tapa.

— Silêncio é uma coisa boa — gaguejou o pobre rapaz. — Eu gosto do silêncio.

— Então talvez devesse praticá-lo — sugeriu Kingsland em um tom de veludo.

— Sim, Sua Graça.

O lorde voltou os olhos para suas cartas como se elas fossem voar para longe. Enquanto isso, o duque olhou atento para Griff.

— Você é o segundo filho do duque de Wolfford, não?

— Precisamente.

— E você tem uma irmã, pelo que lembro.

— Tenho.

— Ela planeja me enviar uma carta?

Griff fez um som de deboche, implicando propositalmente que estava feliz pela irmã não precisar brigar pela atenção do duque pelo correio.

— Acho difícil. Ela já conquistou a atenção do conde de Chadbourne.

— Ah, sim, vi o anúncio do noivado no *Times*. Então por que seu interesse em saber o que busco em uma esposa?

— Apenas curiosidade, garanto. Você decidiu tentar um cortejo de um jeito diferente, e me perguntei por que os métodos tradicionais não eram do seu gosto. Pensei que, talvez, você estivesse procurando por algo mais raro.

— Considero os métodos tradicionais de cortejo um tédio e uma completa perda do meu tempo precioso. Por que gastar horas em um salão de baile, sofrendo a cada apresentação, dança após dança, quando posso simplesmente ler os atributos das damas como eu faria com uma empreitada na qual pretendo investir? É mais rápido, fácil e eficiente.

— Você vê sua esposa como um investimento?

— Mas é claro. Por acaso *você* não conhece as mulheres? Elas custam uma fortuna. Prefiro não gastar minhas moedas cortejando uma que não compensará os dividendos. Você vai continuar ou passar?

Griff jogou mais fichas na pilha, indicando que continuaria no jogo. No fim, ele ganhou a mão e mais algumas rodadas, recuperando as duzentas libras que perdera na noite anterior. Ele não queria pensar que devia algo a lady Kathryn por ela mantê-lo longe da roleta e por, sem querer, tê-lo levado à mesa de cartas, nem que precisava atribuir um pouco do sucesso daquela noite a ela.

Capítulo 3

Kathryn não conseguia pregar os olhos. Não deveria ter pedido nada a Griff. Ele aceitara muito rápido, ou seja, ele a provocaria horrores pelo favor solicitado, fosse cumprido ou não. E, se Griff conseguisse a informação que ela desejava, provavelmente cobraria um preço por isso. Mas valeria a pena.

Por que a avó não lhe deixara o chalé diretamente? Por que havia aquela condição estúpida? Será que era porque Kathryn passara muito tempo brincando com as crianças da vila? Será que a avó havia pensado que ela se casaria com o filho do ferreiro ou o do padeiro? Sua família era realmente tão obcecada com seu lugar na sociedade assim? Por acaso isso lhes trouxera felicidade?

Se o tio ou o primo não cuidassem dela, ela não seria capaz de cuidar de si mesma? Kathryn poderia trabalhar como babá, governanta ou dama de companhia. Ela não via problema algum em trabalhar, na verdade até achava que isso lhe daria a liberdade que tanto desejava. Por que os casamentos eram tão importantes para a aristocracia? Por que uma mulher não deveria ser desejada para algo além de fornicar, ter filhos e ser um enfeite para o marido?

Uma batidinha em sua porta a tirou dos devaneios. Eram quase duas da manhã. Um pouco tarde para Althea querer fofocar sobre a temporada ou a sociedade, mas um pouco cedo para Griff ter retornado de sua noite de decadência. Será que havia acontecido algo com seus pais?

Jogando a coberta de lado, Kathryn pulou da cama e correu para abrir a porta. Seu coração quase parou. *Era* Griff. Embora seu lenço de pescoço estivesse desamarrado, ele não parecia tão desgrenhado quanto na noite anterior. E nem cheirava tão mal. Na verdade, sua fragrância era até gostosa. Kathryn sentiu um toque de uísque no ar, mas não parecia que Griff havia mergulhado em um barril cheio da bebida. Ela não se lembrava de já tê-lo visto tão relaxado quanto naquele momento. O menor dos sorrisos mudava seu rosto e fazia seus olhos brilharem.

— Tenho o que você pediu — afirmou ele em palavras claras e concisas.

Ele não estava falando enrolado, até soava feliz e triunfante. Kathryn não queria pensar em quão bonito era o lorde Griffith Stanwick quando estava feliz e triunfante.

— Você falou com o duque?

Griff se apoiou na soleira da porta.

— Falei.

— E o que ele disse?

Um dos cantos de sua boca se ergueu mais um pouquinho.

— O que está disposta a dar em troca da informação sobre as preferências do duque?

Por que ele não podia desapontá-la uma só vez? Por que ela não podia estar errada em pensar que ele pediria algo em troca?

— Por que não pode simplesmente me contar?

— Porque tive muito trabalho. — Ele abaixou um pouco a cabeça e arqueou uma sobrancelha loira. — Exatamente como eu disse que teria.

Ela suspirou pesadamente.

— E o que você quer?

Levantando a mão, ele acariciou sua trança com a ponta dos dedos antes de soltar as mechas presas.

— Quero que solte seu cabelo, como a Rapunzel.

Ela piscou, confusa.

— Para que você tire sarro depois sobre o quanto ele é horrível?

— Por que você acha que ele é horrível?

— Porque é de um tom avermelhado estranho, não tem uma cor bonita. E eu tenho muitos cachos rebeldes.

— A cor é exatamente o que me faz gostar dele. Ele é brilhante, não opaco e sem vida. É por isso que sempre imaginei como ele ficaria espalhado no... — Ele parou de supetão e sacudiu a cabeça. — Como ficaria solto.

— Você gosta de algo em mim?

— Uma coisinha só. Não fique metida.

O resmungo dele a deixou mais tranquila. Então, ela segurou a ponta da trança e tocou a pequena fita que prendia as madeixas.

— Eu faço isso.

Kathryn observou enquanto os dedos habilidosos dele puxavam o laço feito por sua criada. Com uma lentidão quase angustiante, ele esticou a fita até que o cetim escorregasse pelas mechas de cabelo e sumisse no pequeno bolso de seu casaco.

— Continue.

A voz dele era rouca, suave, quase sensual.

Por que será que Griff não terminara a tarefa? Ou melhor, por que Kathryn queria tanto que ele o fizesse? Ele a estudou com tanta intensidade enquanto ela desfazia a trança que o ar ficou mais pesado, mais difícil de respirar.

— Mais devagar — sussurrou ele.

— Nunca pensei em você como um homem paciente.

Os olhos dele pousaram nos dela e permaneceram ali por alguns segundos antes de retornar às suas mãos.

— Apenas para algumas coisas.

— Como mulheres?

Ele abriu um sorriso atrevido.

— Certamente.

Kathryn diminuiu ainda mais o ritmo dos dedos, tanto por ele quanto para si mesma. Ela gostava de vê-lo com pupilas dilatadas e boca levemente entreaberta. Talvez ela nem percebesse se não estivesse observando-o tão de perto. Em bailes, ela conversara e dançara com vários cavalheiros, mas nenhum deles a olhara daquela forma, como uma fera prestes a devorá-la.

Por isso, era muito estranho que o lorde Griffith Stanwick a olhasse daquela maneira. Talvez ele estivesse mais bêbado do que ela pensava e esquecera quem estava em sua frente. E do fato de que os dois sempre se estranhavam.

Quando soltou a última parte da trança, ela balançou a cabeça para soltar as madeixas e o ouviu ofegar. Kathryn fez o mesmo. Não estava nem um pouco confortável com o calor e os estranhos formigamentos que pareciam percorrer seu corpo de maneira caótica. Precisava dar um basta naquilo.

— Então, o que o duque deseja em uma esposa?

— Silêncio.

Cerrando os punhos, ela bateu no ombro dele com força, e Griff deu dois passos para trás.

— Mas que diabo…?!

Griff não estava mais hipnotizado por seu cabelo e agora lhe lançava um olhar tão feio quanto o que ela dirigia a ele.

— Eu fiz o que pediu e você me pede silêncio? Vai descumprir sua promessa?

Ele fez uma careta enquanto massageava o ombro.

— Kingsland precisa de uma esposa silenciosa. Arrisco dizer que será difícil você cumprir este requisito.

Ah. Bem. Ela sentia-se uma tola. Tirando a mão dele da frente, Kathryn começou a massagear o ombro que havia atingido. Não esperava encontrar tanta firmeza, tanta força. Era óbvio que ela julgara mal o que Griff fazia com seu tempo, pois seus músculos indicavam claramente que ele não passava o dia todo sentado ou deitado.

— Peço desculpas pela confusão, embora você pudesse ter respondido direito e evitado isso tudo. O que mais ele deseja?

Quando o silêncio se estendeu, ela olhou rapidamente para cima e o pegou estudando sua mão como se nunca tivesse visto uma. Kathryn não conseguia se lembrar de ter tocado nele com tanto propósito antes. O roçar de seus dedos ao lhe entregar a chave não contava, mesmo que ela tivesse perdido o ar por alguns segundos. Consciente da intimidade que estava demonstrando, ela deu-lhe um tapinha como se ele fosse um cão que queria enxotar.

— Pronto, pronto, sarou.

Assentindo, ele olhou para os dois lados do corredor, como se estivesse em busca de uma rota de fuga para o que vagarosamente se tornava um encontro cada vez mais estranho.

— Você não respondeu. O que mais ele deseja?

Griff voltou sua atenção a ela, mas parecia preocupado com algo, pois suas sobrancelhas estavam franzidas.

— Apenas silêncio.

Ela assentiu.

— Bom, isso é fácil.

Ele riu tão alto que o som pareceu ecoar por toda a casa antes de acertar seu peito como uma flecha certeira.

— Até parece.

A irritação dela com o homem era infinita, mesmo quando ele a estava ajudando. Ela colocou as mãos na cintura.

— Sou completamente capaz de controlar minha língua quando necessário.

— Por que está considerando se casar com um homem que não tem o mínimo interesse em ouvir seus discursos encantadores?

Kathryn não conseguia dizer se ele estava apenas provocando ou sendo sarcástico. Claro que Griff nunca havia pensado duas vezes no que ela dizia.

— Porque pode ser a única maneira de conseguir o que mais quero na vida.

— O quê? Um marido? Um duque? O título de duquesa?

Se Griff não tivesse falado com tanto desgosto, talvez ela tivesse fechado a porta na cara dele. No entanto, Kathryn sentiu uma necessidade inquietante de responder para que ele não a julgasse de forma errada.

— Um chalé.

Griff odiava ser surpreendido por lady Kathryn, mas isso estava se tornando rotina. Alguns minutos antes, a carícia dela em seu ombro quase o fizera perder o juízo, e ele começara a considerar como seria bom retribuir o carinho. Que erro teria sido.

— Um chalé?

— Sim. Próximo ao mar. O Chalé Windswept pertencia à minha avó, mas só poderei herdá-lo se me casar com um nobre de título até meu vigésimo quinto aniversário. Farei 25 anos em agosto do ano que vem. Kingsland pode ser minha última chance de alcançar esse objetivo a tempo.

Ele sabia bem como era desejar uma propriedade com mais afinco que a razão.

— Kingsland mencionou algo sobre não querer ser perturbado em momentos de concentração. Minha nossa, ele não falou nada de útil...

— Com certeza não valeu a pena ter soltado meu cabelo. Eu deveria fazer você penteá-lo e trançá-lo de novo.

Ah, passar os dedos pelas madeixas avermelhadas, descobrir se elas eram tão sedosas quanto pareciam, dividi-las em três partes...

Por Deus, era apenas o cabelo dela! Toda mulher com quem já se deitara tinha cabelo. Ele mesmo tinha cabelo. Então por que sentia os dedos formigarem com a vontade de descobrir a textura das mechas de lady Kathryn?

— Eu provavelmente faria uma bagunça.

Ela abriu um sorriso doce, como se os dois nunca tivessem trocado farpas, como se ele não fosse um segundo filho.

— Sim, muito provavelmente. Você também é um péssimo espião. Mas, pelo menos, cumpriu sua promessa e conseguiu uma pequena informação que será importante para mim, então obrigada. Ainda mais por ter sido um inconveniente tão grande para você.

Mas Griff havia terminado a noite duzentas libras mais rico, então ele é quem precisava agradecê-la.

— Ficarei atento para ver se descubro mais alguma coisa.

— Agradeço, milorde.

— Lady Kathryn, você é amiga da minha irmã há doze anos, e é sua confidente mais querida. Talvez seja hora de esquecermos as formalidades.

— Você sabe exatamente há quanto tempo sou amiga de Althea?

Griff se lembrava do primeiro momento em que pusera os olhos nela. Lady Kathryn usava um vestido azul, e um chapéu branco estava pendurado em sua nuca por fitinhas delicadas enquanto ela corria pelos campos de trevo, rindo... antes de sua governanta lhe chamar a atenção por se comportar como uma espevitada. Talvez aquele fosse outro motivo pelo qual ele tentava mantê-la longe. Por ter se sentido tão atraído pelo som da sua risada de sereia. Ou porque sabia que estaria perdido caso visse aquela garota espevitada de novo.

— Não exatamente. — Ele deu um passo para trás. — Já está tarde. Melhor eu ir dormir. Peço desculpas por atrapalhar seu sono com informações insuficientes.

— Eu não estava dormindo.

— Assim como não estava dormindo ontem, quando cheguei.

Ah, lá estava o rubor que ele adorava provocar, subindo por seu pescoço delicado e invadindo suas bochechas. Será que ela ficava corada no corpo inteiro?

— Não sei do que está falando — respondeu ela, ríspida.

— Que mentirosa você é, Kathryn. Eu disse que lembraria. Talvez você me devesse a visão do seu cabelo solto, afinal.

Ela fez uma cara de indignação que lhe rendeu boas risadas no caminho até o quarto dele. Griff só parou de rir quando pegou a fita de cabelo em seu bolso, acariciando-a. Era estúpido sentir ciúme de um pedaço de fita, da intimidade que aquele tecido tinha com Kathryn.

Fora por pouco, mas ele quase havia confessado que desejava ver as madeixas avermelhadas soltas e espalhadas em seu travesseiro branco. Ou no peito dele. O cabelo dela era tão longo que facilmente alcançaria a virilha dele. Griff gemeu quando a parte rebelde de sua anatomia reagiu instantaneamente, como se as mechas sedosas estivessem roçando e provocando seu membro naquele exato minuto.

Ele não sabia por que decidira se atormentar e pedir aquele favor em específico. Deveria ter pedido por algo mais simples, algo que o deixaria feliz por mais de três minutos — mesmo que a lembrança daqueles três minutos nunca fosse desaparecer. *Sorria sempre que me vir. Ria quando eu contar uma piada, mesmo que ela não seja engraçada. Olhe para mim como se eu não fosse irritante. Goste da minha companhia. Nunca mais prenda seu cabelo com presilhas ou fitas.*

Ele poderia ter pedido tantas coisas, mas, como era de costume, escolhera a gratificação mais intensa e imediata que ela não poderia negar. E, agora, restava a Griff sofrer, sem a esperança de conseguir mais.

Capítulo 4

Griff desembarcou do cabriolé e fez o caminho até a porta de casa sem pressa, sentindo-se relativamente otimista após a reunião com seu advogado. Um advogado de cuja existência ninguém da família sabia.

Não eram apenas as apostas e a euforia em vencer que o atraíam às mesas de jogo dos clubes. Eram as informações sobre várias oportunidades de investimento que ele conseguia arrancar dos presentes. Ele sabia que não seria possível abrir seu negócio se dependesse apenas de vencer nas mesas, mas, se investisse de forma correta parte de seus ganhos, certamente lucraria mais. Griff estava determinado a compensar a merreca de mesada que recebia do pai. Então, devolveria cada centavo para ele com o sorriso mais atrevido do mundo.

Ele sabia, que quanto maior o risco, maior o retorno. Infelizmente, dois investimentos haviam dado prejuízo, e outro ainda precisava se pagar — apesar de parecer promissor.

Mas, na noite anterior, após ter embolsado grande parte do dinheiro do duque, o homem o convidou para um drinque e mencionou que estava investindo em empresas de soluções habitacionais, que construíam casas para famílias necessitadas. Griff decidiu investir apenas metade do que havia conquistado, mas, com sorte, garantiria uma renda estável. Depois, caso sua situação financeira permitisse, investiria mais.

Estava quase dando pulinhos quando entrou em casa e entregou o chapéu ao mordomo.

— Minha irmã está em casa?

— Ela está repousando, milorde.

— E lady Kathryn também, presumo?

— Não, senhor. Ela está no jardim.

Griff não gostou muito quando seu coração palpitou diante da possibilidade de passar um tempo sozinho com ela. Se ele fosse um homem inteligente, iria direto para seu quarto e se distrairia com um bom livro. Mas já havia passado a tarde inteira sendo inteligente e estava com vontade de ser rebelde.

Ela estava sentada em um banco de ferro sob a sombra de um olmo, perto de delfínios que floresciam em explosões de rosa, roxo e branco. Mas Kathryn era mais colorida que tudo em seu vestido lilás e suas madeixas avermelhadas cascateando por seus ombros e costas, presas apenas por uma fita branca. Ela provavelmente devia ter desfeito o penteado mais elaborado que costumava usar antes do cochilo à tarde que a mãe dele insistia que todas as damas deveriam tirar. Um chapéu de palha e aba larga repousava perto de seus pés. Ainda bem, pois o rosto delicado não estava escondido nas sombras enquanto ela olhava ao longe, as sobrancelhas franzidas em preocupação, os dentes mordendo o lábio inferior quando sua boca devia apenas ser beijada. Em seu colo, havia um caderninho praticamente esquecido.

— Você não deveria estar cochilando?

Ela virou a cabeça em sua direção e, por alguns segundos, pareceu feliz em vê-lo. Mas rapidamente disfarçou suas emoções, embora o sorriso, se não os olhos, permanecesse caloroso.

— A tarde está tão adorável que seria um desperdício passá-la dentro de casa.

— É melhor não deixar minha mãe saber disso. Ela vai desmaiar.

O sorriso dela aumentou.

— Ela acredita mesmo que uma dama precisa descansar. Eu nunca cochilo em casa, e não sofro por causa disso à noite. — Ela inclinou um pouco a cabeça, como um cachorrinho tentando entender seu dono. — Você não apareceu no café da manhã nem no almoço.

— Precisava cuidar de alguns negócios e comi no clube. Posso me sentar? — Ele indicou a metade vazia do banco.

— Claro.

Ela puxou as saias volumosas o máximo que podia contra o próprio corpo enquanto ele se sentava no metal frio, sem se preocupar em manter uma distância respeitável.

O banco havia sido feito para o descanso de namorados durante um passeio pelos jardins, então ele estava o mais próximo dela do que já estivera na vida. A brisa suave levou o aroma dela até ele, uma fragrância provocante de laranjas — a fruta favorita de Griff — com canela. Algumas mechas haviam escapado da fita e emolduravam o rosto delicado. Lady Kathryn não o encarou, mas ofereceu um pouco mais que seu perfil. Ele desejou ter talento para o desenho, mas se contentou em gravar a imagem adorável em sua mente.

— O que está escrevendo?

Ela suspirou e o olhou de soslaio, corando levemente.

— Estou tentando enumerar minhas qualidades.

— Ah, a carta para o duque.

O maldito duque. O homem que conheceria a sensação de ter aquele corpo feminino colado ao seu sem camadas de tecido como obstáculos.

Ela assentiu, corando tanto que suas bochechas pareciam prestes a pegar fogo.

— É uma experiência esclarecedora. Acho que descobri o motivo de ser quase uma solteirona. Sou um tanto inapta e tediosa.

Duvido muito. Mas Griff estava descobrindo que ela era muito mais modesta do que ele pensava, e aquilo era encantador. Ele apostaria que outras damas não estivessem tendo a mesma dificuldade para listar suas conquistas, e suspeitava até que algumas estariam tomando certas liberdades ao incluir qualidades. Aptidões para dança que não existiam. Tendências a serem engraçadas ou afiadas quando nunca causavam nem mesmo o esboço de um sorriso. Habilidades perfeitas para gerenciar uma casa quando não tomavam conta nem de si mesmas.

Ele estendeu a mão.

— Posso ver?

Ela revirou os olhos com tanto exagero que o teria feito ir embora em outra situação.

— Você só vai rir ou me provocar sobre o que escrevi.

Por Deus, ele não entendia por que se importava tanto com o que ela havia escrito, ou por que ela conseguir o que desejava havia se tornado tão importante de um dia para o outro.

— Não vou. Prometo.

Kathryn se remexeu no banco para encará-lo, novamente franzindo a testa.

— Por que está sendo tão simpático comigo? Estou acostumada a brigar com você, não a conversar.

Só o diabo sabia, mas ele certamente não revelaria aquilo.

— Porque, da próxima vez que eu chegar bêbado em casa, não quero correr o risco de dormir no jardim porque você não abriu a porta dos fundos para mim. Prefiro que me ajude a subir a escada.

— Você lembra de tudo?

— Tudinho.

O brilho malicioso nos olhos dela, o sorrisinho mostrando que ela pensava estar se safando de ter cometido uma travessura... Até que Griff gostava da expressão triunfante dela ao pensar que estava em vantagem.

O suspiro dela se misturou ao sussurro do vento, e um choque de puro desejo percorreu seu corpo até seu membro quando ele a imaginou suspirando em uma circunstância bem diferente, bem mais carnal e comandada pela volúpia.

— Me sinto um pouco culpada por como o tratei.

— Só porque foi descoberta.

Os lábios rosados quase abriram um sorriso. Tudo em seu rosto era delicado. Será que o mesmo se aplicava ao que ele não podia ver?

— É verdade.

Por um momento, Griff ficou confuso e pensou que ela estava confirmando que possuía mamilos claros e uma pele rosada entre as coxas. Sua próxima respiração saiu trêmula.

— Bom, se serve de consolo, nem meus pais, nem Althea, teriam me deixado entrar também.

— Você sempre fica bêbado daquele jeito?

— Não, mas tive uma noite de decepções em mesas de apostas e estava me sentindo triste e bravo comigo mesmo. Um mau julgamento da minha parte me levou a mais decepções. Mas a noite de ontem foi bem melhor, exceto a parte da espionagem. — Ele estalou os dedos. — Vamos, me mostre o que escreveu.

Ela lhe passou o pedaço de papel devagar.

Habilidosa em uíste.
Domino o piano.
Falo apenas quando tenho algo importante para dizer.

Griff não podia julgar os dois primeiros pontos porque nunca jogara cartas com ela ou a ouvira tocar. O último era debatível, e sem dúvida uma tentativa de demonstrar que podia ser silenciosa, ainda que ela conversasse com ele mesmo quando não tinha algo importante para dizer — bastava sentir vontade de provocar, de evocar alguma reação. E ele sempre fora rápido para cair na armadilha, até porque qualquer tipo de atenção por parte dela era melhor que nada. Entretanto, ao reler a lista, ficou claro que, por mais que ela escrevesse seus pontos fortes com outras palavras, o duque jogaria sua carta na lixeira. Griff tinha razão. Era impossível para uma dama identificar em si os atributos que chamariam a atenção de um homem.

— Ele quer uma esposa silenciosa. Não vai jogar uíste com você, muito menos pedir para que toque o piano. — Griff não pôde deixar de pensar que a vida do duque seria mais pobre se ele não partilhasse de tais atividades com Kathryn. — E por você ter escrito duas qualidades que não o interessam, ele provavelmente vai questionar a veracidade da terceira.

— Então o que você sugere?

— O que está disposta a dar em troca da minha sabedoria?

— Seu canalha. — O brilho provocante nos olhos dela fez o peito dele apertar. Ela já sabia que ele pediria algo em troca, e Griff estava extasiado por ela conhecê-lo tão bem. — Guardarei minha primeira valsa no baile do duque para você — sugeriu ela.

— Você acha que vou esperar duas semanas para reivindicar meus ganhos?

— A espera vai deixar tudo melhor.

Griff participara de alguns bailes, mas nunca havia dançado com ela. Ele se imaginou segurando-a nos braços, guiando-a pela pista de dança. Ah, aquilo era algo que gostaria de experimentar uma vez na vida...

— Preste atenção no que vou confidenciar. É muito raro um homem revelar segredos que prenderiam outro companheiro em um casamento.

O sorriso de triunfo de Kathryn abalou suas estruturas.

— Então você aceita a troca?

Ele deu de ombros, como se aquilo não tivesse importância, como se não estivesse ansioso para reivindicar sua recompensa.

— É uma boa desculpa para eu aprender a valsar.

— Você sabe valsar. Eu já o vi dançando.

Griff ficou satisfeito com a noção de que ela o tinha notado em bailes passados, e torceu para que o tom levemente alterado dela significasse pelo menos uma pontinha de ciúme.

— É mesmo?

Kathryn mexeu nas saias, como se tivesse encontrado um fio solto imaginário.

— Você é o irmão da minha amiga mais querida, não é como se eu não fosse notá-lo na pista de dança.

— Mas nunca falou comigo durante as danças.

Ela o encarou com os olhos cheios de remorso; olhos que estavam quase azuis à luz do dia. Griff já havia reparado que o tom avelã mudava dependendo do que ela vestia.

— Descobri que, às vezes, é melhor ignorar alguém quando não temos certeza se seremos bem recebidas.

— Posso provocar você de vez em quando, Sardas, mas nunca faria algo para envergonhá-la em público. Você sabe disso, não é?

— Agora eu sei.

Eles se encararam por um longo momento, como se estivessem pesando palavras, confissões, interesses e vulnerabilidades. Ela foi a primeira a desviar o olhar, umedecendo os lábios, e de repente ele sentiu um frio na barriga que o teria deixado de joelhos se estivesse de pé. Será que ela sempre tivera esse poder sobre ele? Sempre fora provocante e sedutora com tão pouco esforço? Ou será que a consciência de que ela estava em busca de outro homem acordara nele a ideia de que ele gostaria de ser o procurado?

Mas um casamento entre os dois não daria a Kathryn o que ela mais desejava.

Ele pigarreou.

— Preste atenção, querida, pois você ficará deslumbrada com minha sabedoria.

Ela abriu o sorriso mais lindo e despretensioso que ele já vira. Quente e generoso, do tipo que valia o início de uma guerra.

— Você é muito convencido.

Griff não sentiu um tom de reprovação, apenas provocação brincalhona. Nada do tom cáustico e cheio de repreensão que ela costumava usar com ele.

— Você não deveria reclamar. Está prestes a se beneficiar do meu conhecimento superior.

— Então me deixe impressionada. Diga o que devo escrever para chamar a atenção do duque.

Inclinando-se para observar melhor seu rosto delicado, ele estendeu um braço no encosto do banco. Sem tirar os olhos dela, passou o dedo por um cachinho sedoso que repousava em seu ombro. Ela não demonstrou se importar, então Griff tocou mais um.

— Diga que seu cabelo é como o fogo, que seus olhos são como o musgo da floresta, mas que mudam de cor dependendo do seu humor. Que ficam do verde das plantas de um jardim frondoso quando está feliz ao marrom da terra quando está triste e ao azul do céu ao amanhecer quando está dominada pela paixão.

Ela arregalou um pouco os olhos.

— Não falarei nada sobre *paixão*. E você certamente não viu meus olhos em um momento como esse.

Griff havia visto muito mais. Havia visto seus olhos quando Kathryn ficara excitada na noite anterior, quando ela soltou o cabelo. Olhos que refletiram em tons de azul como um caleidoscópio de calor, desejo e excitação.

— Por que está ofendida? Não fica animada ao ouvir uma boa ópera? Ao ver um lindo pôr do sol? Com a chegada da sobremesa? Especialmente quando ela envolve morangos.

Griff também havia visto aquilo. Como ela gostava de morangos. Ele daria uma tigela inteira por um de seus sorrisos.

Kathryn abaixou a cabeça.

— Achei que estava se referindo a outra coisa.

— Em qual tipo de paixão estava pensando?

Ela levantou a cabeça rapidamente, e seus olhos castanhos brilhavam raivosos, em todos os tons.

— Creio que você sabe muito bem a que tipo de paixão achei que você estivesse se referindo.

Ele deslizou os dedos para baixo dos cachinhos e acariciou sua nuca, sentindo os pelinhos arrepiarem.

— A que envolve desejo, atração, libidinagem.

— Você não deveria estar me tocando dessa forma.

— Dê um tapa na minha mão, então. Ou deixe ela aí, para descobrirmos de que cor ficam seus olhos quando você fica abalada pelo desejo.

— Você não me abala dessa forma.

— Então que mal há em um simples toque?

Tirando o fato de que ele ficava abalado por desejar algo que não devia e que, se não tratasse de se controlar, ela saberia exatamente o tamanho de seu desejo.

— Por que o duque se importaria com o meu cabelo ou meus olhos?

— Porque ele quer uma dama para adornar uma prateleira, mas que possa ser retirada de vez em quando para enfeitar seu braço.

— E não é isso que todo homem deseja? Você não quer ter uma mulher para enfeitar seu braço?

— É claro que quero uma mulher em meu braço, mas meu orgulho em tê-la ali não terá relação alguma com a cor de seu cabelo ou de seus olhos. Nem com os traços delicados de seu rosto ou seu pescoço esguio. Eu terei orgulho de sua inteligência, sua compaixão, sua ousadia. Eu nunca a colocarei na prateleira para ser esquecida, como se ela não fosse mais que uma boneca apreciada apenas por sua beleza, e não por sua cabeça. Eu quero que ela compartilhe sua opinião sobre diversos assuntos, que converse sobre coisas que são importantes para mim e para ela, que discuta comigo e que, nas raras ocasiões em que eu esteja errado, me convença de que está certa. Eu quero tê-la ao meu lado por que dou valor ao seu julgamento, porque ela não terá medo de ser honesta comigo. E porque ela me fará sorrir, dar gargalhadas e sentir orgulho de acordar com ela em meus braços.

Em algum momento durante seu discurso ridículo, Griff a segurou com mais intensidade pela nuca, como se quisesse puxá-la para si. Ela o encarava com os lábios entreabertos, com uma expressão de quem nunca tinha ouvido tanta baboseira. O que raios o havia possuído para inspirar aquele discurso?

Griff nunca pensara em ter uma esposa ao seu lado, nunca cogitara as qualidades que gostaria na mulher com que talvez se casasse. Mas, de repente, sabia o que desejava, e reconhecia que aquilo — *ela* — era o que ele sempre quis. Uma mulher com espírito competitivo, que analisava uma situação de forma realista, em vez de romântica, e que era capaz de enfrentá-lo com firmeza. Uma mulher que o provocaria, zombaria dele e diria quando ele estava sendo rude e que precisava agir como uma pessoa melhor. Uma mulher que o fizesse sentir vontade de *ser* uma pessoa melhor, que evocasse suas melhores qualidades. Uma mulher que o completasse, para que ele se sentisse inteiro, e não um quebra-cabeça com uma peça perdida.

— Sobre que tipo de coisas você gostaria que ela opinasse? — perguntou ela. — Que assuntos importantes vocês discutiriam?

Kathryn soava verdadeiramente interessada. Como será que ela reagiria se a resposta dele fosse um beijo? Nos últimos tempos, a curiosidade de saber como seria pressionar a boca à dela havia tomado conta da mente dele. Queria entreabrir os lábios rosados, iniciar uma valsa sensual entre suas línguas, aprofundar o beijo até que as unhas dela cravassem seus ombros e ela emitisse apenas suspiros.

Griff observou os músculos delicados em seu pescoço sedoso trabalharem quando Kathryn engoliu em seco. Será que ela também pensava em como seria beijá-lo? Será que reclamaria se a mão dele em sua nuca a puxasse para mais perto? Para evitar que seu corpo traiçoeiro agisse, ele a soltou e apertou o encosto do banco.

— Se quer mesmo saber, encontre-me no hall de entrada após todos terem se deitado esta noite. Sem acompanhantes.

Ela piscou, confusa, e estudou seu rosto.

— Isso seria um escândalo.

— Só se você for pega.

Ela umedeceu o lábio superior com a língua antes de mordiscar o inferior com os dentes. Por Deus, ela estava considerando a ideia. Uma sensação estranha, que ele suspeitava ser euforia, percorreu o corpo dele. Griff esperava que ela recusasse o desafio sem pestanejar, não que estivesse considerando suas vantagens.

— Se concordar com o encontro, pode escrever a Kingsland que é aventureira.

— Você acha que não sou?

— Você é?

Ela negou com a cabeça lentamente, parecendo envergonhada pela confissão.

— Nunca faço o que não devo.

— Enquanto eu faço tudo o que não devo.

— É mesmo mais divertido?

— Me dá histórias para contar. — Ele inclinou-se na direção dela. — Você não quer ter histórias para contar, lady Kathryn?

Ela o estudou de cima a baixo com tanta intensidade que Griff quase sentiu como se os dedos dela estivessem passando por cada linha e curva de seu corpo. Ele só não conseguia entender por que desejava tanto ser analisado minuciosamente por Kathryn. Sua mente costumava ser mais ligeira, mas ele não conseguia pensar em algo além dela, além daquele momento, nem parar de se perguntar o que estava passando naquela cabeça espertinha. Será que o duque gostaria de uma mulher que lhe daria trabalho? De uma mulher que o faria imaginar o que diabo ela estava pensando?

— Por que está sendo tão generoso, me dando informações sobre como posso conquistar Kingsland, sendo que não gosta dele? Por acaso você quer que eu seja infeliz?

Aquela era a última coisa que ele queria.

— Você não precisa se casar com o duque, mesmo se ele a escolher, caso decida que ele não é apropriado para você. Embora seja possível que vocês combinem.

Ela passou o dedo pelo caderninho.

— Mas por que está oferecendo conselhos? Por que está me ajudando a conquistar o duque? Nunca concordamos em nada antes.

— Talvez eu tenha decidido que está na hora de concordarmos em algo. Além disso, já expliquei que prefiro que me ajude a subir a escada quando eu estiver bêbado.

— Mas eu voltarei para a casa dos meus pais amanhã de manhã, então não poderei mais ajudá-lo. O que vai ganhar com isso?

Por que ela estava tão desconfiada? Era tão difícil assim aceitar que era apenas sortuda e teria a ajuda dele?

— Uma valsa.

Kathryn claramente não gostou da resposta, pois franziu a testa e apertou os lábios.

— Mas você poderia simplesmente ter pedido por uma dança. Por que nunca me chamou para dançar?

— Você sempre foi muito explícita sobre sua aversão a segundos filhos.

E Griff sempre levara isso para o pessoal, embora agora soubesse o verdadeiro motivo. Não que ele gostasse, mas pelo menos entendia...

— Não é uma aversão, mas seria um desperdício encorajar o cortejo de um. Sinto muito se dei a impressão de que você é... menos importante.

— Nunca me ofendi.

Era mentira, mas de que adiantaria deixá-la se sentindo mal sobre isso? Ela era apenas uma vítima de condições sobre as quais não tinha controle algum.

Kathryn o examinou com uma determinação que ele nunca vira nela antes, e Griff temeu que ela estivesse tentando mergulhar em sua alma, mesmo que o local fosse miserável e complicado.

— Ah, aí estão vocês! — chamou Althea, aparecendo pela curva do caminho que serpenteava o jardim e que dava um pouco de privacidade para namorados que decidiam aproveitar o banco.

Enquanto ele simplesmente se recostou no banco e cruzou os tornozelos, Kathryn deu um pulo culpado e ficou de pé num instante, como se ser pega tão perto dele fosse um pecado. Ou talvez fossem os pensamentos dela que estavam à beira do pecado. Talvez ela não estivesse tentando mergulhar em sua alma, e sim pensando em deslizar os dedos em seu corpo.

— Eu estava escrevendo minha carta para Kingsland.

— Então suspeito que você esteja precisando de um descanso. Que tal um passeio no parque?

— Seria ótimo.

— Griff, quer vir conosco? — perguntou Althea. — Assim não precisarei incomodar um criado.

Ele não deveria. De verdade. Já havia passado muito tempo na companhia de Kathryn. Só o fato de ter compartilhado pensamentos tão íntimos e a convidado para se encontrar com ele já era um prelúdio para o desastre. O que diabo estava pensando? Ele precisava se distanciar, mas as palavras necessárias evaporaram de sua cabeça, e em vez disso se ouviu dizer:

— Eu adoraria.

Capítulo 5

Enquanto os cavalos trotavam por Rotten Row, Kathryn olhava de soslaio para Griff, do outro lado de Althea. As regras de decoro ditavam que a amiga deveria servir como uma barreira entre os dois, e ainda assim Kathryn estava decepcionada por estar longe dele, por não poder mais conversar com ele na atmosfera íntima do jardim — quando, por um segundo, ela achou que ele estava considerando beijá-la. E, por um segundo, ela quisera ser beijada.

Ele cavalgava bem, levando a mão ao chapéu sempre que uma dama passava e dando um sorriso que certamente fazia a moça quase escorregar da sela. Ela nunca havia reparado em como o sorriso dele era encantadoramente libertino, cheio de promessas de aventura e diversão. Será que todas as provocações que ela tanto abominava eram, na verdade, um flerte inofensivo? Ele não parecia levar nada a sério… ou assim Kathryn pensava.

Mas com base no que observara nos dias que passara na casa de Althea, talvez o jeito leve dele fosse apenas como uma vinha que escala cada vez mais alto para esconder um muro atrás do qual uma pessoa poderia se sentir segura.

Eles nunca tinham conversado tão longamente quanto no jardim, e Kathryn gostara muito. Mais que isso: ela até ficara irritada com Althea pela interrupção, pela amiga ter dado fim a uma conversa que revelou um homem e sua crença de que uma mulher deveria ser mais que um enfeite.

Ela ficou apenas ouvindo, hipnotizada, enquanto Griff descrevia o que desejava em uma esposa, como se ele tivesse refletido muito sobre o assunto, quando ela teria apostado que ele não gastara um minuto de sua vida pensando em casamento. Ele se importava com o coração e a alma de uma mulher. Ele a queria envolvida em sua vida, que fosse parte dela. Não afastada. Não como um pensamento tardio.

Embora fosse altamente improvável que ele estivesse fazendo isso, Griff poderia muito bem estar a descrevendo. Kathryn não queria analisar por que esperava tanto que aquilo fosse verdade, ou por que pensara *ah, se ele herdasse um título...*, ou ainda porque seu coração parecia encolher e expandir ao mesmo tempo. Ela sentiu que fora vista de verdade durante a conversa no jardim, sentiu que Griff compreendia que ela não queria ser esquecida, mas valorizada — e não por seus atributos físicos, mas por sua mente, seu coração e sua alma acima de tudo.

Era como se algo em seu interior tivesse se torcido e revirado, acumulado e desdobrado, até que ela o viu sob uma luz muito diferente. Ele era muito mais complicado do que ela jamais imaginou, e Kathryn queria destrançar os fios para examinar em detalhe os vários tons que formavam quem ele era. Pelo visto, linhas de prata e ouro também compunham a grande tapeçaria que era o lorde Griffith Stanwick.

— Postura, Kat — disse Althea. — Acredito que o duque de Kingsland está vindo em nossa direção.

Kathryn estava tão absorta em pensamentos, examinando sua conversa com Griff no jardim, que não prestara atenção aos arredores. Sim, de fato, lá estava o duque vindo em sua direção, cavalgando de forma tão suave que ele e o cavalo pareciam um só. Ela não deveria estar se sentindo nervosa pela ideia de falar com ele? Não deveria se importar que o homem com quem desejava se casar estava se aproximando? Não deveria sentir vontade de destrançar a tapeçaria que formava o duque?

Eles pararam os cavalos pouco antes do duque alcançá-los. O olhar do duque a estudou antes de olhar para Griff.

— Boa tarde, milorde.

— Sua Graça. Permita-me a honra de apresentar minha irmã, lady Althea, e sua querida amiga, lady Kathryn Lambert.

O duque tirou o chapéu, preto como as asas de um corvo, da cabeça.

— Senhoritas. Acredito que preciso parabenizá-la, lady Althea. O lorde Chadbourne é um homem de sorte.

— Obrigada, Sua Graça.

Então, ele voltou a atenção para Kathryn, como se ela fosse um enigma a ser decifrado.

— Lady Kathryn, você está comprometida?

— Esta é uma pergunta um tanto quanto impertinente.

— Mas atinge logo o cerne da questão, não?

De soslaio, ela viu que Griff endureceu em cima do cavalo. Como será que ele conseguira a informação do que o duque desejava em uma esposa?

— Não tenho pretendentes no momento.

Ele não precisava saber que ela nunca tivera pretendentes. Sim, alguns cavalheiros já haviam flertado com ela vez ou outra, mas Kathryn não encorajara nenhum deles porque não gostou de nenhum.

O olhar do duque disparou para Griff, então de volta para ela, como se estivesse avaliando os dois e tentando resolver um mistério.

— Então devo receber uma carta sua em breve, antes do meu baile.

— Para ser sincera, ainda não me decidi.

— Ah, creio que tenha decidido, sim.

Patife arrogante.

— Espero, Sua Graça, que você não planeje dizer à sua esposa o que ela pensa ou que decisões tomou.

— Se ela precisar ouvir, eu certamente direi. Nunca ouviu falar que um marido diz à esposa sobre o que ela deve gostar ou não?

Aquilo era uma piada? Kathryn não tinha certeza.

— Por que você gostaria de uma esposa que não consegue pensar sozinha?

— Por que eu gostaria de uma que pode me contrariar?

— Pelo desafio — respondeu Griff.

O duque franziu a testa e olhou feio para Griff.

— Já tenho desafios suficientes na vida.

— Mas este seria muito mais agradável. Você não poderia acusá-la de ser entediante. Não ficaria ansioso e animado para saber o que ela diria na próxima conversa?

Será que ele estava falando dela? Será que Griff ficava ansioso para saber o que ela falaria e faria? De repente, o mundo virou do avesso. Aquilo era um elogio?

— Seu argumento é interessante. — O duque voltou a encará-la com um olhar intenso. Aparentemente, pelo seu foco, o homem não fazia nada pela metade. — O que tem a dizer, lady Kathryn? Você garantiria que meus dias nunca fossem chatos?

— Não apenas seus dias, mas também as noites.

O cavalo de Griff deu um pequeno sobressalto, um bufo e um passo para o lado, mas ele logo controlou o animal. O duque ficou completamente imóvel, exceto pelos olhos estudiosos que a percorreram como se ela tivesse saído de uma caverna para a luz do sol e ele a estivesse vendo de forma mais clara pela primeira vez.

— Sou muito boa em ler em voz alta, sei dar vida a uma história — continuou ela. — Meu pai sempre elogiou meu entusiasmo.

— Leitura… — Ele pigarreou. — Claro, era disso que estava falando.

E que outra coisa seria? Jesus! Será que ele havia pensado sobre atos feitos na cama? E Griff também? Será que as palavras dela o assustaram tanto que até seu cavalo sentiu?

— Posso garantir que lady Kathryn será uma ótima companheira para o marido — disse Althea, animada.

— De fato.

O duque não tirou os olhos dela.

— Embora eu me atreva a dizer que ainda é preciso ver se *o duque* será um ótimo companheiro para a esposa — provocou Kathryn. — Talvez você devesse ter falado mais sobre si mesmo em seu anúncio, Sua Graça, para que as damas pudessem ter certeza de que gostariam de escrever para você.

O olhar dele se intensificou.

— Achei que uma dama não se importaria com nada além do título.

— Isso se aplica a algumas damas, mas não a todas.

— Isso não se aplica a lady Kathryn — afirmou Griff. — Ela não é superficial.

— Não?

— Não, Sua Graça, ela não é.

Griff falou com um tom tão curto e grosso que o duque olhou rápido para ele antes de voltar a encará-la.

— Diga-me, lady Kathryn, você joga xadrez?

— Sim, Sua Graça. Você preferiria jogar xadrez em vez de ouvir minha leitura à noite?

— Isso ainda será determinado. Entretanto, fiquei curioso. Para você, qual é a peça mais importante do xadrez?

Que tipo de pergunta era aquela? Por acaso ele queria medir sua inteligência?

— A rainha.

— O peão.

— Mas a rainha pode se mover em qualquer direção.

— Você discutiria comigo?

— Se eu achasse que está errado, sim. Mas também lhe daria a chance de defender seu ponto de vista.

— Eu aprecio muito sua piedade. — O tom dele implicava que, talvez, ele não apreciasse tanto assim. — De fato, a rainha é a mais poderosa, mas não a mais importante. O peão é a chave para qualquer boa estratégia. No entanto, por ser uma peça pequena e existirem tantas, muitas vezes é ignorada. Muito parecido com segundos filhos, eu acho.

— Então seu irmão mais novo é mais importante que você?

— Sem dúvida. Meu pai teria o sacrificado sem pensar duas vezes para que eu ficasse seguro, então ele é crucial para o meu bem-estar. Nunca subestime o peão.

— Você sacrificaria seu irmão?

— Rezo para que eu nunca esteja em uma situação para descobrir a resposta. — O duque virou-se para Griff. — Espero vê-lo nas mesas em breve, milorde. Estou lhe devendo uma sova. — Ele tirou o chapéu. — Senhoritas.

Ele incitou o cavalo a continuar, mas logo em seguida parou e virou-se novamente.

— Lady Kathryn, não se esqueça de colocar em sua carta que é a garota faladora que encontrei no parque, para que eu dê mais atenção à leitura.

— Achei que não gostasse de garotas faladoras, e sim das quietinhas.

O duque encarou Griff com uma expressão de triunfo, como se agora soubesse para quem ele havia feito perguntas.

— Talvez você possa me convencer de que eu estava errado.

Depois que ele se afastou e estava longe o suficiente, Althea deu um gritinho que assustou levemente os cavalos.

— Ele estava flertando com você!

— Estava?

Kathryn achara o duque um homem muito impertinente. E também estava incomodada que Althea parecia mais animada com a ideia de que ele pudesse estar flertando do que ela mesma.

— Com certeza. O que você acha, Griff?

— Certamente.

Griff parecia tão desanimado quanto ela.

— Ah, Kat, acho que o encontro de hoje foi muito auspicioso e vai lhe dar uma vantagem na competição. — Althea segurou sua mão. — Acredito que você será a próxima duquesa de Kingsland.

— Acho que você dá importância demais a uma breve conversa. Por que ele optaria por uma mulher que é quase uma solteirona a uma garota que acabou de ser apresentada à sociedade?

— Ele me parece alguém que prefere maturidade a frivolidades.

Mas também preferia uma mulher que concordasse com ele, em vez de ter opiniões próprias. Será que ela conseguiria segurar a língua?

Quando eles voltaram a cavalgar, Griff fez seu cavalo contornar Althea até ficar ao lado de Kathryn.

— Por acaso você estava tentando arruinar suas chances com ele?

Ele parecia realmente zangado, como se ela o tivesse atacado pessoalmente, mais parecido com o Griff de antes da conversa no jardim.

— E por que você se importa com isso?

— Porque tive muito trabalho por você. O que ele pensa de mim está em jogo.

— Você contou a ele que estava perguntando por mim?

— É claro que não. Eu não cheguei a mencionar que daria conselhos sobre a carta. Fiz parecer que estava apenas curioso sobre a ideia, mas parece que ele adivinhou. Ele fez uma cara de arrogante, como se tivesse certeza de ter entendido tudo.

— Percebi. E você está certo. Estou em dívida com você e deveria ter sido mais receptiva com ele. Mas será que preciso mentir sobre meu jeito?

— Você pode mostrar sua verdadeira personalidade depois do casamento.

Ela riu.

— Isso vai apenas garantir um casamento infeliz para nós dois. Talvez nunca tenhamos um grande amor, mas podemos pelo menos ter um relacionamento sincero. Não posso me casar por menos que isso.

— Às vezes, é preciso fazer sacrifícios para se conseguir o que deseja.

E o que ele sabia sobre sacrifícios? Se concordasse em acompanhá-lo mais tarde, talvez ela perguntasse. Embora estivesse muito tentada a encontrá-lo depois que todos se deitassem, Kathryn ainda não havia tomado uma decisão. Aceitar o encontro exigia que ela depositasse muita fé e confiança nele.

— O que vocês dois estão cochichando? — perguntou Althea.

— Estamos apenas conversando sobre a impressão que o duque passou — disse Griff.

— Eu o achei bem simpático — afirmou Althea. — E você, Kat, o que achou dele?

Ela suspirou.

— Fiquei um pouco decepcionada por ele não ter se lembrado de já termos nos conhecido.

— Quando vocês se conheceram? — perguntou Griff, não parecendo nada feliz com a informação.

Ela o encarou.

— Há dois anos, em um baile. Ele até dançou comigo.

— Deve ser um engano. Ele não pode ter te esquecido se dançou com você.

— Você nunca se esqueceria de mim se tivesse dançado comigo?

— É o que vamos descobrir — resmungou ele, resignado.

E se ela nunca se esquecesse dele após dançarem juntos?

Capítulo 6

Ao pé da escadaria, Griff estava encostado em um suporte de pedra que servia de apoio para uma estátua de lobo com a cabeça erguida e boca aberta, como se estivesse uivando para a lua ou para alguma ameaça ou injustiça. Ele mesmo tivera muita vontade de uivar mais cedo, no parque, quando Kathryn voltara a demonstrar seu jeito briguento. Se o duque quisesse uma esposa silenciosa, ele certamente não queria uma que respondesse com tanta acidez e presunção, como se sua opinião fosse tão importante quanto a dele. Mesmo se fosse, e mesmo que ela tivesse usado ótimos argumentos. Mesmo que Griff tivesse sentido vontade de aplaudir, e mesmo que ele tivesse sentido orgulho por ela não se acovardar perante um homem com um título importante e de prestígio.

No entanto, Kathryn arruinaria suas chances com o duque se não tivesse cuidado. E ele queria que ela vencesse a maldita disputa. E também queria que ela o encontrasse naquela noite, mesmo com a consciência de que as chances de isso acontecer fossem minúsculas. Kathryn não confirmara em palavras que apareceria, não dera nenhuma impressão com suas ações que o encontraria, então Griff muito provavelmente estava esperando para se decepcionar.

Inclusive, ele já deveria ter saído. Deveria alterar os planos que fizera mais cedo por achar que Kathryn aceitaria seu convite. Ela decerto estava aconchegada na cama, sonhando com o duque levantando a barra de sua camisola e deslizando os dedos por sua pele sedosa.

Griff não conseguia entender como Kingsland não se lembrava de já ter conhecido Kathryn antes. Como era possível um homem ser apresentado a ela — ou simplesmente colocar os olhos em Kathryn — e esquecer que ela existia? Ainda mais depois de tê-la nos braços e dançar com ela. Era um absurdo pensar que um homem não se lembraria dela. Da cor avermelhada incomum de seu cabelo, do fogo em seus olhos, de sua língua afiada. Como era possível ter a atenção dela por toda uma música, deleitar-se em sua presença e não guardar a experiência na memória? O próprio Griff tinha muitas lembranças dela que nunca esqueceria, embora nenhuma fosse exatamente dele ou lhe fora dada de propósito. A visão de Kathryn em um campo florido com Althea. Sentada em uma toalha e aproveitando um piquenique com a irmã dele, rindo alto o suficiente para assustar os pássaros. Subindo e descendo as escadas em um baile. Valsando com um lorde após o outro.

Franzindo a testa para ele. Olhando para ele com uma cara feia. Tentando segurar uma risada por algo que ele dissera. Essas eram suas lembranças favoritas, quando ele quase rompera o semblante frio que ela usava em todos os seus encontros.

Griff nunca tinha pensado nessas lembranças antes de ouvi-la dizer que estava de olho no duque. Agora parecia que elas estavam dentro de uma espiral, girando e girando em sua mente, como um borrão de ações, e ele não conseguia fazê-las parar.

O que estava esperando? Sabia que todos estavam dormindo, pois ficara lendo *Vinte mil léguas submarinas* até ouvir todas as portas fechando. O fato de ela não ter aparecido até agora só podia significar que não viria. E por que viria, afinal? Ele havia dito o que ela deveria escrever ao duque, e ela fora reapresentada a Kingsland naquela tarde. O homem nunca mais esqueceria dela. Kathryn tinha uma vantagem decisiva sobre as outras damas que a deixaria em uma boa posição.

Toda a baboseira que Griff falara naquela tarde era motivo de vergonha. Ele nunca havia pensado no que procurava em uma esposa, nunca nem tivera a intenção de se casar, então por que ele havia dado a impressão do que queria e do que faria? Por que de repente estava achando a companhia dela tão agradável?

Era óbvio que ela não sentia o mesmo, e Griff precisava parar de sonhar. Mudar seus planos era simples. Ele poderia ir para uma casa de apostas. Havia uma carruagem esperando, e os cavalos já deviam estar impacientes.

Ainda assim, lá estava ele, incapaz de desistir da última centelha de esperança, o resquício frágil de expectativa de que, naquela noite, poderiam deixar de lado a animosidade mal concebida que sempre existira entre eles e, em vez disso, desfrutar da companhia um do outro. No que ele estava pensando...

Todos os seus pensamentos evaporaram quando ouviu o abrir e fechar de uma porta. Griff se desencostou do suporte de pedra e olhou para a escada quando Kathryn apareceu, descendo de dois em dois degraus. Ela usava uma peliça para se proteger do frio da noite e, por baixo, ele teve um vislumbre do vestido esmeralda que ela usara no jantar.

— Peço desculpas pelo atraso — falou ela ofegante, como se tivesse corrido desde seus aposentos. — Althea foi ao meu quarto para conversarmos mais uma vez sobre o encontro com Kingsland no parque. Obrigada por me esperar.

Ela viera. Griff estivera certo de que ela não apareceria, mas, diante de sua gratidão por ele ter esperado, não entendeu por que duvidara.

— Estamos no horário.

— Mesmo assim, percebi que nunca confirmei que havia aceitado o convite, nem reafirmei que de fato estou interessada em saber mais sobre o que você citou de forma misteriosa no jardim. Então, vai me contar?

— Farei melhor que isso: vou mostrar.

Kathryn nunca tinha feito nada tão ousado — ou escandaloso — quanto subir em uma carruagem com um cavalheiro durante as últimas horas da noite, sem acompanhante e ninguém sabendo. Mas

Griff era o irmão de sua amiga mais querida. Ele não faria nada de errado. Ele era confiável.

Ou assim ela pensara um dia. Naquele momento, a mente dela era apenas um amontoado de pensamentos estranhos e o corpo uma mistura de sensações desconhecidas enquanto a carruagem sacolejava pelas ruas mal iluminadas. Embora ele estivesse sentado diante dela a uma distância respeitosa, ela estava ciente de sua presença. Não de forma assustadora, mas de uma maneira que não poderia ser ignorada. Quando ele se tornara tão... imponente? Griff emanava um aroma de rum com especiarias, um cheiro de mistério e decadência. Aquele garoto, que se tornara um homem enquanto ela estivera distraída, de repente ocupava uma boa parte de seus pensamentos, recusando-se a ser esquecido.

O relacionamento entre eles também havia sofrido uma mudança em sua essência, e Kathryn não tinha certeza do que fazer com essa transformação nem como se ajustar a ela. Enquanto a luz dos postes passava rapidamente sobre o rosto dele, percebeu que estava ansiosa para vê-lo mais claramente por mais que meros segundos; Kathryn quase invejava a luz, que podia tocá-lo sem limites e não ser repreendida por isso. Uma dama não poderia acariciar sem um motivo digno. Nas raras ocasiões em que o toque era permitido, como uma dança, ainda era obrigatório usar luvas.

Se ela fosse mesmo escolhida pelo duque, se ele lhe pedisse em casamento, era improvável que pudesse roçar a mão sobre a dele antes da cerimônia, antes de ele visitar seu quarto na noite de núpcias. E se o toque dele a deixasse enojada?

— Você está com uma expressão muito séria — falou Griff, sua voz rouca na escuridão deixando tudo mais íntimo.

Talvez fosse por causa das sombras, ou por ser tarde da noite, ou ainda por estarem sozinhos, mas de repente ela se viu confessando:

— Estava pensando sobre as regras de cortejo. Como elas são sérias demais. Como elas impedem que as pessoas se conheçam melhor.

Ela viu o brilho de seu sorriso e percebeu que nunca havia notado que Griff tinha um sorriso fabuloso. Um sorriso que a fez sentir-se incluída, estimada e especial.

— Ora, lady Kathryn, se eu não fosse tão cético, diria até que leu a minha mente.

— Você estava pensando na mesma coisa?

— Eu penso a mesma coisa faz anos. É parte do que deu origem ao que vou mostrar a você esta noite.

— Althea sabe do que se trata?

— Não faz ideia. Não contei para ninguém. — Ele olhou para a janela. — Não sei por que decidi compartilhar com você. Eu nem estava bêbado.

O tom de desagrado quase a fez rir. Sair por cima em uma conversa com ele sempre a deixava leve e feliz. Na verdade, ela nunca havia se importado com as provocações dele. Sempre precisava ficar esperta com Griff. Será que uma conversa com o duque seria revigorante assim?

— Não tem uma mulher esperando por você esta noite?

Ele voltou a encará-la, exatamente como Kathryn queria. O que havia de errado com ela? Por que desejava tanto a atenção dele?

— E eu achando que você era adepta da persuasão feminina.

— Não estou esperando por você.

— Está tentando descobrir se tenho uma amante?

Será que ela estava? A resposta parecia ser um grande "sim".

— Não quero ser responsável por uma briga entre vocês.

— E você acha que eu contaria a ela sobre você?

— Só se você seguisse os passos do seu pai e não guardasse segredo sobre seus casos.

— Em primeiro lugar, não sou nada como meu pai — falou Griff entredentes. — Em segundo lugar, acredito que seria exagero chamar isso de "caso", pois não somos amantes e meus planos não envolvem nada romântico. E, em terceiro lugar, eu não estaria aqui com você se tivesse uma amante. Eu estaria com ela. Por que está sorrindo?

— É bom saber que você não seria infiel a uma amante.

E que ele não tinha uma.

— Por acaso você deseja ocupar essa vaga?

— Não! Essa pergunta é um disparate! Eu sou uma dama refinada e delic...

— Não tem nada de delicado em você. Você é ousada até demais e fala o que pensa. Não entendo por que Kingsland quer algo diferente disso.

— Não quero falar sobre ele.

— Não gostou dele?

— Não sei como me sinto sobre ele, e por isso estava pensando sobre cortejos. Não quero o tipo de casamento que meus pais tiveram. Meu pai escolheu minha mãe por motivos financeiros...

— Kingsland não precisa de dinheiro.

Mas Griff, sim.

—... vantagens políticas...

— Ele também não precisa de alianças políticas.

— É verdade. O que nos faz pensar que ele está precisando de uma égua.

— Todo homem com título precisa de uma.

— Isso não torna o fato aceitável para o coração de uma mulher. Meus pais viajaram para Itália para tentar fortalecer seu relacionamento e, quem sabe, se apaixonar. Não quero viver trinta anos de um casamento sem amor. Quero ser igual Althea e me casar apaixonada.

— Você acha que Chadbourne ama minha irmã?

— É claro que sim. Ele a adora. — Mas, de repente, ficou em dúvida. — Você não acha?

— Assuntos do coração não são o meu forte.

— Você nunca se apaixonou?

— Eu me apaixonei por um cachorrinho uma vez.

Ela franziu a testa.

— Não me recordo de ter visto um cachorrinho quando visitava Althea.

— Não pude ficar com ele.

O estômago dela deu um nó quando ela descobriu mais uma coisa que lhe fora negada. Ele era filho de um duque. Nunca deveria ter tido um desejo negado. Kathryn era muito mimada pelos pais, talvez porque os três meninos que sua mãe tivera morreram logo após o parto.

— E nunca se apaixonou por nenhuma mulher?

— Nunca. E você? Nenhum bonitinho da sua juventude roubou seu coração e então lhe trocou por uma moça com um dote maior?

— Se isso tivesse acontecido, todos em Londres ficariam sabendo por que eu teria jogado o infeliz no Tâmisa.

Ele abriu outro sorriso. Fazê-lo sorrir estava se tornando um vício.

— Viu? Você não é nenhuma santinha. Ousada e confiante. Kingsland seria sortudo em ter você como esposa.

Ela deu um sorriso.

— Você é a última pessoa que eu esperava ver me defendendo.

— É estranho mesmo. — Ele olhou pela janela. — Estamos quase lá.

Um grande prédio de tijolos e ar sinistro ocupava boa parte do quarteirão. Não havia uma única luz acesa e o local parecia proibido. Kathryn sentiu o coração bater mais forte, mas ela confiava em Griff e sabia que ele não a colocaria em perigo.

Ele pegou uma das lamparinas penduradas do lado de fora da carruagem antes de instruir o motorista a levar o veículo até os estábulos.

— O que tem aqui? — indagou ela.

— No momento, nada. — Ele pegou uma chave. — Vamos entrar?

— É seu?

— Ainda não, pois não consegui o dinheiro, mas o corretor responsável por ele sabe que estou interessado e me emprestou a chave por esta noite. — Ele deu um sorriso irônico. — Às vezes é útil ser filho de um duque. As pessoas dão permissões e confiam em você, quando não o fariam se a situação fosse outra.

— E por que está interessado neste lugar?

— Porque pretendo abrir um negócio aqui.

Enquanto ele a escoltava escada acima, Kathryn conseguia sentir a ansiedade vibrando por Griff e reverberando em sua direção. Segurando a lamparina no alto para iluminar o caminho, ele inseriu a chave na tranca, girou e abriu a porta. As dobradiças rangeram em protesto. Será que entrar ali era mesmo uma boa ideia?

Mas ela se recusava a admitir sua covardia, então não hesitou em cruzar a soleira quando Griff indicou que ela deveria entrar primeiro. Logo se viu fascinada observando a luz da lamparina dançar misteriosamente através da entrada cavernosa e revelar um portal aberto de ambos os lados e uma ampla escadaria curva elaborada que causaria inveja em qualquer mansão.

— Venha.

A voz dele ecoou pelo local enquanto ele a conduzia para uma grande sala que ela chamaria de sala de estar se estivessem em uma casa. Lustres imponentes pendiam do teto e uma enorme lareira ocupava a parede oposta.

— Esta será a recepção — afirmou ele.

— Recepção para quê? Seus clientes?

— Meus membros. Você conhece o conceito de clubes fundidos?

— Pelo amor de Deus, por que você acha que eu conheceria qualquer tipo de clube com esse...? Ah, não. *Fundidos*. Você quer dizer clubes mistos?

Ele abriu um grande sorriso e, mesmo sabendo que ele a provocaria sobre isso até o fim da vida, Kathryn se viu pensando que aquele era o sorriso maroto mais delicioso que Griff já lhe dirigira.

— Minha nossa, lady Kathryn. Sua mente acabou de viajar para lugares que não deveriam?

— Seu patife, você sabia muito bem o que estava fazendo. Muito bem, clubes *fundidos*. Qual é seu propósito?

— Um lugar para homens e mulheres encontrarem pessoas com gostos semelhantes. Esse tipo de clube fica, ou melhor, ficava localizado em áreas menos afluentes da sociedade. São raros hoje em dia.

— Você já foi a um?

— Sim, há uns dez anos, quando eu era mais jovem e estava em busca de entretenimento, pois havia gastado toda a minha mesada. Acabei encontrando o local quase que por acidente, mas fiquei intrigado. As damas não tinham acompanhantes.

— Então elas não eram damas, não é?

— Podemos discutir o que define uma dama mais tarde. Mas elas eram desinibidas, divertidas e livres para dançar com quem quisessem, mesmo que a música estivesse sendo tocada em um piano mais acostumado com quadrilhas que valsas. Elas bebiam. Vi algumas fumarem. Com o passar da noite, cada mulher escolheu um homem e se retirou para aproveitar recreações mais íntimas. A atmosfera relaxada do clube facilitava que as pessoas conhecessem melhor umas às outras.

— Ou seja, facilitava o pecado.

Ela sabia exatamente quais atividades esses casais praticavam quando saíam de lá. Sua mãe a havia advertido muitas vezes sobre como um homem tentaria seduzir uma mulher sozinha, como era fácil cair em tentação quando nenhuma dama de companhia estava presente para protegê-la da ruína.

O que levantava a questão: o que raios ela estava fazendo sozinha com Griffith Stanwick?

Mas Kathryn não sucumbiria aos encantos dele. Ela era uma dama, sabia o que queria e permaneceria firme em sua convicção de permanecer irrepreensível. Desde que ninguém descobrisse que ela estava ali. Segurou um suspiro porque estava cada vez mais difícil não deslizar os dedos pelo cabelo dele e conferir se era tão sedoso quanto parecia, não passar as mãos pelos ombros fortes e não imaginar como ele ficaria com um pouco menos de roupa.

— E isso é ruim? — Ele caminhou até a lareira e colocou a lamparina sobre o mantel, iluminando mais o salão. Então, cruzou os braços e se encostou na parede. — Você tem amigas casadas. O quão bem elas conheciam o marido antes da noite de núpcias? O quão bem você acha que Althea conhece Chadbourne?

— Há algo de errado com ele?

— Não. — Ele negou com a cabeça. — Não que eu saiba, pelo menos, mas sempre que os vejo juntos, não importa quão perto estejam, eles sempre parecem tão distantes quanto Londres e Paris. Duvido que ela tenha o beijado.

Ela sabia que Althea não beijara Chadbourne, mas não estava disposta a trair a confiança da amiga. Será que sua mãe teria se casado com seu pai se o conhecesse bem? Eles tinham tão pouco em comum… Talvez Griff tivesse razão, embora Kathryn ainda não estivesse pronta para admitir. Em vez disso, ela vagou pelos arredores da sala vazia e a imaginou mobiliada e decorada com quadros, estatuetas e flores.

— Então você quer transformar este prédio em um clube misto?

— Esse é o conceito básico, mas quero que meu clube vá além. O clube que visitei era um único salão onde as pessoas dançavam, bebiam, conversavam e partiam. Quero ter uma sala onde os casais possam dançar, outra onde possam descansar e conversar. Será mais um clube social, um lugar para os descompromissados explorarem possibilidades.

Ela sentiu a corrente elétrica de excitação que percorria Griff e chegou à conclusão de que ele estava tentando parecer casual com um pé cruzado sobre o outro, mas suas mãos pareciam tensas. Ambos viviam em um mundo onde cada ação, palavra e nuance era julgada. O fato de ele tê-la levado ali para compartilhar seus planos, sonhos e aspirações a fez sentir o peso da grande responsabilidade de ser digna de sua confiança.

— Me conte tudo.

Ele se afastou da parede e a alcançou em quatro passos largos.

— Nenhum dos meus membros seria herdeiro de um título. Aqueles que vão herdar recebem atenção suficiente em bailes e jantares. Os homens aqui seriam os outros filhos que muitas vezes são esquecidos, bem como os filhos de mercadores e comerciantes que acumularam riqueza, mas não são convidados para eventos. Os membros também serão homens que fizeram fortuna, mas não são aceitos pela alta sociedade por uma razão ou outra. Os Trewlove, por exemplo. As circunstâncias de seu nascimento os impediram de serem convidados para eventos e, no entanto, eles são muito ricos.

— Eles estão se casando com a aristocracia.

— Exatamente. Mas eles deveriam ter sido convidados sem terem se casado com pessoas da alta sociedade. Há outros como eles. Alguns filhos legítimos, outros não. O White's não permitirá que sejam membros, mas eu permitirei. E temos as damas. As esquecidas, as solteironas e todas aquelas que são desvalorizadas. As filhas dos mesmos mercadores e comerciantes ricos. Todas essas mulheres sabem que não conseguirão conquistar um filho herdeiro, mas talvez fiquem satisfeitas com segundos e terceiros.

Será que ele esperava encontrar uma mulher que ficasse satisfeita com ele? Kathryn não gostava nada de imaginá-lo flertando com alguma jovem adorável. O que não era nada justo de sua parte, quando ela mesma pedira a Griff que a ajudasse a conquistar o duque. Ela estava em busca de um casamento aceitável, por que ele não estaria procurando o mesmo?

— Então está pensando em criar um tipo de clube casamenteiro?

— O casamento não é o objetivo principal, a diversão é. Esta sala será a recepção, onde qualquer interessado poderá tirar dúvidas e onde verificaremos se a pessoa é um membro ou não antes de permitir que ela entre.

Ele pegou a lamparina e, quando voltou ao seu lado, segurou sua mão e entrelaçou seus dedos casualmente, como se não tivesse pensado duas vezes antes de agir, como se fosse a coisa mais simples e natural do mundo.

O frio na barriga e a palpitação no peito diziam a Kathryn que era muito mais que simples e natural. Era uma alegria imensa, uma euforia que provavelmente não deveria estar sentindo. Envolver-se com Griff arruinaria suas chances com o duque, o que a faria nunca ter direito ao chalé. Portanto, enquanto ele a conduzia para o corredor, ela tentou lutar contra seus sentimentos. Queria apenas ter interesse no empreendimento, não em Griff.

— Há outras salas parecidas com a primeira neste andar — explicou ele. — Será possível andar por elas, cumprimentar pessoas e parar para conversar.

Ele começou a subir a escadaria. Griff poderia ter subido os degraus de dois em dois com suas pernas compridas, mas optou por acompanhar o ritmo dela. Kathryn deveria estar prestando atenção aos elaborados arabescos no corrimão, mas achava difícil se concentrar em qualquer outra coisa além do homem ao seu lado. Griff era alto e esguio, atlético. Seus movimentos eram suaves e elegantes. Por que ela nunca tinha notado que ele se movia como uma poesia? Todas as palavras em seu vocabulário pareciam insuficiente para descrevê-lo.

Ela nunca passara tanto tempo com ele como nos últimos dias. O *modus operandi* de Griff era simplesmente aparecer, alfinetar, discutir um pouco com ela e depois partir. Eles nunca haviam explorado os gostos e sonhos um do outro. Ela se atrevera a compartilhar o dela com ele, e agora ele estava compartilhando o seu.

O mundo tinha virado de cabeça para baixo. Era como se nada do passado fosse tão real ou importante quanto aqueles minutos, aquela hora, aquele encontro.

Quando chegaram ao patamar da escada, ele a levou para uma área onde podiam observar os andares de baixo e de cima.

— Eu estava pensando em reservar os quartos deste andar, que parecem muito com os de baixo, para o entretenimento. Uma sala para dançar, outra para jogar cartas. Dardos, talvez. Quem sabe até uma sala de leitura.

Embora aquilo fosse uma afirmação, ela detectou um certo tom de dúvida, uma possível indagação, como se ele quisesse sua opinião.

— Parece maravilhoso. Já pensou em ter uma sala com um piano? Às vezes uma mulher é tímida para conversar, mas tem dedos ágeis.

Quando a mão dele apertou a sua, ela percebeu que eles ainda estavam de mãos dadas. Ele a soltou, mas a encarou com olhos quentes.

— É mesmo?

A voz dele saiu rouca, e ela suspeitou que Griff estivesse imaginando uma mulher tímida — ou talvez até ela mesma — fazendo outra coisa com os dedos. Ela não se incomodou pelos pensamentos dele terem ido para um caminho malicioso. O prédio parecia exigir aquilo. Ele estava certo. Como alguém descobriria o verdadeiro eu de outra pessoa quando os eventos da alta sociedade exigiam tanta formalidade e bons modos?

— E as damas de companhia?

— O que tem elas?

— Elas ficarão seguindo as damas de sala em sala ou terão um local especial para ficarem esperando?

— Não permitiremos a entrada de acompanhantes. O objetivo do clube é que os membros se sintam livres para fazer o que quiserem, sem ninguém para julgá-los.

— Ah, mas as pessoas vão julgar. Algumas, inclusive, virão exclusivamente para isso.

— Você tem um bom ponto.

Ele lançou um olhar iluminado ao redor enquanto refletia sobre o assunto, e Kathryn se arrependeu de ter quebrado o feitiço que o fazia ter olhos apenas para ela. Ainda assim, gostou de saber que Griff estava considerando seu argumento com tanta atenção, que ela oferecera um ponto de vista valioso para ele.

Ela não conseguia se lembrar de um cavalheiro alguma vez ter pedido sua opinião sobre um assunto importante. Bem, certa vez um homem pediu sua opinião sobre o clima, procurando saber se deveria levar um guarda-chuva no dia seguinte, mas isso dificilmente se comparava a oferecer conselhos sobre um empreendimento.

— Para se tornar um membro, será necessário receber a indicação de outro — disse ele. — Ou poderíamos publicar uma lista de nomes e outros membros riscariam os que não se encaixam.

— Algumas pessoas riscariam o nome de outras por pura mesquinhez ou vingança, por algo que não tem relação alguma com o clube.

— Quem faria isso?

— Mulheres, com certeza. E alguns homens também. Existem pessoas que são terríveis e vingativas pelos motivos mais bobos. Uma vez, fui tratada com desdém simplesmente porque meu vestido era parecido com o de outra dama. Se eu chamar a atenção do duque… perderei amigas e serei ignorada por outras que estavam de olho nele.

— Por que elas não ficariam felizes e comemorariam seu sucesso?

— Porque elas querem esse sucesso para si.

— Você ficará com ciúme ou inveja se outra mulher conquistar o duque?

— Gosto de pensar que não. Bom, com certeza sofrerei com a dor da rejeição, mas espero que eu consiga ficar feliz pela moça.

— O fato de você ter essa esperança já indica que vai conseguir.

Ela nunca pensara que ele teria tanta fé nela.

— Veremos, não é?

Observando-a com olhos firmes, Griff ergueu a mão. Kathryn achou que ele fosse roçar os dedos em sua bochecha ou acariciar seu queixo, mas ele rapidamente mudou de direção e coçou a própria nuca.

— Então você acha que eu deveria seguir com a ideia de indicações?

Havia algo tão louvável — ou tão sensual — quanto um homem pedindo sua opinião sobre um assunto tão importante? Ela sentia como se tivesse ficado cinco centímetros mais alta, embora o fato de mal alcançar o ombro dele confirmasse que não.

— Acredito que seria a escolha mais sábia.

O sorriso que ele lhe deu era quente como o verão, radiante como o sol do meio-dia.

— Então é isso que farei.

Griff voltou a estudá-la de uma forma que a deixava formigando de maneira misteriosa, como se apenas as mãos dele pudesse acalmar seu corpo.

— E o andar de cima? — O próprio tom ofegante a surpreendeu.

— Temos quartos menores que seriam usados por casais que desejam uma conversa mais… íntima.

Um lugar privado onde seria possível se comunicar mais com toques, em vez de palavras.

— Você estaria encorajando a luxúria.

— Não necessariamente.

— Esses quartos têm camas?

— Alguns deles, sim. No entanto, é possível ter prazer de diferentes formas. Veja a noite de hoje, por exemplo. Não fizemos nada de errado, mas posso dizer, com toda a sinceridade, que faz muito tempo desde que aproveitei tanto a companhia de uma mulher quanto hoje. Sem acompanhantes. Sem ninguém para interromper. Sem ninguém para ouvir. Sem ninguém para julgar. Quantas vezes, no nosso mundo, temos a oportunidade de explorarmos as possibilidades sem a sensação de que estamos sendo vigiados?

A voz dele ficava mais baixa, mais rouca a cada palavra dita. Uma vez, no mercado, ela vira um homem sentado no chão e se balançando enquanto tocava flauta. Diante dele, uma cobra seguia seus movimentos de dentro de um cesto, serpenteando para a frente e para trás. Ali, com

Griff, Kathryn se sentia como aquela cobra, em transe e disposta a ir aonde quer que ele fosse — inclusive para o andar de cima, com os quartos mais privados, embora não houvesse necessidade por estarem sozinhos. Ele era tão perigoso quanto aquela víbora, talvez ainda mais, porque a fazia questionar o valor das coisas às quais ela se apegara desde criança: pureza, reputação, respeitabilidade.

Nada daquilo jamais lhe trouxera tanta alegria quanto aquelas poucas horas fazendo o que não deveria com um homem de quem não deveria gostar: sair escondida, andar de carruagem sozinha com ele, vagar por um prédio abandonado, conversar sobre comportamentos escandalosos como se não fossem tão escandalosos.

— Qual será o nome do clube?

Talvez ela fosse a flautista, e ele, a cobra, hipnotizado por ela, porque Griff demorou alguns segundos para perceber que ela havia feito uma pergunta e para entender a questão. Ele piscou, quase em confusão, como se tivesse se perdido em seus olhos, ou em seu cabelo, ou em sua mera existência. Então, soltou um suspiro longo e lento.

— O Reduto dos Preteridos.

— Gostei.

— Mesmo?

Ela assentiu.

— E da ideia do clube também. Estou ansiosa para visitá-lo quando estiver aberto.

Kathryn falou com convicção porque queria — precisava — que Griff entendesse que ela tinha certeza de que ele teria sucesso.

Ele abriu um sorriso quase melancólico.

— Até eu conseguir o dinheiro para comprar o prédio e reformar tudo, você já estará casada. Só aceitaremos pessoas solteiras como membros, para que o clube seja um lugar seguro para formar pares.

— Você não sabe se o duque vai me escolher.

— Você escreveu para ele o que eu sugeri?

— Ainda não. Estou trabalhando na carta.

Ele quase tocou a bochecha dela antes de retornar a mão para o lado do corpo.

— Você o impressionou hoje. Identifique-se na carta, conforme ele solicitou, e se descreva como eu sugeri, e ele será seu.

Griff fazia parecer tão fácil. Infelizmente, ela não sabia mais se desejava se casar com Kingsland, um homem que acreditava que a esposa deveria seguir as opiniões do marido.

Pouco tempo depois, ela e Griff estavam na carruagem voltando para a residência dos Stanwick, um silêncio confortável pairando entre eles e cada um perdido em seus próprios pensamentos. De manhã, Kathryn retornaria para a casa dos pais e provavelmente só veria Griff de novo no baile do duque. Mas ela sabia que nunca esqueceria daquela noite extraordinária ou do homem com quem a havia compartilhado.

Capítulo 7

Pouco mais de duas semanas depois, a noite do baile mais importante da temporada, destinado a mudar vidas, chegou. Kathryn vibrava de animação enquanto conversava com Althea e Jocelyn no grande salão da mansão do duque de Kingsland em Belgravia. Estranhamente, a ansiedade que sentia não tinha relação alguma com o anúncio que o duque faria às dez da noite ou com o fato de que a nata da alta sociedade estava reunida no salão, ou ainda que a maior orquestra que ela já vira estava em um canto do mezanino que rodeava três lados do salão para que os convidados pudessem enxergá-la melhor.

Não. O motivo de sua euforia era sua valsa com Griff.

Isso se ele se lembrasse. E aparecesse. Ela ainda não o vira no salão.

— Quem você está procurando? — perguntou Althea.

— Estou apenas olhando os convidados. É tanta gente…

Eles estavam quase tão apertados quanto sardinhas em uma lata. Damas com penteados complexos, joias brilhantes e vestidos chamativos. Não importava se elas eram casadas ou se queriam chamar a atenção do duque — todos em Londres queriam que Kingsland soubesse que seu baile merecia roupas caras e o maior capricho. Ninguém queria ficar devendo.

— Deve ter umas duzentas pessoas — falou lady Jocelyn. — O duque nunca organizou um baile antes, então todo mundo veio. Quantas cartas será que ele recebeu?

— Pelo menos uma de cada dama sem pretendentes. Talvez até algumas de damas que já estão noivas, mas esperam conseguir algo melhor — disse Althea. — Ainda bem que não preciso entrar nessa competição.

— Minha carta tinha oito páginas — ostentou Jocelyn. — E a sua, Kat?

— Tudo o que escrevi sobre mim mesma coube em uma página só.

Jocelyn revirou os olhos e fungou com tanta superioridade que Kathryn ficou irritada.

— Eu fui incapaz de reunir todas as minhas qualidades e atributos em apenas uma página. Minha mão estava doendo quando terminei de listar todos os motivos pelos quais ele deveria me escolher para ser a duquesa.

— Não tenho dúvidas — falou Kathryn.

Jocelyn provavelmente venceria, e ela desejaria toda a felicidade do mundo à amiga. Kathryn olhou para seu carnê de dança. Uma quadrilha, uma polca, uma valsa. Ela escrevera o nome *dele* na valsa.

— Seus irmãos vieram, Althea?

— Marcus veio. Ele acompanhou mamãe e eu. Papai tinha outro compromisso, ou seja, foi ver a amante. Nem conheço a mulher, mas já a odeio. Me sinto envergonhada por meus pensamentos pouco caridosos, mas também gratificada por me recusar a perdoá-lo pela dor que causa à minha mãe.

— Talvez seus pais devessem viajar juntos para a Itália. Parece ter funcionado muito bem para os meus.

Kathryn já pegara os pais se beijando animadamente duas vezes, então começara a espiar os cômodos antes de entrar.

— Não acho que faria diferença. As desculpas e ausências dele estão aumentando a cada dia. Ele até começou a jantar fora.

— Sinto muito.

Althea deu de ombros.

— Não é culpa sua, mas fico mesmo muito decepcionada. Espera-se que um pai fique acima de qualquer reprovação, não que seja um cafajeste.

— E lorde Griffith?

— Bom, ele também é um cafajeste às vezes, mas, como ainda não é casado, não vejo mal no que ele faz.

Kathryn deu uma risadinha, mas só porque não queria deixar transparecer que já pensara da mesma forma, apesar de não o fazer mais.

— Não, quis perguntar se ele está aqui.

— Ah, sim. Ele não disse que viria e não nos acompanhou, mas não duvido que esteja por aqui. Os clubes devem estar vazios hoje. Se veio, deve estar na sala de carteado.

Kathryn se recusava a caçá-lo. Ou ele estava no baile, ou não estava. Ao entrar na mansão, ele teria recebido o carnê de dança dos cavalheiros, que provavelmente teria enfiado no bolso interno do paletó, então saberia quando era a primeira valsa. Ou ele apareceria para dançar com ela, ou não o faria. Ela não ficaria decepcionada se ele não o fizesse. Não muito, pelo menos.

Ora, quem estava tentando enganar? Ela ficaria extremamente decepcionada. Desde a noite em que Griff dividira seu sonho, Kathryn só conseguia pensar nele e em seu futuro clube.

Jocelyn se inclinou na direção dela.

— O duque me deu um sorrisinho muito suspeito quando cumprimentei ele e a mãe. — Ela mordeu o lábio inferior, como se estivesse tentando conter um gritinho de triunfo. — Acho que ele estava tentando dar uma dica de que me escolheu.

Kingsland tinha sido muito formal com Kathryn, dando a impressão de que nem se lembrava do encontro deles no parque. Era óbvio que ele não estava encantado por ela, o que era o melhor, porque ela não tinha certeza de que ele a faria feliz. E, se ela não fosse feliz, ele poderia ser?

— Ficarei feliz se ele escolher qualquer uma de vocês — disse Althea em tom diplomático.

— Bom, como o lorde Griffith disse naquela manhã, que a melhor dama vença — afirmou Jocelyn animada, como se tivesse certeza de que seria a escolhida.

Kathryn deveria se importar, deveria estar preocupada ou nervosa. Se ela não conquistasse esse duque, qual outro pretendente sobraria? A única coisa que ela desejava possuir parecia fora de alcance, e ainda assim, naquele momento, não estava triste, tudo por causa do que aconteceria em pouco tempo. Uma valsa que tinha certeza de que nunca esqueceria.

Quando a orquestra iniciou os acordes da primeira dança, ela cumprimentou seu parceiro com um sorriso e se deixou ser conduzida para a pista. Kathryn adorava dançar, não só os passos e as músicas mais populares no momento, mas também as de tempos passados. Mesmo que seu parceiro não fosse particularmente habilidoso, ela sabia o suficiente para fazê-lo parecer o melhor dançarino do salão. Raramente ficava com o carnê vazio, mas dançar bem não era garantia de propostas de casamento.

Acima dela, os candelabros de cristal reluziam. Mas, até aí, os candelabros reluziam em cada cômodo que ela passara no caminho ao salão. Eles se tornariam os candelabros de quem o duque escolhesse. Que coisa tola de se pensar quando ela tinha a atenção de um homem por alguns minutos.

— A atmosfera neste baile é a mais estranha que já senti — lamentou seu parceiro.

— Como assim?

— As damas solteiras parecem muito tensas enquanto esperam o anúncio do duque. Suspeito que muitas lágrimas serão derramadas mais tarde, e muitos de nós, cavalheiros, teremos que oferecer nossos ombros em conforto.

Pelo visto, não eram só as damas que haviam se preparado para aquela noite extraordinária.

— Você acha que todas as damas solteiras escreveram para o duque?

— Sem dúvidas. Minha mãe insistiu para que todas as minhas irmãs enviassem uma carta, e uma delas tem só 14 anos.

Perplexa, Kathryn não soube o que responder.

— Minha nossa. É mesmo?

— Pois é. Mas eu mesmo acho toda essa história muito sórdida e nojenta.

— Não acredito que ele escolheria uma criança.

— Espero que não. Do contrário, precisarei brigar com ele.

— E com sua mãe também.

O homem sorriu.

— Por que as mulheres são tão desesperadas para se casar?

— Por que os homens não são?

Ele sorriu ainda mais e seus olhos brilharam. Ela já dançara inúmeras vezes com o visconde, mas não se lembrava de terem discutido algo além do clima.

— Acho que nunca percebi sua franqueza, lady Kathryn.

— É um defeito meu.

— Eu até gosto. Talvez homens e mulheres pudessem ter conversas mais diretas se não estivessem em lados diferentes de um cabo de guerra. As damas tentando nos acorrentar no casamento enquanto queremos continuar livres.

— Acredito, milorde, que talvez o problema seja que homens e mulheres têm ideias diferentes do que um casamento significa. Você faz parecer que é algo horrível. Consigo entender o motivo para querer evitá-lo se o vê como um tipo de prisão.

Apesar de o casamento poder ser um negócio ainda pior para uma mulher, já que ela perdia diversos direitos ao se tornar esposa de alguém.

Ela conversou de forma ainda mais relaxada com o próximo parceiro de dança. Era como se, naquela noite, ninguém sentisse que estava sendo julgado como um bom partido ou que precisava fingir ser quem não eram. Todos estavam simplesmente esperando a decisão do duque. Eles haviam dado apenas meia dúzia de passos até a beira da pista após o fim da música quando Griff apareceu, estendendo a mão enluvada.

— Acredito que a primeira valsa seja minha — falou ele.

Ele estava extremamente bonito em seu fraque preto, calça preta, colete prateado e gravata preta com um nó perfeito. Seus cachos loiros estavam bem penteados, e Kathryn sentiu vontade de desarrumá-los com os dedos. Com uma leve reverência, seu parceiro anterior a deixou aos cuidados de Griff, e ele segurou sua mão para levá-la de volta ao centro do salão.

— Achei que você não vinha — comentou ela enquanto a música não começava.

— Nunca esqueço o que me é devido.

Kathryn se recusou a ficar desapontada ao perceber que os motivos dele não eram mais pessoais, que ele não fora ao baile apenas porque queria tê-la nos braços.

Griff abaixou um pouco a cabeça e sussurrou:

— Além disso, eu seria um tolo se perdesse a chance de dançar com uma criatura tão linda.

Ela se esforçou para não levar as palavras dele a sério e não corar. E o fato de ela ter escolhido um vestido verde-claro que acentuava sua pele e seus olhos não tinha relação alguma com a vontade de parecer bonita para ele. Mesmo.

— Você está caçoando de mim.

— Não desta vez.

Ele falou de forma solene, tão sério como ela nunca vira, e Kathryn teve a sensação repentina de ter perdido algo num piscar de olhar, logo após tê-lo encontrado.

A música começou e eles se encaixaram na posição da valsa de forma tão natural que parecia ser a milésima vez que dançavam juntos, quando era apenas a primeira. Eles nunca tinham ficado com os corpos tão próximos — escandalosamente próximos, na verdade. Os dedos dele estavam colados em suas costas, enquanto suas pernas fortes roçavam no cetim do vestido.

— Teve alguma sorte na sala de carteado?

— Por que acha que eu estava jogando?

— Althea disse que você estava lá, ou pelo menos pensou que estava.

Ele negou com a cabeça.

— Eu estava olhando do mezanino.

Cortinas penduradas aqui e ali permitiam que alguém observasse do mezanino no andar de cima sem ser visto, além de dar um pouco de privacidade de olhares indiscretos — desde que ninguém procurasse o mesmo local.

— Alguma coisa chamou sua atenção?

Griff a encarou pelo que pareceu uma eternidade, e Kathryn estava se perguntando se ele estava prestes a confessar que ela chamara sua atenção quando ele disse:

— Seus pais fizeram as pazes?

Ela quase insistiu para que ele respondesse à pergunta, mas talvez a ignorância fosse uma bênção e fosse melhor acreditar no que desejasse.

— Sim, e está tudo muito estranho, na verdade. Não estou acostumada a vê-los se olhando de forma apaixonada, trocando sorrisos cheios de segredos ou conversando sem terminar em briga. Até flagrei os dois se beijando.

— Meu Deus! Se beijando? Não acredito!

Como ela nunca havia reparado no jeito brincalhão dele, que a fazia querer sorrir, gargalhar e socá-lo ao mesmo tempo? Ele era tão leve, tão divertido...

— Pode provocar o quanto quiser, mas é muito constrangedor entrar em uma sala e encontrar seu pai devorando sua mãe contra a parede. Até coloquei sininhos nas minhas sapatilhas, para eles me ouvirem chegando.

Griff jogou a cabeça para trás e deu a risada mais maravilhosa que ela já ouviu.

— Você só pode estar brincando.

— Está bem, ainda não cheguei a esse ponto, mas estou seriamente considerando. Minha mãe passa a maior parte do tempo descabelada, agora. — Ela sentiu as bochechas esquentarem quando ele a encarou com um olhar alegre. — Mesmo assim, estou feliz por eles. Acho que nunca é tarde para encontrar o amor, não é?

— Isso lhe dá esperança de encontrá-lo?

— Nunca perdi completamente a esperança, mas tento ser realista.

Pragmática, até. Mas será que as lembranças da felicidade que vivera com a avó seriam suficientes para justificar desistir da possibilidade da felicidade que sentia com um homem que poderia gostar dela? Era injusto não poder ter os dois.

— Kingsland certamente vai amar você um dia.

Ela deu uma risadinha.

— Para isso, ele precisa primeiro me escolher entre todas as damas que escreveram para ele.

— Está ansiosa para descobrir quem ele escolheu?

— Para ser honesta, não pensei muito no assunto. E você tem esperanças de encontrar o amor, Griff?

— Para ser honesto, não pensei muito no assunto.

Um mês antes, ela ficaria frustrada por ele repetir suas palavras. Agora, suspeitava que era apenas um mecanismo de defesa dele, para impedi-lo de revelar algo que poderiam usar para machucá-lo.

— No começo, achei estranho quando começamos a nos dar bem. Mas, pensando bem, o que é estranho é não termos nos dado bem desde o início. Eu e você não somos tão diferentes um do outro.

— Somos muito diferentes, Sardas.

Pela primeira vez, ela ouviu o apelido que sempre odiara como algo vindo do afeto, falado tão baixinho, mas com um tom urgente, como se Griff precisasse transmitir todo um universo de emoções que eram tão confusas para ele quanto para ela. Ele apertou um pouco mais sua mão, cravou um pouco mais os dedos em suas costas, onde sua palma descansava próxima da saia do vestido.

Talvez fosse apenas a luz dos candelabros refletida nos olhos dele, mas a maneira como eles escureceram e pegaram fogo a deixou com a impressão de que ele estava se referindo a algo completamente diferente, sobre aspectos físicos dos dois que não eram nada parecidos. Contornos firmes que buscavam curvas suaves. Características duras que afundavam em outras macias.

Se ele a estivesse cortejando, Kathryn acharia que ele estava tentando dizer que eles deveriam se encontrar num lugar longe da multidão, onde poderiam explorar essas diferenças. Quando ela deixara de vê--lo como um homem irritante? Quando começara a pensar nele como um possível amante?

— Além do seu clube, o que você sonha em adquirir?

Ele deu um sorriso lento e sensual que a deixou com calor, como se ele estivesse revelando algo íntimo, algo que nunca compartilhava com os outros.

— Meus sonhos não são para os ouvidos de uma dama.

Kathryn sentiu o baque da decepção. Justamente quando pensava que eles estavam ficando íntimos, quando queria que isso acontecesse...

— Estou falando sério, Griff.

A valsa acabou e ela sentiu uma raiva irracional de todos os músicos da orquestra. Griff soltou sua cintura, pegou sua mão e deu um leve beijo sobre a luva de seda, e Kathryn sentiu os lábios dele como se estivessem em chamas. Então, ele a encarou, e ela poderia jurar que viu arrependimento nas profundezas de um azul-acinzentado.

— Alguns sonhos, Kathryn, não são para ser. Mas os seus são. Acredito nisso do fundo do meu coração.

Ele se afastou, deixando-a ali, desorientada no meio da pista de dança, perguntando-se por que os dois não poderiam realizar seus sonhos. Com as pernas fracas, Kathryn cambaleou até um grupo de cadeiras que estava quase todo ocupado por matronas e desabou em uma vazia. Ela sentiu olhares cravados nela e deu um sorriso fraco para as senhoras sentadas ali perto, então quase deu um pulo quando sua mãe apareceu de repente e sentou-se elegantemente ao seu lado.

— Acho que nunca vi você dançar com o lorde Griffith Stanwick antes. Sempre pensei que vocês se odiavam.

— Pude conhecê-lo melhor durante minha estadia na casa de Althea.

— Vocês fazem um lindo casal. Pena que ele não é um herdeiro.

Kathryn suspirou.

— As condições para que eu possa herdar o chalé são injustas.

— A vida raramente é justa, querida. É melhor aprender isso enquanto se é nova. Evita decepções.

— Você deve estar se decepcionando menos, agora que está sendo paparicada pelo papai.

Sua mãe abriu um sorriso gentil.

— Estou certa de que seu marido vai paparicá-la desde o início.

— Isso se eu me casar.

Um gongo soou, e sua mãe suspirou em alívio.

— Finalmente. O momento que todos estavam esperando.

Kathryn achou que, uma vez dado o sinal de que o duque estava prestes a fazer seu anúncio, o salão ficaria completamente quieto e silencioso. Em vez disso, gritos ecoaram e damas correram — algumas empurrando, muitas olhando feio — para garantir um lugar perto da base da escada, como se todas quisessem dar a Kingsland mais uma chance de estudá-las, dar a ele uma última oportunidade de mudar de ideia e repensar sua decisão enquanto estivesse no topo da escada.

Com muito menos entusiasmo do que o exibido por todas as outras jovens solteiras, Kathryn contornou o salão até chegar a Althea, que estava de braços dados com Chadbourne. Eles formavam um casal muito bonito. O lorde a cumprimentou com um aceno de cabeça, enquanto sua querida amiga apertou sua mão.

— Você não quer ficar mais na frente? Para não ter que andar tanto quando ele anunciar seu nome?

Ela negou com a cabeça.

— Ele não vai anunciar meu nome.

— Não tenha tanta certeza. Ele pareceu bastante interessado em você no parque.

— Ele quer uma esposa silenciosa, e acredito ter demostrado que não serei uma.

— Um homem nunca sabe o que quer até finalmente ter — sussurrou Althea em seu ouvido. — Chadbourne me disse isso quando pediu minha mão em casamento.

— O duque de Kingsland não parece ser um homem que não sabe o que quer.

O gongo soou novamente. Um silêncio carregado de nervosismo caiu imponente sobre o salão de baile enquanto o duque descia devagar seis degraus, seu olhar penetrante varrendo a multidão. Ela nunca vira um homem exalar tanta confiança, uma presença tão imponente e… uma indiferença tão fria. Um casamento com ele certamente não seria repleto de carinho, brincadeiras ou risadas. Ele não daria um apelido para a esposa. Não olharia para ela e saberia onde ficavam suas sardas. Não perguntaria sobre seus sonhos ou tentaria ajudá-la a alcançá-los, mesmo que fossem um incômodo. Nunca compartilharia segredos, nunca a convenceria a fazer o que ela não deveria… nunca seria um amigo. E aquilo era o mais triste de tudo.

Olhando ao redor, ela se perguntou onde Griff tinha ido. Kathryn olhou para o mezanino no andar de cima, tentando ver se conseguia encontrá-lo espiando. Mas, onde quer que estivesse, ele estava bem escondido. Talvez tivesse ido à sala de carteado depois da valsa. Talvez tivesse ido embora.

Ou será que ele teria ficado para oferecer-lhe um ombro amigo quando seu nome não fosse chamado? Griff certamente estava tão envolvido no resultado quanto Jocelyn, que havia dedicado oito páginas para descrever a si mesma. Ele fora o espião de Kathryn, oferecera conselhos, sabia o que estava em jogo. Estava ali em algum lugar, observando. Kathryn tinha certeza. Ele gostaria de saber o resultado de seus esforços para ajudá-la em sua missão. Enquanto valsavam, ela deveria ter lhe dito...

— Meus estimados convidados.

A voz de comando do duque de Kingsland ecoou pelo salão, alcançando cada canto da enorme câmara e cada coração esperançoso das damas solteiras que batia por ele. Apenas o coração dela havia começado a bater por outro.

— Fico muito honrado por terem vindo esta noite para o anúncio da minha futura esposa em potencial. Teremos um período de cortejo, é claro, para que eu tenha certeza de que a acho satisfatória. No entanto, não tenho dúvidas, depois de ler todas as cartas, que a dama que escolhi vai superar minhas expectativas. É por isso que parabenizo você, lady Kathryn Lambert.

Paralisada enquanto ouvia o sangue correndo por seus ouvidos como um oceano turbulento, Kathryn mal notou quando Althea gritou e a abraçou, ou o burburinho que percorreu o salão, muito menos o olhar do duque que caiu sobre ela com uma força palpável, como se ele já soubesse onde encontrá-la. Era impossível. Ele não podia tê-la escolhido.

Então, o duque começou a descer a escada com elegância e poder, do mesmo jeito que seus ancestrais deviam ter se portado em uma batalha.

— Dá para acreditar na sua sorte? — perguntou Althea.

Não, ela certamente não conseguia.

— Ele está vindo. Abra um sorriso.

Mas os lábios dela se recusavam a se mexer enquanto a multidão abria caminho para o duque. Então, ele apareceu em sua frente com uma expressão de confiança extrema, embora a frieza ainda estivesse lá, o suficiente para deixá-la arrepiada. O duque estendeu a mão.

— Lady Kathryn.

— Por que eu?

— Por que não você?

Porque, com ele, Kathryn conseguiria o que sempre quisera, mas teria que abrir mão do que desejava, do que só recentemente descobrira que seu coração precisava.

Ele levantou um braço e a orquestra iniciou uma música. Como a maré se afastando da praia, os curiosos que os cercavam se espalharam, e ele a conduziu através da multidão para a pista de dança. Como decerto ele pretendia guiá-la em todos os aspectos de sua vida. Ele lhe diria o que pensar, o que dizer, como se comportar.

— Você não precisa ficar com essa cara de choque, lady Kathryn. Demonstre um pouco de animação, felicidade e reverência, pelo menos.

Ela precisava admitir que ele era um ótimo dançarino; cada passo era gracioso e perfeito, como se não tolerasse menos de sua pessoa, não permitisse que nenhum aspecto dele fosse falho. O que ele não toleraria em uma esposa? Como reagiria se ela não atendesse às suas expectativas?

— Posso ser sincera, Sua Graça?

— Espero que sempre haja sinceridade entre nós.

— Estou um pouco perplexa por você ter me escolhido.

— Oras, por quê?

— Porque eu não lhe enviei uma carta.

Capítulo 8

Como era possível encontrar Kathryn com tanta facilidade em um salão de baile tão grande e abarrotado? Ele a encontrara em um piscar de olhos da primeira vez, quando observara da sacada, e a achara ainda mais rápido da segunda vez — pouco antes de Kingsland fazer seu anúncio dramático, em um tom que indicava que a honra de ser escolhida era toda dela. O duque seria o homem mais sortudo do mundo de ter Kathryn como sua esposa.

Mas por que ela não demonstrou um pingo de animação quando seu nome fora anunciado? Por que não deu pulinhos como Althea, como se não conseguisse conter sua felicidade, como se fosse flutuar de euforia? Talvez ela estivesse atordoada demais por sua sorte.

Entretanto, mesmo quando Kingsland a guiou para a pista de dança, enquanto todos observavam de longe, ela parecia dura, desconfortável e infeliz. Nos braços de Griff, ela se movera graciosamente, como uma flor balançando em uma brisa de verão, enviando mensagens secretas tão sutis que só poderiam ser decifradas com a mais plena atenção. Ou talvez elas fossem óbvias apenas para um homem tolo que acabara de perceber que tinha um coração. Kathryn era o sol desabrochando uma flor.

Enquanto eles se olhavam durante a valsa, o fato de Griff não ser um herdeiro parecia não ter importância. Por breves minutos, enquanto a música e o leve aroma cítrico de Kathryn dançavam ao seu redor, ele sentiu como se estivesse sendo priorizado pela primeira vez.

Quando a melodia que tocava enquanto ela dançava com Kingsland terminou, um grupo de bajuladores correu em direção ao casal da hora, da noite, do século. Ou, pelo menos, os convidados mais velhos o fizeram. As jovens, forçadas a confrontar suas esperanças frustradas, saíram rapidamente do grande salão depois que o anúncio foi feito, sem dúvida para chorar longe de olhares indiscretos ou penosos. Ele notou que alguns cavalheiros seguiram as moças, decerto para confortá-las.

Parece que Kathryn também precisava de uma pausa. Após minutos de sorrisos e acenos, ela se afastou do enorme grupo e saiu pelas portas abertas do terraço.

Ele a seguiu.

Era loucura, ainda mais quando ela fora reivindicada por outro e estava oficialmente fora do mercado de casamentos e com o futuro garantido. Griff devia focar em seu próprio futuro, colocar seus planos em ação, e já até dera um passo crucial para que tivesse sucesso. Entretanto, ele comemoraria sua própria esperteza depois. Naquele momento, queria apenas mais um minuto na companhia dela, queria testemunhar a alegria de Kathryn por finalmente conseguir o que sempre desejara.

Ele a alcançou nas profundezas dos jardins, onde as luzes que ladeavam o caminho de paralelepípedos não alcançavam. Griff não ficou surpreso por ela se afastar da trilha que o duque considerava aceitável para ser seguida, ou por sua silhueta quase invisível parar e colocar as mãos na cintura. Quantas vezes, ao longo dos anos, ela lhe direcionara alguma farpa naquela mesma posição? Só que Kathryn não sabia que ele estava lá. Não até ele pisar em um galho e o barulho soar como um tiro de fuzil.

Ela virou-se bruscamente.

— Sou eu. Griff — falou ele baixinho rapidamente para que ela não se assustasse.

— Eu sei. Por que fez isso?

Cada fibra de seu corpo congelou. Embora fosse impossível, ele sentiu que seu coração, seus pulmões e seu sangue fizeram o mesmo.

— Não sei do que você está falando.

Ela deu um passo para a frente, e ele foi atingido pela fragrância de laranjas e canela, como se as flores abundantes que os rodeavam na escuridão tivessem perdido todo o seu cheiro.

— "Um raciocínio rápido, uma língua mordaz e uma mente afiada."

— Kath...

— "Sua mera presença faz um homem desejar conhecer a intimidade de seus pensamentos, seus mais secretos desejos, seu toque."

— O duque...

— "Como o mais fino dos vinhos, ela é ousada, encorpada e tentadora. Nunca decepciona e nunca é a mesma, e sempre oferece outro aspecto a ser descoberto. Uma vida inteira ao seu lado nunca será o suficiente." Você escreveu isso para Kingsland. Parece que ele tem uma ótima memória após uma única leitura. Por quê? Por que fez isso?

— Porque um homem não dá a mínima para como uma mulher joga uíste. Porque você não conseguia ver as próprias qualidades como os outros veem. Porque você é modesta até demais.

Não era sua intenção soar tão ríspido, mas estava bravo por ela não estar se sentindo grata, bravo porque ela fora escolhida — mesmo que ele tivesse enviado uma carta ao duque para isso. Ele devia estar feliz. Em vez disso, queria gritar de frustração.

— Mas por que se deu ao trabalho? Se perguntar algo ao duque no clube já foi um inconveniente, não entendo por que se daria ao trabalho de escrever uma carta.

A voz dele saiu mais calma enquanto a raiva se recolhia:

— Você quer um chalé. Eu sei o que é querer, o que é desejar o impossível.

Kathryn se aproximou ainda mais, e ele não sabia se era a lua, ou as estrelas, ou as luzes distantes, mas, quando ela inclinou o rosto para cima, ele a enxergou perfeitamente. O olhar dela o percorreu, enfim pousando em seus olhos, e Griff esperava que ela não pudesse ver a verdade neles, não conseguisse enxergar a profundeza de seus sentimentos por ela, ou como aquele momento o estava destruindo.

— Mas você nem gosta de mim... — sussurrou ela.

Por Deus, como ele queria que isso fosse verdade. Como desejava que as mentiras que disse a si mesmo ao longo dos anos para proteger seu coração não estivessem zombando dele agora.

Hesitante, ela levantou a mão e colocou-a sob o queixo dele, e Griff amaldiçoou quem decidira que mulheres e homens deveriam usar luvas em eventos. Ele queria sentir o calor da pele dela penetrando a sua, queria descobrir a maciez de sua mão. Lá estava aquele verbo de novo, e não importava sua forma — *querer, queria, querendo* —, ele o fazia ter pensamentos idiotas e agir de forma estúpida. Como garantir que ela passasse o resto de sua vida nos braços de outro.

— Você não para de me provocar.

A rouquidão habitual da voz dela caiu um tom, causando arrepios por todo o seu corpo. Griff lutou para não imaginar quão profundos seriam os gemidos dela em meio ao êxtase, como eles poderiam fazer um homem perder o controle, como seus próprios gemidos roucos poderiam complementar o coral.

— Você não tem nada para dizer em sua defesa?

— Não tenho defesa.

Exceto continuar com sua loucura e tocar sua boca à dela.

Claro que beijá-la era um erro, mas tudo daquela noite estava errado. Ele nunca deveria ter dançado com Kathryn, porque agora seus braços pareciam ainda mais vazios quando ela não estava entre eles. Ele também pagaria um preço alto pelo beijo, embora ainda não soubesse o valor.

Griff a incitou a abrir a boca, e ela não hesitou em separar os lábios para receber sua língua, que começou a explorar os contornos ocultos e a saboreá-la por completo. Ele segurou sua nuca com uma mão e pressionou a outra em suas costas, colando seus corpos de forma que nem mesmo a luz da lua conseguiria se infiltrar entre eles.

Kathryn deslizou os dedos por seu pescoço e segurou um punhado de seu cabelo, enquanto sua boca se movia provocante sobre a dele. Ela não era uma menina tímida, muito menos uma donzela escandalosa — embora um gemido tivesse escapado de seus lábios enquanto ela se banqueteava.

Por Deus, ele a conhecia havia anos. Como nunca havia reparado que a certinha lady Kathryn podia se tornar feroz quando provocada? Quando não havia ninguém vendo. Quando eram apenas os dois. Quando estavam fazendo coisas que não deveriam, mas nenhum dos dois contaria nada a ninguém.

Ela confiava que Griff não diria nada, que guardaria segredo sobre essa quebra de decoro, e essa confiança era como a joia mais preciosa — algo que ele poderia lembrar e examinar durante futuras noites solitárias. E, ah, como as noites seriam solitárias...

Aquele beijo não era o primeiro erro de sua vida, mas certamente seria seu maior arrependimento. Seria melhor nunca ter conhecido o gosto dela — leve, intenso e doce como champanhe —, nunca ter descoberto o quão rápido ela se derretia contra ele, ou quão perfeitamente se encaixava em seu corpo, como se os dois tivessem sido feitos um para o outro.

Griff queria poder tê-la nos braços para sempre, mas essa honra seria de outro homem. E, por conta disso, ele não podia tomar mais liberdades.

Afastando sua boca da dela, ele deslizou os lábios por seu pescoço e deu um beijo logo abaixo da mandíbula, onde conseguia sentir a pulsação errática de seu coração. Subindo um pouco mais, mordiscou seu lóbulo antes de contornar a delicada concha com a boca.

— Você será feliz com ele.

Então, lorde Griffith Stanwick, segundo filho, que nunca havia negado a si mesmo nada que queria, se afastou, dando as costas à única coisa que realmente desejara.

Capítulo 9

O sol da manhã seguinte encontrou Kathryn deitada na cama, encarando o teto, praticamente imóvel desde que se deitara para dormir. O beijo no jardim não saía de sua mente.

Enquanto aprofundava o encontro de seus lábios e línguas, explorando cantos nunca tocados por outro homem, Griff soltara um gemido baixo que a lembrou da sensação de dar a primeira mordida em uma sobremesa de chocolate deliciosa. Como se nada no mundo tivesse sido tão gostoso, como se nada no mundo fosse chegar aos pés daquela satisfação primorosa. Um gosto intoxicante, viciante e avassalador que a fazia querer mais.

E, aparentemente, ele sentira o mesmo. Embora trocassem palavras afiadas, a noite anterior havia mostrado que suas línguas podiam ter uma utilidade muito melhor. A língua dele a procurara, provocara e se retraíra, e os lábios dele não perderam tempo de capturar a sua, sugando sensualmente, quando ela o seguia. Kathryn nunca imaginara que um beijo pudesse incorporar tantas texturas diferentes — áspero, sedoso, macio, granulado — ou tantas variedades de movimentos — lento, rápido, suave, intenso.

Ela queria que o beijo nunca tivesse acabado.

Mas tudo tinha um fim, e Griff apenas foi embora, deixando-a sozinha no jardim escuro. Ela pudera apenas ansiar para que ele voltasse, chamar por ele, para sempre mudada.

Como era possível ele simplesmente virar as costas e partir após lhe dar um beijo tão ardente? Kathryn ficara triste, brava e confusa, e precisou de vários minutos para acalmar o turbilhão de emoções que sentiu.

Quando ela voltou para o salão de baile, Kingsland a abordou de imediato e reivindicou outra dança. Enquanto ele a guiava pelo salão, no entanto, a mente dela procurava alguma explicação para seus lábios inchados e ainda formigando, caso ele perguntasse. Kathryn também teve a impressão de que seu penteado não estava tão arrumado quanto esteve antes de dar a desculpa de que precisava de um pouco de ar fresco, mas ela podia pelo menos culpar a brisa da noite pelos cachos soltos. Podia dizer, também, que seu coração batia acelerado por sua pressa em voltar ao lado dele. Mas o duque não lhe perguntou nada nem revelou o que estava pensando. Apenas a estudou com astúcia, como se pensasse ser capaz de decifrá-la apenas com um olhar. No entanto, Kathryn manteve seus pensamentos e sentimentos trancados. Temia ter que fazer isso pelo resto de sua vida. Temia que ele nunca a conhecesse de verdade.

Seus pais se mostraram extasiados de alegria na carruagem durante a viagem de volta, com sorrisos radiantes e discursos sobre como sua avó teria ficado feliz ao saber que Kathryn havia conquistado um duque. Que ela seria uma duquesa.

— Acredito que eu ainda precise passar em outros testes do duque — apontou ela, distraída, esperando aliviar qualquer arrependimento que os pais pudessem sentir se as coisas não dessem certo.

Era difícil aguentar o entusiasmo dos pais sobre algo que ela não conquistara por conta própria.

Por que raios Griff havia escrito para o duque? Por que a beijara? Ela precisava de respostas, precisava entender melhor as motivações dele. O que ele ganharia com o casamento dela com o duque? Será que começara a se importar com ela do mesmo jeito que ela se importava com ele? O beijo era um claro sinal de que ele a desejava, mas, se isso era verdade, por que entregá-la a outro? Kathryn nunca pensara em Griff como alguém altruísta. Mesmo que ele tivesse dito que sabia o que era querer algo e não ter, aquilo era o suficiente para oferecer Kathryn de bandeja a outro? Ela precisava vê-lo, precisava saber exatamente o que ele sentia. Caso contrário, como seu coração seria capaz de aceitar o duque?

Jogando as cobertas para o lado, ela puxou o sininho do quarto para chamar sua criada. Uma hora depois, estava pronta para o café da manhã.

Ao entrar na pequena sala de jantar, Kathryn se perguntou se algum dia se acostumaria com os pais dando risadinhas e beijinhos. Por Deus, os dois pareciam adolescentes apaixonados. A mãe agora estava sentada à direita do pai, em vez de ocupar o outro canto da mesa como fazia havia anos.

— Olá, querida — cumprimentou a mãe. Ela parecia tão contente, e Kathryn se sentiu feliz pelos pais. — Dormiu bem?

— Para falar a verdade, não muito. Emoção demais, acho.

E um beijo que a deixara querendo mais.

Após encher um prato com salsichas, ovos e queijo no aparador, ela se juntou aos pais na mesa de jantar.

— Kingsland é um bom sujeito — falou seu pai. — Ele mencionou que viria visitá-la esta tarde. Provavelmente para um passeio de carruagem no parque.

Kathryn deveria estar dando pulinhos de felicidade pela perspectiva de ser cortejada de verdade, deveria se sentir animada ao pensar no duque. Em vez disso, não parava de pensar em Griff.

— Não faça essa cara de tristeza, querida — alertou a mãe. — Você é o assunto do momento na alta sociedade. Perdi a conta de quantas felicitações recebi em seu nome ontem à noite.

Mas ela apostava que a mãe tentaria lembrar de todas.

— Mas aposto que não tantas quanto Griffith Stanwick — comentou o pai, um pouco amargo.

Vencida pela curiosidade, Kathryn se endireitou.

— O que ele fez para merecer as felicitações?

— Ficou rico como um ladrão de estrada com a aposta que fez no White's, e possivelmente em outros clubes.

O mau pressentimento lhe deu calafrios, e Kathryn engoliu em seco.

— O que ele apostou?

— Que Kingsland escolheria você.

Conforme a carruagem sacolejava pelas ruas, a fúria de Kathryn fervia como um vulcão prestes a explodir. Seu pai não ajudou em nada quando disse que todos acharam a aposta uma besteira, mas que o segundo filho de Wolfford era conhecido por fazer apostas tolas. Logo, todos haviam aceitado participar, certos de que ela não seria escolhida. Mas Kathryn fora. O que mais Griff havia escrito na carta para Kingsland que o duque não lhe contara?

Será que o sentimento de culpa o levara até o jardim? Por acaso o beijo fora a ação de um homem extasiado pelo tanto de dinheiro que havia ganhado? Após saber sobre a aposta, ela começara a ver as palavras de despedida de Griff mais como uma tentativa dele de convencer a si mesmo, não ela. Talvez para aliviar sua culpa, para assegurar a si que havia feito algo bom para ela.

O cafajeste. O completo vigarista. O canalha que havia tirado vantagem da sorte dela. Não importava mais que ele fosse o responsável pelo duque tê-la escolhido. Kathryn pensara que Griff fizera tudo aquilo porque se importava com ela, mas, como sempre, ele se importava apenas com o próprio umbigo. E ainda achara uma maneira fácil de encher os bolsos.

Ah, mas ele ia ouvir!

A carruagem parou na frente da casa do duque de Wolfford.

— Não precisa me acompanhar — disse ela à criada. — Serei rápida.

O criado desembarcou, abriu a porta, desceu os degraus da carruagem e estendeu a mão para ajudá-la. Sua indignação justificada era quase palpável enquanto ela desembarcava e marchava pela larga escada de pedra. Na porta, ela deu uma batida firme com os nós dos dedos enluvados, ignorando a aldrava pois precisava do contato físico e estava aquecendo seu punho para o nariz de Griff.

A porta foi aberta e o mordomo a deixou entrar. Ele parecia estar em um enterro.

— Lady Kathryn, vou alertar lady Althea de que está aqui.

— Na verdade, vim ver lorde Griffith.

— Sinto muito, mas ele não está em casa.

Óbvio que não estava. Sem dúvida, o cafajeste devia estar gastando sua nova maldita fortuna.

— Ah, sim, então chame lady Althea, por favor.

Sua amiga ficaria horrorizada pela ação do irmão.

Poucos minutos se passaram antes de Althea aparecer correndo com os olhos vermelhos e inchados, o cabelo despenteado e o rosto pálido. Ela apertava um lenço de seda nas mãos e estava com uma expressão aflita.

— Você veio. Como soube? Quem contou? Todos em Londres já estão sabendo?

Kathryn negou com a cabeça.

— Sinto muito, não sei do que está falando. Vim falar com Griff sobre a maldita aposta que ele fez sobre quem Kingsland escolheria.

— Então você não sabe…

— Sei do quê, exatamente?

— Que meu pai e irmãos foram presos por traição.

Capítulo 10

20 de abril de 1874

Com a respiração ofegante e o coração acelerado, ele corria e corria, mas parecia não sair do lugar. Era tudo breu, mas devia haver algo adiante... certamente devia ter, ele só precisava chegar lá. Ela estava mais à frente, ele só precisava alcançá-la.

De repente, ele estava em uma sala, sentado em uma cadeira dura e com as mãos amarradas às costas, rodeado pela escuridão. Uma luz brilhou em cima dele, e ele apertou os olhos. De onde vinha? Não havia lamparinas ou janelas. Nada. Apenas ele, a cadeira e as sombras.

— Diga os nomes.
— De quem?
— De quem mais está envolvido.
— Envolvido no quê, exatamente?
— Quantos são?
— Não tenho ideia do que diabo você está falando.
— Você realmente acha que vamos acreditar que você não sabia de nada do plano?
— Que plano?

A escuridão voltou, e ele estava correndo de novo. Com Althea. Ele precisava protegê-la. Ela era sua responsabilidade. Mas ela não precisava dele, tinha seus próprios planos. Mesmo assim, ele esticou a mão...

Mas ela sumiu.

Marcus apareceu. Segredos, decepção, raiva. O herdeiro, que não era mais herdeiro, também sumiu.

Deixando-o para encarar as consequências sozinho. Sempre sozinho. Sempre...

Griff acordou de supetão, sacudindo o corpo para espantar o pesadelo como um cachorro molhado tentando se secar. Mas a realidade ainda estava lá para assombrá-lo enquanto ele esfregava o rosto com as mãos, enquanto tentava voltar ao presente e deixar o passado para trás.

Dez meses haviam se passado desde que ele e Marcus foram arrastados para a Torre porque as autoridades acreditavam que estavam envolvidos em um plano para assassinar a Rainha. Um plano em que o duque de Wolfford estava envolvido. A verdade era que ele não estivera visitando a amante todas as noites, mas sim seus comparsas na conspiração. Embora o pai não estivesse trabalhando sozinho, fora o único a ser pego. Griff e Marcus sofreram duas semanas de interrogatórios até finalmente convencerem as autoridades de sua inocência e ignorância em relação ao esquema traiçoeiro do pai.

Mesmo tantos meses depois, Griff ainda tinha dificuldade em acreditar que o pai fosse capaz de tais maquinações por querer outra pessoa no trono. Mas, aparentemente, o pai tinha um lado sombrio e perigoso que ninguém conhecia. Depois de ser julgado culpado por traição, o duque de Wolfford subiu em um cadafalso e foi enforcado. Graças a Deus a lei não permitia mais enforcamentos públicos. Ironicamente, o pai tinha votado contra o projeto de lei de 1870 que proibia o esquartejamento de traidores, mas a mesma lei o poupara de uma morte mais horrível. Pouco depois de sua execução, a Coroa confiscou os títulos e propriedades do duque e deixou Griff e sua família com nada além das roupas do corpo e os poucos pertences que conseguiram juntar antes de serem despejados da residência. A verdade sobre a vida do duque partiu o coração de sua mãe, e ela logo faleceu de tristeza e desespero. Família e amigos os abandonaram, e os irmãos foram deixados à própria sorte. Até mesmo Chadbourne deu às costas a Althea e rompeu o noivado, e ela foi excluída pela alta sociedade.

Trabalhando das sombras, Marcus estava determinado a descobrir quem mais estava por trás do plano para assassinar a Rainha Vitória para recuperar a honra da família. Griff ajudou o irmão por alguns meses, mas acabou perdendo a paciência e decidiu que seria mais útil se trabalhasse para garantir o dinheiro necessário para que vivessem bem. Era impossível ficar rico fazendo trabalhos clandestinos.

Rolando para fora da cama, o único móvel do quarto, ele se levantou e vestiu a calça. Seus investimentos finalmente tinham dado frutos, e ele tinha a quantia necessária para comprar o edifício que sempre desejara. No entanto, ainda precisava de dinheiro para reformar o local, e sabia muito bem onde consegui-lo.

Os clubes que ele frequentava cancelaram sua inscrição e proibiram sua entrada, mas uma moeda bem colocada na mão de um funcionário fora o suficiente para conseguir o que ele queria.

Griff enfiou a mão no bolso do casaco e tirou um pedaço de papel que listava o nome de todos os malditos lordes que haviam apostado que o duque de Kingsland não escolheria cortejar lady Kathryn Lambert. Embora pagar uma dívida de aposta fosse uma questão de honra, aparentemente os cavalheiros não se viam na obrigação quando a dívida era com o filho de um traidor. Mas o dinheiro teria sido muito útil quando ele e os irmãos ficaram sem nada.

Agora, esses mesmos lordes e cavalheiros que haviam virado as costas para ele, que se recusaram a pagar sua parte na aposta, aprenderiam que o diabo sempre obtinha o que lhe era devido… e com juros.

Na noite seguinte

Kathryn sempre amara o teatro e, desde junho, se tornara uma figura recorrente no camarote de Kingsland. Assistir a peças era uma das poucas coisas que os dois faziam com regularidade, embora se sentar ao lado dele naquela noite, com sua criada servindo de acompanhante e posicionada em um assento atrás dela, tenha feito ela se perguntar se ele a levava ali porque a peça eliminava a necessidade de muita conversa. Ela sempre ficava tão absorta nas performances que se emudecia, como era do gosto dele. Nas raras ocasiões em que olhava para ele, via apenas um homem que parecia distante, distraído, como se estivesse ocupado fazendo cálculos em sua cabeça.

Ele havia conversado normalmente com ela nos jantares em que foram juntos, mas Kathryn suspeitava que, após o casamento, quando estivessem apenas os dois à mesa, o duque ficaria ocupado demais com pensamentos sobre os próprios negócios para perguntar sobre o dia dela. Não que ela precisasse ser o centro das atenções dele ou de seu mundo. Já havia aceitado que o casamento entre eles não seria por amor, mas amor não era algo necessário para um bom casamento na aristocracia.

— Alguma coisa errada? Você parece distraída.

Ela deu um pulinho de susto e olhou para o homem com quem se casaria, isso se ele chegasse a pedi-la em casamento. Ou se ela insistisse que ele o fizesse. Desde que o duque anunciara o nome dela no baile, eles haviam passado relativamente pouco tempo juntos. Kingsland viajara para a França, Bélgica e até os Estados Unidos por um tempo e chegara da Escócia no dia anterior. Seus empreendimentos comerciais pareciam englobar o mundo todo. No entanto, sempre que ele estava fora, ela recebia pequenos sinais indicando que ele estava pensando nela: flores, chocolates, um convite para usar o camarote dele quando uma nova peça entrasse em cartaz. Nunca enviava nada impróprio. Ainda assim, Kathryn teria preferido uma carta compartilhando os detalhes de suas viagens. Como não recebera nenhuma, eles deveriam ter muito o que discutir cada vez que ele retornava, mas ela estava ficando cansada de ter que perguntar como fora a jornada, ainda mais quando a resposta era sempre "apenas cheia de negócios entediantes".

Às vezes, ela se perguntava se ele a considerava um negócio entediante.

Estava começando a suspeitar que Kingsland não queria exatamente uma esposa quieta, e sim uma ausente. Só o que ele realmente exigia dela era um herdeiro. Ela poderia ter se ofendido, mas não era hipócrita. Kathryn também estava usando o duque para conseguir o que queria. Com certeza não haveria nenhuma paixão arrebatadora entre os dois. Ela teria que encontrar paixão em outro lugar, com outras coisas. Por isso, já estava planejando se envolver com várias atividades beneficentes, especialmente as voltadas para melhorar a vida de mulheres carentes.

— Estou apenas pensativa hoje. Você também parece distraído.

— Peço perdão. Apareceu uma oportunidade de adquirir uma mina de carvão em Yorkshire. Estou pensando nas vantagens e desvantagens.

— E que lado está vencendo?

Ele abriu um sorriso.

— No momento, estão empatadas, embora talvez seja melhor eu ir até Yorkshire para obter todas as informações necessárias e tomar minha decisão.

— Quando tiver uma esposa, você a levará com você nas viagens?

— Eu certamente não a impedirei de me acompanhar, mas talvez você ache uma experiência um tanto solitária, já que passo a maior parte das minhas viagens trabalhando.

Ela sentiu um aperto na barriga quando ele deu a entender que ela seria sua esposa. Era algo que o duque fazia com frequência, embora não houvesse um acordo formal entre os dois. Ele não havia feito o pedido ao pai dela.

— Você não vê uma esposa como parte da sua vida, não é?

— Não verei você como minha vida, mas certamente a verei como parte dela. Naquele dia no parque, você não me pareceu ser uma mulher que precise ser mimada.

— Ainda assim, uma mulher gosta de se sentir desejada.

— Eu não me casaria com uma mulher se não a desejasse.

Por que as palavras dele não lhe traziam conforto? Por que ela não conseguia se imaginar beijando-o no jardim ou ficando decepcionada se ele fizesse uma aposta que a envolvesse?

Ela não via Griff desde aquela noite no jardim de Kingsland. Mal tinha visto Althea. Óbvio que Kathryn fizera companhia para a amiga naquela manhã fatídica, quando fora confrontar Griff. Ela abraçara Althea enquanto a amiga chorava, tentara lhe dar conforto enquanto ela tremia e lhe assegurara que aquilo tudo não passava de um erro horrível e que tudo se resolveria rapidamente. Que a vida de todos voltaria ao normal em pouco tempo.

No entanto, quando ela voltou para casa no início da tarde, a notícia do crime do duque e as suspeitas sobre o envolvimento de seus filhos já haviam se espalhado por toda Londres. O pai dela a proibira de ter qualquer tipo de associação com lady Althea Stanwick. E quando se vive sob o teto do pai, sem meios de adquirir uma casa própria, não há muita escolha a não ser seguir as ordens.

Ela até conseguiu visitar Althea secretamente algumas vezes, mas a amiga e seus irmãos desapareceram do mapa depois que o pai foi enforcado por traição. Era perturbador não ter nenhuma notícia deles, poder apenas imaginar as dificuldades que estavam enfrentando. Mas então, de repente, algumas semanas antes, sua amiga reapareceu meses depois noiva de Benedict Trewlove, o recém-apontado conde de Tewksbury. Eles haviam se casado recentemente e, no momento, estavam na Escócia. Nem Marcus nem Griff compareceram à cerimônia, e Althea estava relutante em compartilhar qualquer notícia sobre eles, dizendo apenas que estavam bem, ainda que não muito facilmente acessíveis.

— Você tem todo o direito de ficar chateada com minhas ausências frequentes — falou o duque.

Mas aquele era o problema. Kathryn não se incomodava nem um pouco com a ausência dele. Não sentia falta do duque quando ele estava viajando nem se perguntava o que ele estava fazendo. Era ridículo como seus pensamentos sempre se desviavam para Griff, e ela se perguntava se ele estava bem, se estava vagando pelas ruas ou bebendo cerveja em uma taverna. Embora tivesse ficado chateada com a situação da aposta, era impossível não se preocupar com ele ou imaginar o preço que as ações do pai haviam lhe custado.

O duque continuou:

— Mas garanto que nada me distrairá...

— King?

O homem imediatamente virou a cabeça para o jovem que entrou no camarote.

— Lawrence, não sabia que você tinha a intenção de se unir a nós esta noite.

— Não estava nos meus planos, mas estou em uma situação difícil, e Pettypeace disse que você estaria aqui.

— Quanto?

Ela notou pelo tom de voz do duque que aquela era uma conversa rotineira entre os dois irmãos, aquele que uma vez Kingsland dissera considerar mais importante que a si mesmo.

Lorde Lawrence se agachou para ficar na mesma altura que o irmão.

— Mil libras.

— Você perdeu mil libras em algumas horas na mesa de apostas? Por Deus, Lawrence, isso é totalmente inaceitável!

— Não, não. Eu nem fui para o clube de apostas ainda. É aquela maldita aposta que fiz com Griffith Stanwick na temporada passada.

O coração de Kathryn deu um salto com a menção a Griff. E da aposta da última temporada. Será que era a aposta que a envolvia? Por que Griff estava coletando seus ganhos só agora?

— Ele saiu das sombras, então?

— Sim, para buscar o que lhe é devido.

— E você não o pagou ainda? Pagar uma aposta perdida é questão de honra.

— Ninguém pagou nada para ele. Como o pai era um traidor, todos concordaram que a aposta havia sido cancelada.

Então Griff não tivera acesso ao dinheiro que ganhara por todo esse tempo? Aquilo não a deixava menos chateada com ele por causa da maldita aposta, mas além disso ficou brava com aqueles que não cumpriram sua parte no acordo. Pelo que Althea lhe contara, os irmãos ficaram em uma situação precária após serem expulsos de Mayfair. Eles precisaram viver na periferia e trabalhar *de verdade* para conseguir sobreviver.

— Parece que é tarde para sentir remorso. O que fez você mudar de ideia sobre pagar sua parte? — perguntou Kingsland.

— Ele está ameaçando surrar a pessoa ou contar segredos que alguns não querem que sejam revelados.

Aquilo não parecia nem um pouco com o Griffith Stanwick que ela conhecia, um homem que sorria e ria com facilidade.

— E qual dos dois se aplica a você?

— Isso importa?

Ela observou enquanto Kingsland examinava o irmão mais novo, outro exemplo de um segundo filho que vivia estendendo a mão e pedindo dinheiro. Não era à toa que a avó dela a havia avisado para não se casar com um.

O duque suspirou.

— Diga a Pettypeace para lhe dar a quantia necessária.

— Sua secretária não vai me dar nada a menos que eu saiba a palavra secreta que vocês dois usam para indicar que está disposto a abrir seus cofres para mim. Ou que eu tenha um bilhete com sua assinatura para mostrar que você aprova a doação.

O duque tirou um caderninho e um lápis minúsculo de dentro do paletó, rabiscou alguma coisa, arrancou a folha e a entregou ao irmão.

— Obrigado — agradeceu Lawrence, fazendo uma pequena reverência. Só então ele pareceu notar sua presença. — Lady Kathryn, peço desculpas por atrapalhar sua noite. Aproveite a peça.

O jovem lorde saiu rapidamente do camarote, sem nem lhe dar tempo de perguntar onde Griff estava e se ele parecia bem. Não que ela fosse revelar seus pensamentos e sentimentos, especialmente porque não queria que Kingsland duvidasse de sua devoção a ele — já bastava ela mesma duvidando de tal devoção.

As luzes do teatro começaram a diminuir até que apenas o palco ficou iluminado. As cortinas se abriram e vários atores apareceram em uma floresta.

— Você recebeu notícias de sr. Griffith Stanwick?

Ela se virou para Kingsland.

— Não, não recebi. Ele não teria motivos para me visitar ou me enviar uma carta. Certamente não apostei nada com ele.

— Pensei que, por sua amizade com a irmã dele, você saberia como ele sobreviveu à traição do pai à Coroa.

— Não sei nem se ela sabe com o que ele está envolvido hoje em dia. Não consigo acreditar que ele ameaçou seu irmão.

— Nós, cavalheiros, levamos nossas apostas muito a sério. Alguns até já duelaram pela honra envolvida.

— Você deveria ter informado ao seu irmão quem você escolheria para cortejar. Se o tivesse feito, ele não teria perdido esse tanto de dinheiro em uma aposta ridícula.

Ela sentiu a raiva e a dor ferverem seu sangue ao lembrar do porquê Griff a ajudara. O duque se inclinou para perto dela.

— Você sabe dos detalhes da aposta que ele mencionou?

Ele falou baixo, mas ela não sentiu nenhum tom de intimidade, então não sabia se ele estava falando baixo por respeito a Kathryn ou para não atrapalhar os outros que se sentavam em camarotes próximos.

— Presumo que ele estava falando da aposta que tentava adivinhar quem você selecionaria. Meu pai me contou. Você também fez parte da aposta?

— Não seria ético da minha parte, já que a decisão final era minha. Assim como não seria justo contar minha escolha ao meu irmão. Ao saber que a aposta estava registrada no White's, mantive a decisão em segredo e não contei nem para meus melhores amigos.

— Ah, sim, claro. — Ela entrelaçou as mãos no colo. — Eu não sabia que ele não havia coletado o valor da aposta. Você teria pagado a quantia se tivesse apostado? Mesmo se ninguém mais o tivesse feito?

— Sempre honro minhas dívidas. Me pergunto por onde ele anda…

Kathryn se perguntava a mesma coisa, e então amaldiçoava a própria curiosidade. Ela estava passando a noite com um homem que nunca se aproveitara do que sabia sobre ela para se beneficiar. O sr. Griffith Stanwick não deveria ocupar seus pensamentos. Ainda assim, ela parecia incapaz de não pensar nele.

Depois da breve conversa sobre a aposta, eles assistiram à peça em silêncio e voltaram para casa sem trocar uma única palavra. Quando chegaram à mansão Lambert, o duque pediu a ela que esperasse para conversarem um pouco enquanto sua criada entrava na residência. Mas ele não começou nenhuma conversa. Em vez disso, ele a beijou. O beijo foi breve, um mero roçar de lábios sobre os dela, mas era a primeira vez que ele tomava tal liberdade. Era inegável que seu coração havia acelerado, mas não sentiu um frio na barriga, os joelhos não fraquejaram e os dedos dos pés não se contorceram. Kathryn não experimentou nenhuma das sensações intensas que sentira com o beijo de Griff. Mas, também, o beijo dele fora o beijo de um cafajeste, não de um cavalheiro.

Se ela fosse esperta, apagaria as lembranças de Griffith Stanwick de sua mente. Com certeza não deveria tentar comparar o duque a ele…

Capítulo 11

1º de junho de 1874

Seis semanas depois, na ausência de bailes ou eventos e com Kingsland em Yorkshire e os pais em Paris, Kathryn foi ao Clube Elysium, uma casa de apostas para damas — ou, pelo menos, uma casa que as damas consideravam ser o equivalente às frequentadas por homens. Kathryn suspeitava que o local era um pouco mais chique que a versão masculina, mas Aiden Trewlove certamente se esforçara para garantir que seu estabelecimento refletisse as fantasias femininas.

O salão de jogos era moderadamente iluminado, e cavalheiros bonitos em trajes formais circulavam pelo recinto oferecendo dicas, um leve toque nos ombros ou um sorriso. Outras salas providenciavam entretenimentos diferentes, como comida, dança e massagens nos pés, mas Kathryn preferia o salão de jogos porque, apesar do flerte ocasional, os cavalheiros não lhe davam tanta atenção a ponto de distraí-la, e porque o local nunca ficava em completo silêncio. Dados rolando, roletas girando e cartas sendo embaralhadas criavam uma cacofonia que servia como pano de fundo para as fofocas compartilhadas durante a jogatina.

Seu jogo favorito era *vingt-et-un*. As regras eram simples: juntar cartas para somar vinte e um ou chegar perto do valor sem ultrapassá-lo. Kathryn se tornara membro do clube pouco depois da fatídica noite em que Kingsland anunciara seu nome no baile. Ela já tinha ouvido falar do local e ficara curiosa e, com a iminência de um casamento, decidiu que deveria fazer tudo o que tinha vontade antes de dizer seus votos no altar, caso seu marido não permitisse que ela se divertisse em um lugar considerado escandaloso. Agora, no entanto, suspeitava que poderia continuar frequentando o clube sem problemas, pois o duque não se importaria nem um pouco. Seu casamento com Kingsland tinha tudo para ser igual ao de seus pais antes de se apaixonarem. Ela não conseguia imaginar o duque a pressionando contra a parede em um beijo apaixonado. Ele não parecia um homem capaz de perder o controle.

— Lady Kathryn?

Ela olhou para o crupiê, estudou suas cartas e assentiu.

— Sim, mais uma, por favor.

Ela sorriu para a nova carta, que a deixava a apenas dois números de vinte e um.

— Vou parar por aqui.

Ele se virou para a mulher ao lado, que usava uma máscara de dominó. Algumas damas preferiam usar um disfarce porque, por diferentes motivos, queriam manter sua identidade em segredo, mas Kathryn não se importava que soubessem que ela estava ali. Não se esconderia como se estivesse envergonhada de seu comportamento quando não estava. A única coisa que podia afirmar com certeza sobre seu relacionamento com Kingsland era que havia honestidade entre eles e que ela nunca precisava fingir ser diferente do que era.

— Já encontrou alguém para indicá-la? — perguntou lady Prudence para lady Caroline ao seu lado, em voz baixa.

— Sim, encontrei.

— Será que ela me indicaria também?

— Posso indicá-la se conseguir minha inscrição.

— Sobre o que estão falando? — perguntou Kathryn, sabendo muito bem que era falta de educação xeretar, mas interessada demais pela parte da "indicação".

As duas damas deram um pulinho e fizeram uma expressão de culpa. Então, se encararam por um breve momento antes de assentir. Lady Prudence se inclinou para perto de Kathryn e sussurrou:

— É sobre um novo clube.

O coração dela acelerou com a suspeita. Griff deveria estar nadando em dinheiro após coletar seus ganhos da aposta. O suficiente para comprar o edifício que tanto desejava.

— Que tipo de clube?

Lady Prudence olhou para os lados, como se estivesse com medo de estar sendo espionada ou de ser pega falando sobre algo proibido.

— É um lugar onde homens e mulheres buscam a... companhia um do outro. Mas é muito difícil se tornar um membro, pois outro membro precisa indicá-lo. — A mulher olhou mais uma vez para os lados e pareceu satisfeita com a situação, pois aproximou ainda mais a boca do ouvido de Kathryn. — Além disso, você precisa fazer um juramento de que não vai contar o que acontece lá dentro, nem divulgar quem são os frequentadores do clube, e muito menos quem estava junto com quem. Ouvi dizer que uma mulher não honrou o juramento e fofocou sobre o caso de um cavalheiro acompanhado de uma dama que estava sendo cortejada por outro. Essa mulher acordou com o dono do clube em seu quarto, ameaçando arruinar sua reputação se ela não fechasse a matraca.

Kathryn não conseguia parar de encarar lady Prudence nem pensar em uma resposta. A história parecia familiar até demais, exceto pela parte de Griff entrar no quarto de uma mulher para ameaçá-la. Para começo de conversa, ele não tinha as habilidades necessárias para invadir uma casa trancada. Além disso, não tinha o costume de ameaçar ninguém. Não de verdade, pelo menos. Ele era mais do tipo provocador.

— Sei que a existência de um lugar como esse é escandalosa — continuou lady Prudence quando ela não respondeu. — Sem contar a invasão no quarto de uma dama.

Kathryn, no entanto, não estava surpresa pela existência do lugar, e sim pela consciência de que aquele empreendimento fora o sonho de Griff. Ela até sabia qual edifício ele queria e passara na frente do local algumas vezes desde a noite em que o visitara. Da última vez, o local ainda parecia estar à venda, mas já haviam se passado alguns meses desde então.

— Quem é o dono do local?

Os olhos de lady Prudence brilharam.

— Eis o "xis" da questão. Só os membros sabem, e nenhum deles revela nada. É tudo tão incrivelmente misterioso e deliciosamente imoral.

— As senhoritas vão continuar no jogo?

Kathryn voltou sua atenção para o crupiê, notando que ele havia revelado as cartas e que ele havia ultrapassado a soma de vinte e um. Os ganhos pela rodada estavam na frente dela. Ela negou com a cabeça.

— Creio que vou parar por esta noite.

Ela coletou suas fichas, ficou de pé e começou a caminhar, mas logo parou e se inclinou para perto do ouvido de lady Prudence.

— Qual é o nome do lugar?

— O Reduto dos Preteridos. Mas você não poderá entrar se seu nome não estiver na lista. E os membros são tão discretos que é difícil saber para quem pedir a indicação.

— Não precisarei de uma indicação.

Nem de nome na lista.

Enquanto caminhava para a saída do Elysium, Kathryn soube que nada, nem ninguém, a impediria de entrar naquele clube.

Do topo da escada, Griff olhou para o saguão lotado no andar abaixo, onde os recém-chegados se misturavam, esperando a secretária que ele havia contratado encontrar seus nomes na lista e verificar a inscrição antes de permitir acesso à parte principal do edifício. O Reduto dos Preteridos havia sido inaugurado oficialmente quinze dias antes, e a notícia se espalhara mais rápido do que Griff esperava. Todo mundo que convidara para a inauguração comparecera. Ele não colocara seu nome no convite, mas também não escondera sua identidade daqueles que entraram pela porta por curiosidade. Na verdade, sentiu um prazer perverso com o choque dos convidados quando perceberam que responderam à convocação do filho de um traidor. Griff havia considerado operar em segredo, mas logo desistiu da ideia. Ele não permitiria mais que o legado do pai o definisse.

Mesmo que não pudesse negar que, de muitas maneiras, a traição do pai o transformara no homem de agora, um que mal se agarrava aos farrapos que restaram de seu eu passado.

Além disso, ele gostava de ser visto, de andar pelo clube. Sua presença garantia que as pessoas se comportariam. Suas mãos cheias de cicatrizes e calos eram um alerta de que ele não era mais um nobre cavalheiro, e ele as mantinha à mostra por nunca usar luvas. Quando andava pelas salas, as pessoas se afastavam e abriam caminho. Ele também não se importava com isso. A presença delas colocava dinheiro em seu bolso. Não precisava ser amigo ou colega dos membros; inclusive até preferia que tivessem medo dele.

Griff não pertencia mais ao mundo da nobreza e não fingiria o contrário.

Farto da ociosidade, cada vez mais entediado com a inércia, decidiu que era hora de desfilar pelo clube. Mas mal tinha se virado para descer a escada quando se deparou com *ela*.

Ela andava com confiança e a postura de uma rainha, uma imperatriz, a governante com o reino a seus pés. Griff não deveria estar sentindo aquele frio na barriga, nem o coração acelerado como cavalos galopantes. Ele não deveria se sentir grato pela aparição dela.

Mesmo assim, ele sabia que ela apareceria caso ouvisse falar do lugar. Depois de todo aquele tempo, vê-la era como um bálsamo para sua alma devastada. Mas ele não demostraria aquilo, fosse por palavras, ações ou expressões.

Ela usava um vestido verde-esmeralda que Griff nunca vira antes, mas ele sabia que os olhos dela estariam refletindo o mesmo tom. Gloriosamente escuros, gloriosamente intensos.

Como se fosse especial — e Deus sabia que ele a considerava a mais especial de todas —, Kathryn passou pela fila de pessoas que esperavam para confirmar seu nome e foi até a entrada guardada por um sujeito grande e bruto, a quem ele tinha contratado para manter a ordem. Ele tinha visto vários homens quase desmaiarem quando Billy entrou na frente deles, mas ela apenas arqueou uma sobrancelha para o segurança como se a presença dele fosse um incômodo. Jesus, ele adorava o fato de ela não se sentir intimidada por um homem que poderia quebrá-la ao meio. Havia tantas outras coisas que ele também admirava nela, mas era tarde demais para qualquer uma dessas constatações resultarem em algo bom.

Se Griff fosse esperto, iria para seu escritório e trancaria a porta. Em vez disso, começou a descer a escada.

Kathryn não ficaria surpresa se alguém lhe dissesse que o homem à sua frente era descendente de gigantes. No entanto, ela havia acabado de chegar do Clube Elysium e estava impaciente para descobrir se suas suspeitas estavam corretas, e não pretendia deixar ninguém — gigante ou não — a impedir.

— Deixe-me passar.

— Você precisa verificar sua inscrição primeiro.

— Não sou um membro e não preciso ser para entrar.

Ele piscou várias vezes, confuso, e ela pensou que talvez ele estivesse tentando compreender o que Kathryn havia dito — ou talvez simplesmente não fosse acostumado a ser desafiado por alguém. Ela notou alguns cavalheiros quase abraçando a parede para evitar ficar muito perto do sujeito enquanto se encaminhavam para o que ela tinha certeza de que eram as partes mais interessantes do local.

— Todo mundo precisa ter uma inscrição para entrar — falou o brutamontes, embora seu tom não passasse muita convicção. — São as regras.

— Eu não preciso. Saia da frente.

— Não posso. Vou perder meu emprego.

— Posso garantir que isso não acontecerá. Me dê passagem.

— Olha aqui, senho...

— Está tudo bem, Billy. Pode deixá-la passar.

Kathryn odiava a maneira como aquela voz a deixava sem fôlego. Ainda assim, o gigante musculoso fez como ordenado, e então a visão dela foi preenchida por Griff, usando trajes formais que o serviam como uma luva. A roupa devia ser nova, porque seus ombros estavam mais largos e seus braços mais grossos do que da última vez que o vira.

Ombros e braços que ela sabia serem firmes, pois havia lhes acariciado quando ele a beijara no jardim de Kingsland. A vontade de repetir a experiência era muito inconveniente. Não estava ali para trocar carícias ou beijos, e sim para dizer poucas e boas ao homem.

Como se fosse o rei do local, ele inclinou a cabeça ligeiramente para o lado, concedendo permissão para que entrasse — quando ela não precisava da permissão dele para nada. Ainda assim, ela deu quatro passos em direção a ele e logo sentiu sua fragrância de rum misturada ao cheiro de terra molhada. Kathryn respirou fundo para sentir o aroma, como se tivesse acabado de emergir de uma eternidade sob o oceano e finalmente estivesse livre para respirar o ar puro, enchendo os pulmões até quase explodir.

O cabelo dele estava um tom mais claro e mais comprido, os cachos caindo sobre os ombros fortes. Seu queixo estava sombreado por uma barba curta, como se tivessem se passado várias horas desde que ele se barbeara. Ou, talvez, ele decidira manter aquele comprimento de propósito. A barba o fazia parecer mais forte, mais perigoso, alguém a ser temido. Seus olhos também tinham o mesmo efeito. Eles não refletiam mais um ar alegre e provocador, e ela ficou com a impressão de que talvez ele não fosse mais capaz de sorrir. Kathryn nunca se dera conta antes de como conhecia cada detalhe dele, e aquilo a deixou feliz e irritada ao mesmo tempo.

— Este estabelecimento não permite a entrada de pessoas já comprometidas — disse ele em um tom seco.

— Ainda bem que não sou comprometida então, não é?

Ela notou um lampejo de raiva nos olhos azul-acinzentados antes de Griff semicerrá-los.

— Você o rejeitou?

— Ele ainda não fez a pergunta.

— Então é melhor você ir embora logo. Ele certamente não vai ver com bons olhos sua presença em um local tão escandaloso.

— E por que você se importa? — Ela deu um passo à frente. — Você colheu os frutos por ele ter me escolhido. Ouvi dizer que fez uma maldita fortuna com a sua maldita aposta.

Ele cerrou a mandíbula. Ótimo. Era bom que ficasse com raiva, pois Kathryn estava furiosa. Dias, semanas, meses de uma fúria frustrada estavam prestes a eclodir. Fúria por causa da aposta. Fúria porque ela frequentemente se preocupava com ele. Fúria porque ele provavelmente não pensara nela, não a considerava importante o suficiente para enviar uma mensagem informando que estava tudo bem. E, para agravar ainda mais sua fúria, ela sentia um gosto amargo de decepção por saber que ele poderia, de fato, ter as habilidades necessárias para entrar no quarto de outra pessoa sem ser detectado, mas não se incomodara em invadir o quarto dela para tranquilizá-la e mostrar que estava vivo e bem.

— Acredito que eu tenha o direito de ver como seus ganhos indignos o beneficiaram. Acho que tenho o direito de ver se eles valem o que me custou.

Ele fez uma expressão de quem acabara de receber um soco.

— E o que eles lhe custaram, lady Kathryn?

— Quer mesmo discutir isso aqui, *senhor* Stanwick?

Ele pareceu levar um soco ainda mais forte, ou talvez mais dois ou três. O uso de "senhor" indicava que ela sabia que ele não era mais um lorde, assim como mostrava que aquela era a primeira vez que eles se viam desde sua queda.

— Venha comigo até um lugar mais reservado. Vamos conversar sobre sua inscrição.

Griff devia ter acrescentado a última frase para todos os presentes que estavam tentando ouvir o que eles diziam entre dentes cerrados, ou talvez para oferecer um motivo mais legítimo para que ela o seguisse escada acima. E ela o seguiu, a tola. Kathryn queria perceber todas as mudanças que ele fizera no prédio desde sua escapada noturna, mas parecia incapaz de se concentrar em outra coisa que não a largura dos ombros de Griff, ou a maneira como suas costas se estreitavam até a cintura. Ele era esguio, mas seus movimentos graciosos indicavam força.

Ela não conseguia ver a expressão em seu rosto, mas devia ser assustadora, já que aqueles que desciam a escada paravam para se encostar na parede. E era muito provável que a pressa dos que subiam à frente se devia à marcha pesada de Griff.

No topo, ele esperou até que ela o alcançasse antes de continuar pelo corredor. Kathryn acenou com a cabeça para as poucas pessoas que reconheceu e teve certeza de que Kingsland ouviria sobre sua visita, mesmo que fosse proibido revelar o que acontecia dentro do clube. Algumas fofocas eram simplesmente tentadoras demais para não serem compartilhadas. E, para ser honesta, ela não se importaria de ver o duque demonstrar um pouco de ciúme.

No final do corredor, ele abriu uma porta e deu espaço para que ela entrasse primeiro na pequena sala. Tinha uma atmosfera íntima, principalmente devido aos dois chaise longue que a mobiliavam. Mesmo que uma dama e um cavalheiro começassem a conversa sentados de frente um para o outro, eles eventualmente acabariam dividindo um dos sofás. Ou quem sabe o outro sofá maior, em um canto mais afastado, que parecia mais confortável. Em outro canto, havia uma mesa com várias garrafas. Uma gota de álcool cairia muito bem naquele momento.

Kathryn se virou e o encontrou de braços cruzados, apoiado na parede ao lado da porta aberta.

— Achei que o orgulho do clube eram as portas fechadas para privacidade.

— Não quando uma dama precisa manter sua reputação. Por que veio aqui?

Kathryn começou a andar pela sala, mesmo que houvesse pouco a ser visto. Algumas pinturas provocantes de mulheres enfeitavam as paredes, fazendo pouco para acalmar sua fúria.

— Por que não há homens?

— Oi?

Ela o encarou.

— Nas pinturas. Por que só há mulheres seminuas? Você acha que as mulheres não gostariam de ver um traseiro masculino aqui e ali?

Griff fechou os olhos e apertou os lábios, e Kathryn achou que ele estava tentando conter uma risada pelo comentário dela. Então, ele pigarreou e abriu os olhos, claramente irritado.

— O que você quer?

— Acho que mereço ver os frutos da sua traição.

— Como pode ser uma traição se garanti que você conseguisse o que desejava?

— Você também saiu ganhando. Eu achei... — Ela sacudiu a cabeça, negando-se a revelar sua ingenuidade. Achara que ele tinha feito tudo aquilo porque se importava com ela, porque gostava de Kathryn e queria vê-la feliz. Mas as ações dele tinham pouca ou nenhuma relação com ela. — Você escreveu aquela carta para garantir minha vitória.

— Sim, escrevi.

— Sei apenas algumas partes dela. O que você escreveu, exatamente?

Ele deu de ombros.

— Não vejo por que isso tem importância. A carta serviu a seu propósito.

— Deixou você rico.

— Não até recentemente. As pessoas que me deviam se recusaram a pagar. Acharam que não era necessário honrar uma dívida com o filho de um traidor. Imagino que você ache o mesmo.

Ela não achava. Por mais chateada que estivesse com a aposta, os pagamentos deviam ser honrados.

— Você ameaçou o lorde Lawrence para que ele pagasse sua dívida.

Ele deu de ombros mais uma vez, como se não se importasse com o problema dos outros.

— Ele não tinha nada a temer contanto que pagasse o que me era devido. Ele pagou. Todos pagaram.

— E por que cobrar a dívida agora e não antes?

Se ele tivesse desistido do dinheiro pela culpa por ter tirado vantagem dela, Kathryn ficaria um pouco menos triste e brava. Embora, no mundo ideal, a aposta nem existiria.

— Achei que a vergonha do meu pai também era minha. Não era. E eu ainda não tinha a... audácia de ameaçar as pessoas.

Ela pensou no caminho que fizeram até a sala, como ninguém havia falado com ele, como pareciam evitá-lo grudando na parede e andando rápido.

— E agora você tem?

— Você sabe como é passar necessidade, lady Kathryn? Como é não ter amigos, família ou refúgio? Quando saímos de Mayfair, só tínhamos algumas moedas. Passamos fome. Althea e eu dividimos um barraco. Quando o inverno chegou, passamos frio. Se esses malditos tivessem me pagado o que me deviam na época, nossa situação teria sido bem diferente e mais tolerável. Quando eu estava com frio, sangrando, dolorido e com fome, eu passei a odiá-los. Então, sim, eu fiquei disposto a ameaçá-los para receber o que me era devido.

Ela cerrou os punhos e deu três passos na direção dele.

— E eu não deveria estar tão brava quanto você? Você se aproveitou do que sabia sobre mim para ganhar dinheiro. Era por isso que estava me ajudando.

— E você estava estragando tudo. Uíste? Pelo amor de Deus! Que cavalheiro sensato se importaria com habilidades no uíste? Não entendo por que você está tão chateada. Você conseguiu o que queria. Por que eu não poderia fazer o mesmo?

— Me sinto usada. Eu contei coisas para você que nunca contaria para ninguém. Você me fez sentir... vulnerável, exposta para todos. — Como ela podia explicar que havia começado a confiar nele, mas fora dispensada como lixo? — Você precisava de dinheiro e o conseguiu por minha causa. Devia pelo menos ter me enviado um convite para o clube, já que não o teria conseguido sem mim.

— Como mencionei há pouco, você não é elegível para fazer parte do clube. Mesmo que ele não tenha pedido sua mão em casamento, todos sabem que isso vai acontecer eventualmente.

— Você poderia ter me trazido para uma visita particular, como fez antes.

Quando ele havia segurado sua mão e compartilhado seu sonho, sua visão, seus planos. Quando ele a fizera se sentir uma pessoa privilegiada por ter sua confiança. Quando ela viu um lado diferente dele.

— Não vi motivos para isso.

Ela queria socá-lo por ficar lá, parado, como se estivesse apenas tolerando sua presença, desesperado para que ela fosse embora...

Mas, então, percebeu como os nós dos dedos dele estavam brancos, como se ele estivesse apertando os punhos para manter as mãos longe dela. Conforme o estudou com mais atenção, Kathryn também percebeu que a pose dele não era nada casual. Não, ele não estava relaxado. Na verdade, parecia até frágil demais, quase como uma estátua, como se estivesse usando toda a sua concentração para ficar o mais imóvel possível, mas uma única marretada seria o suficiente para deixá-lo em pedaços.

Ela deu mais um passo na direção dele e notou um leve tremor. Será que ele estava se sentindo ameaçado pela aproximação dela? Será que não se sentia tão indiferente com a presença dela quanto demonstrava?

Kathryn ainda estava chateada com a maldita aposta, com as ações dele para garantir sua vitória, com o fato de que ele tomara a liberdade de juntá-la ao duque quando ela mesma não tinha certeza de que desejava Kingsland. Ela não conseguira o feito pelas próprias mãos e não gostava nada do fato de que precisara da ajuda de outros para alcançar seus objetivos.

Estava disposta a atormentá-lo e, com base no que acabara de notar sobre a postura dele, tinha quase certeza de que sabia como fazê-lo com uma precisão infalível.

Mais um passo. Dessa vez, a cabeça dele se moveu um pouco para trás, como se quisesse fugir pela parede.

— Você nunca se preocupou com a possibilidade de ter me jogado nos braços de um lobo em troca de dinheiro?

— Sempre achei que você seria forte o bastante para se afastar caso não gostasse dele. Já faz quase um ano desde então, e ele recentemente a levou ao teatro…

— Como sabe disso?

— Sei de muitas coisas.

Griff nunca dera a entender que se importava com fofocas ou que acreditava nelas.

— O irmão dele contou para você. Talvez você estivesse esperando lorde Lawrence do lado de fora do teatro, para que ele lhe pagasse.

Ele deu de ombros de novo e apertou um pouco mais os punhos.

— Você nos viu entrando? Eu estava usando um vestido novo, vermelho-escuro.

— Combinava com seu cabelo.

Griff cerrou os dentes, e Kathryn suspeitou que ele estava se amaldiçoando por ter deixado aquilo escapar.

Ela se aproximou ainda mais e parou na frente dele.

— Você *estava* lá.

— Só porque Lawrence me pediu para encontrá-lo para que me pagasse a dívida. Eu não estava lá para espionar você.

Mas, para tê-la visto, ele deveria ter chegado muito antes do irmão do duque. Será que queria vê-la, mesmo que de relance?

— Você gostou de como eu estava naquela noite? De como me esforcei para ficar bonita para ele?

— Acho que está na hora de você ir.

— Ainda não terminei.

Então, ela esticou o braço e fechou a porta.

Griff odiava saber que ela havia se esforçado para ficar bonita para Kingsland. Odiava que o homem tivesse o direito de tocá-la, de acompanhá-la com a mão em seu braço. Odiava que ela ainda estava ali, atormentando-o com sua presença.

Nos últimos meses, ele tivera que lidar com trombadinhas e assassinos, e ficara muito bom em se defender, mas enfrentar uma mulher desprezada — não, ela não fora desprezada, estava apenas furiosa com ele — era algo muito mais assustador. Ou seria para um sujeito que não tinha enfrentado os mesmos perigos que ele. Griff não estava exatamente com medo, mas cauteloso. Ela havia mudado desde a última vez que a vira. Se Kathryn precisasse escrever uma carta para o duque agora, ele suspeitava que o texto seria muito diferente do que ela escrevera no verão passado, que não haveria menção alguma a uíste. Ela estava determinada a castigá-lo pelo que acreditava que lhe era devido. Ele podia ver em seus olhos que Kathryn pretendia garantir que Griff pagasse caro pelo que ela considerava uma traição.

Se ela ao menos soubesse o quanto ele já estava sofrendo. Para evitar tocá-la, estava apertando os braços com tanta força contra o corpo que provavelmente encontraria alguns hematomas pela manhã. Suas mãos não doíam tanto desde que as destruíra trabalhando nas docas por míseros centavos por dia. E sua mandíbula... com a dor que estava sentindo por cerrar os dentes com tanta força, ele ficou surpreso por conseguir falar quando a ocasião pedia.

— Eu não ficaria tão chateada com a aposta se você tivesse sido honesto, se eu soubesse o que você estava planejando.

Griff não quisera deixá-la com falsas esperanças de ser escolhida. Mas aquilo era apenas parte da verdade. Ele não quisera que ela soubesse que ele se aproveitara da situação para ganhar dinheiro. E, ainda assim, ela descobrira tudo. Ele não a culpava por ficar chateada. Ele mesmo sentira-se culpado, e a culpa o fizera demorar para cobrar o que lhe era devido. O que, por sua vez, havia dado tempo para os devedores se unirem e decidirem não honrar a dívida. Griff também fora muito mole e facilmente dissuadido na época. Mas tudo havia mudado. Depois de meses passando dificuldade, ele aprendera a reivindicar o que lhe era de direito.

— Não achei que você se importaria, já que enviei a carta a Kingsland sem pedir nada em troca.

Ela o encarou com olhos agora verdes. O mesmo tom de um gramado de trevos onde ele gostaria de se deitar e relaxar, mas suspeitava que nunca mais conseguiria relaxar na vida.

Griff ficou tão perdido na profundidade dos olhos dela que mal notou quando Kathryn obliterou a pequena distância entre eles. O espartilho decorado roçou contra seus braços cruzados, e ele apertou ainda mais os dedos no antebraço.

— Parece que eu preciso agradecê-lo direito por me garantir um casamento com um herdeiro.

— Não foi nada.

Ele nunca se incomodara de verdade em fazer algo por ela.

— Mas deve ter sido desgastante.

— Sim, é claro, mas...

Antes que ele confessasse estupidamente que não se importava de se desgastar por ela, Kathryn deslizou os dedos por sua nuca e puxou sua cabeça para baixo, para que os lábios dela pudessem se unir aos dele.

Me dê uma lista de como posso me desgastar por você.

Era errado prolongar o beijo quando ela ia se casar com outro, mas ela ainda não havia se casado, ainda não era uma duquesa. Que mal havia em simplesmente aceitar o que Kathryn estava oferecendo?

Cedendo à tentação, ele descruzou os braços e a abraçou, pressionando o corpo macio dela contra si. A boca ousada e perversa de Kathryn o convidou a fazer coisas que Griff não deveria, e ele deslizou as mãos por suas curvas, segurando-a pela cintura, apertando-a contra si para que ela soubesse exatamente o quanto ele a desejava.

Ela era deliciosa, como uma iguaria pronta para ser saboreada. Uma que ele havia entregado a outro. O arrependimento o atingiu como um raio. Arrependimento por ter escrito a maldita carta. Arrependimento por ter feito a maldita aposta. Arrependimento por se importar demais com Kathryn para permitir que ela fosse arruinada, por mais que seu corpo clamasse para possuí-la. A dor em suas mãos não era nada comparada à dor de desejo em seu pau.

Ela arrastou a boca ao longo do queixo dele, descendo por seu pescoço, e passou a língua sob o tecido de sua gravata de forma tão provocante que ele não conseguiu conter um gemido profundo. Os dentes dela beliscaram sua pele, então mordiscaram o lóbulo de uma orelha. A mordida não foi violenta, mas também não foi suave.

— Você me deve — sussurrou ela em seu ouvido antes de se afastar para encará-lo. — Garanta que meu nome esteja na lista de membros.

Então, ela abriu a porta e saiu, deixando-o pulsando de desejo.

Capítulo 12

Kathryn gostava muito da companhia de lady Wilhelmina March. Ela ajudara a preencher o vazio depois que Althea desaparecera, e depois que as visitas de Jocelyn ficaram desconfortáveis quando a jovem noivou e se casou com Chadbourne. Kathryn não conseguia perdoar Chadbourne por ele ter dado as costas a sua amiga mais querida, e muitas vezes se perguntava se a alta sociedade teria tratado Althea com mais respeito se ele tivesse ficado ao lado dela. Para piorar, ele não havia perdido tempo em pedir a mão de Jocelyn, e a jovem fora incrivelmente desleal ao aceitar tão rápido. Mesmo considerando as preocupações da amiga em acabar uma solteirona, era difícil ver suas ações de uma forma positiva.

E assim lady Wilhelmina March tornou-se parte integral das amizades de Kathryn, uma que ela valorizava muito enquanto passeavam de braços dados pelo Hyde Park durante a tarde, o horário mais cheio do dia.

— Não a vi em nenhum baile nesta temporada — comentou Kathryn.

— Não me importo muito com eles — respondeu Wilhelmina, quase como um suspiro.

Dois anos mais velha que Kathryn, ela já se considerava uma solteirona.

— Não sente falta da interação social?

— Não muito. Além disso, tomei gosto por outra atividade nos últimos tempos.

— Ser mimada no Clube Elysium?

Ela sabia que a amiga frequentava bastante o local. Às vezes, até iam juntas.

— Um clube diferente. Um que, aliás, você mesma parece estar interessada, já que esteve lá na noite passada.

Kathryn parou de supetão para encarar a amiga.

— Você estava no Reduto ontem? Não a vi.

Wilhelmina arqueou uma sobrancelha.

— Acho que você só tinha olhos para o sr. Griffith Stanwick. E ele só tinha olhos para você.

Enquanto sentia as bochechas arderem de vergonha, Kathryn olhou ao redor, grata por não ter ninguém por perto para ouvir. Ela estava se sentindo culpada desde que chegara em casa depois de sua ida ao clube. Sua intenção inicial era apenas confrontar Griff, não o beijar, mas ela fora possuída por um sentimento devasso ao perceber que ele estava se contendo para não a tocar. Aquilo a fez sentir-se poderosa de uma forma que nunca sentira quando estava com Kingsland. Também a fizera sentir-se desejada e cobiçada. O beijo que trocaram no jardim do duque a assombrava, e ela queria saber se outro beijo seria tão devastador quanto o primeiro.

Fora muito mais. Ávido, necessitado e insaciável. Kathryn quisera que o beijo durasse para sempre, mas também soubera que não poderia continuar. Ainda assim, ansiava por outro.

— Ele é o irmão da Althea, uma querida amiga. Apenas queria ver como ele estava. O que você estava fazendo lá?

Wilhelmina deu um sorriso sem-vergonha.

— Estava sendo atrevida. Tenho 27 anos, uma solteirona que nunca vai se casar. Embora você possa pensar menos de mim por admitir isso, não vejo mal em ter um amante, e ouvi rumores sobre um novo clube perfeito para que os indesejados encontrem alguém que os deseja.

— Você não é indesejada — afirmou Kathryn em tom firme e convicto.

Ela odiava que Wilhelmina ou qualquer outra mulher pensasse que eram descartáveis. Infelizmente, muitos lordes que precisavam se casar queriam jovens debutantes, não mulheres da mesma idade que eles.

— Não estou triste com minha situação. Muito pelo contrário, na verdade. Posso ir aonde quiser, fazer o que quiser, sem precisar da permissão de um marido. Meu pai criou uma poupança para mim. Eu recebo duas mil libras por ano, então não preciso me preocupar com dinheiro. Não preciso de um homem, mas às vezes acho que seria bom se um homem me olhasse como o sr. Griffith Stanwick olhou para você ontem à noite.

— Com raiva? Ele ficou bem bravo por eu ter aparecido em seu reino...

Wilhelmina negou com a cabeça.

— Não quando ele a viu pela primeira vez. Ele parecia ter visto a pessoa mais importante do mundo entrando pela porta.

— Acho que você teve a impressão errada.

E, por ser mais fácil não encarar a amiga ao tocar em um assunto tão íntimo, ela voltou a enganchar seus braços e a incentivou a continuar a caminhada.

— Foi apenas por um segundo ou dois, então a cara dele fechou. Mas eu sei o que vi.

— Você sempre foi meio romântica.

Era mais fácil acreditar que Wilhelmina colocara suas próprias expectativas na expressão de Griff do que considerar que ele realmente sentia algo por ela. Ou aceitar que Kathryn começara a gostar dele na última temporada, quando sua vida parecia mais simples.

— Fiquei surpresa por ele ter deixado você entrar. É necessário ter pelo menos 25 anos para ser aceito no clube.

Kathryn só faria 25 anos em agosto.

— Me pergunto qual será o motivo para essa regra.

Será que era para prevenir que eles se encontrassem?

— Acredito que ele não queira que uma dama que ainda pode se casar tenha sua reputação arruinada. E não se engane, o clube é um lugar para arruinar reputações. É por isso que é tão difícil conseguir uma inscrição, e só quem consegue guardar segredos é aceito. As pessoas só ficam sabendo sobre o clube por cochichos.

Aquilo era mentira. Ninguém lhe cochichara nada sobre o clube; ela ouvira uma conversa. Será que deveria avisá-lo que havia uma falha no sistema? Se ela voltasse ao clube. *Quando* voltasse ao clube.

Kathryn olhou ao redor, para as damas que caminhavam pelo parque ou passeavam em carruagens. Algumas estavam acompanhadas de pretendentes, mas a maioria não. A cena mudaria conforme a temporada continuasse e pares fossem formados.

— Quais são as outras regras do clube?

— Apenas solteiras e solteiros são permitidos. Herdeiros de títulos da nobreza não podem entrar, mas herdeiros de famílias comuns são bem-vindos. É uma mistura muito interessante de pessoas de diferentes status sociais e histórias. Passei um tempo na companhia de cavalheiros muito intrigantes. Eles conquistaram algum dinheiro, ou não seriam membros. A inscrição não é barata.

Será que Griff pediria que Kathryn pagasse a própria inscrição? Ele poderia pedir, mas ela não lhe daria um único tostão. Na verdade, era ele quem devia a ela pela maldita aposta.

— Algum deles chamou sua atenção?

— Não. Ainda estou na caçada. — Ela bateu seu ombro no de Kathryn em brincadeira. — Mas até que gosto de caçar.

— Você vai lá esta noite?

— Vou, sim. Até ofereceria uma carona em minha carruagem, caso esteja pensando em voltar, mas temo que seria inconveniente se uma de nós decidisse ficar até mais tarde. Mas posso encontrá-la no clube e apresentar o local a você. Aposto que você não viu muito na noite passada.

— Eu não deveria ir.

Ela sabia que não deveria.

— Vai se encontrar com Kingsland esta noite?

— Não, ele ficará em Yorkshire até semana que vem.

E seus pais não seriam um empecilho, pois ficariam em Paris por mais duas semanas.

— Eu não criaria o hábito de parar minha vida por ele, ou por nenhum homem, para ser sincera — disse Wilhelmina.

Ela não o fizera. Kathryn estava envolvida em campanhas de caridade e participava de vários eventos, mesmo que Kingsland não pudesse acompanhá-la. Além disso, ela frequentava o Elysium.

— Talvez eu veja você por lá.

— Vamos combinar um sinal. Se eu estiver segurando uma taça de vinho branco, estarei disponível para acompanhá-la. Caso o vinho seja tinto, então estarei ocupada e talvez não queira ser interrompida.

— Ora, Wilhelmina! Um código secreto? Às vezes ainda me surpreendo com você! E por acaso você está insinuando que pretende ser bem atrevida hoje à noite?

— Ao contrário de você, Kathryn, se um cavalheiro chamar minha atenção e eu a dele, não tenho nada a perder se decidir explorar esse interesse mútuo.

Kathryn tinha tudo a perder. Um duque, respeitabilidade, uma herança.

Ela deveria ter ficado bordando na sala. Deveria ter ido ao Elysium para jogar um pouco, quem sabe valsar ou jantar. Deveria ter ficado quietinha em seu quarto e escrito uma carta para Althea perguntando como estavam as coisas na Escócia com seu novo marido.

Deveria ter feito qualquer coisa que não fosse colocar o vestido que combinava com o tom de seu cabelo, o vestido que ela usara para ir ao teatro com Kingsland e Griff havia gostado — mas Kathryn pensou que a escolha talvez fosse um bom lembrete de que o duque era seu futuro, mesmo enquanto sacolejava na carruagem para ver um homem que deveria permanecer em seu passado.

Talvez Griff não lhe desse atenção naquela noite, o que seria bom, mesmo sabendo que não toleraria que ele a ignorasse. Não por completo. Se Wilhelmina estivesse segurando uma taça de vinho tinto, o que Kathryn esperava muito que acontecesse, ela insistiria para que Griff lhe mostrasse o local.

Ela queria ver e conhecer cada cantinho do clube. Desde a noite em que Griff lhe mostrara o prédio vazio, ela imaginara inúmeras vezes como ficaria o local se ele o comprasse. Wilhelmina tinha razão. Kathryn mal notara seus arredores depois que ouviu a voz dele, depois que o gigante barrando seu caminho se moveu para o lado e Griff apareceu em sua frente. Então ela iria ao clube de novo naquela noite, veria o que queria ver e daria fim à história. Acabaria sua relação com ele.

Antes que os rumores alcançassem o duque.

Nada de portas fechadas. Nada de palavras sussurradas. Nada de beijos. Nada de toques. Nada de gemidos.

Griff sabia que Kathryn apareceria, e por isso já estava esperando na curva da escada, na metade do caminho, para ter uma boa visão da porta. Todas as noites desde que abrira o clube pela primeira vez, ele se orgulhava da quantidade de pessoas que comparecia. Dos curiosos, dos novos membros, daqueles que não chamavam a atenção na alta sociedade, ou daqueles que tinham o costume de observar apenas dos cantos. Mas, em seu clube, as damas não eram ofuscadas por garotas de 17 ou 18 anos que haviam acabado de ser apresentadas à Rainha. E os homens não eram inferiorizados por duques, marqueses e condes.

Ali, todos eram iguais. Apenas pessoas em busca de diversão, que enchiam os cofres de Griff ao comprar bebidas e comidas ou fazer apostas. Além do valor da inscrição que lhes dava o privilégio de entrar no clube.

Mas no momento, ao contrário das noites anteriores, ele não estava tentando calcular o lucro da noite. Ele estava concentrado em Kathryn, vestida e adornada em tons de cobre, enquanto ela contornava as pessoas com graciosidade e acenava para os conhecidos. Segundos, terceiros, quartos e quintos filhos. Algumas viúvas. Um viúvo. Pessoas solitárias que buscavam companhia. Nem sempre sexo. Ele notara aquilo rapidamente. Os quartos que reservara no último andar para encontros íntimos eram raramente usados. Para sua surpresa, mesmo quando a oportunidade aparecia, seus membros não eram tão livres quanto os do clube misto que visitara em sua juventude. Reputações ainda eram mantidas. No entanto, era claro que os frequentadores riam e sorriam muito mais em seu clube do que em bailes extravagantes organizados pela alta sociedade. Talvez, com o tempo, o clube se tornasse algo diferente do que ele havia imaginado originalmente, mas ele pensaria nisso depois.

Naquele momento, ele desceria a escada para cumprimentá-la antes que ela desaparecesse em uma das salas.

— Lady Kathryn.

— Sr. Stanwick.

Na noite anterior, Kathryn fizera questão de enfatizar que seu novo pronome de tratamento o fazia inferior em relação ao seu passado, e ele odiara a sensação. Entretanto, o pronome também criava um abismo entre ele e seu pai, o que era muito bem-vindo.

— Os membros precisam se registrar na recepção para que a inscrição possa ser verificada.

— Esse sistema é ineficiente. Não tenho paciência para isso. Seria mais fácil se você desse um cartão ou medalhão aos membros, assim eles poderiam mostrá-los ao gigante na entrada e seguir em frente.

— E assim criar a oportunidade para que esses cartões sejam repassados para outras pessoas?

Ela deu de ombros.

— Contrate alguém para desenhar a pessoa no passe.

Griff ficou surpreso com a solução fácil.

— Não é uma má ideia. — A entrada seria mais rápida, e as pessoas teriam mais tempo para beber e gastar. — É muito boa, aliás. Que outras mudanças você faria?

— Bom, não sei. Ainda não vi tudo.

Ele conteve um sorriso. Recusava-se a sorrir para ela, a lhe dar uma razão para acreditar que ele estava feliz por ela ter voltado.

— Gostaria de ver?

— Acho que é justo.

— Ainda está brava comigo.

— Não tanto.

Ela também parecia estar contendo um sorriso, e ele sentiu algo estranho na barriga, como se seu estômago tivesse se apertado e expandido ao mesmo tempo.

— Permita-me a honra de acompanhá-la, então.

Griff não ofereceu seu braço, nem deu nenhuma indicação de que ela era mais importante para ele que qualquer outro membro. Em vez disso, depois de sinalizar com o braço a direção que seguiriam — pelo corredor após a escada —, ele colocou as mãos às costas e as uniu para evitar tocá-la no braço, no ombro ou nas costas.

Mas ele já havia imaginado aquele momento diversas vezes. Pensara em como mostraria a ela tudo o que havia conquistado depois de ter dormido em barracos frios, enquanto esperava seus investimentos renderem o suficiente para que ele pudesse comprar o prédio e se mudar para um quarto no último andar. O dinheiro da aposta fora utilizado na reforma e decoração. Griff trabalhara do nascer do sol à meia-noite ajudando os carpinteiros, arrastando móveis, entrevistando e contratando funcionários ou mandando imprimir convites. Será que ela notaria que as cores de cada quarto eram reflexo de alguma característica dela? O tom acobreado de seu cabelo, o verde ou azul de seus olhos. O castanho-escuro das sardas que já não existiam.

Ele a levou para a sala com as paredes azul-claro. Apesar dos sofás azul-escuros nos cantos da sala, os membros preferiam ficar de pé enquanto se misturavam e conversavam, fazendo novas amizades ou reavivando antigas. Eles compravam drinques em um balcão de mogno e mordiscavam pequenos sanduíches de pepino.

Uma mulher que conversava com um homem alto de cabelo escuro olhou para eles e ergueu sua taça de vinho tinto em uma breve saudação. Kathryn sorriu e acenou com a cabeça.

— Você conhece lady Wilhelmina March? — perguntou ele.

— Sim, somos amigas.

— Foi ela quem comentou sobre esse lugar com você?

Ela se virou para ele.

— Não. Ouvi duas mulheres conversando sobre o clube durante um jogo de cartas no Elysium. Acho que seus membros não são tão discretos quanto você gostaria.

E, ainda assim, lá ela estava, correndo o risco de Kingsland descobrir sua visita.

— Não me importo que falem sobre o clube. Na verdade, até espero que falem para que ele fique mais famoso. O que não pode ser divulgado é o que acontece aqui dentro. E você saberia disso se tivesse passado pelo processo correto para se tornar um membro e feito a entrevista.

Griff gostaria de odiar a expressão de triunfo no rosto de Kathryn.

— Então é oficial. Estou inscrita no clube.

— Até Kingsland pedir sua mão e eu ver o anúncio do noivado no *Times*. Embora eu não ache que, depois de satisfazer sua curiosidade esta noite, você terá muito o que fazer por aqui. Quem está aqui é porque está em busca de companhia... ou algo mais íntimo.

Ele não gostou nada de ver a expressão de triunfo se transformar em uma de tristeza tão rápido.

— É isso que está anunciando quando fica parado no topo da escada, ou no meio dela? — Então ela o vira. Será que ela sabia que Griff estava esperando por ela? Que teria ficado ali a noite inteira, até fecharem? — Ou quando fica andando pelo clube?

Ele deveria responder que sim e deixá-la sofrer com a informação, para que Kathryn o considerasse ou cruel ou gentil ou indiferente, dependendo do que estivesse esperando. Em vez disso, ele disse a verdade:

— Não quero me envolver com nenhum membro.

Já que ele não podia ter quem desejava, não iria satisfazer suas necessidades com outra.

Ela parecia aliviada, talvez até culpada e um pouco envergonhada. Suas bochechas estavam coradas com um rosa adorável quando ela desviou o olhar.

— E o que mais você oferece?

— Venha. Vou lhe mostrar.

Kathryn não deveria estar feliz com a resposta dele, muito menos contente por saber que ele não levava mulheres para seu quarto como a mente traiçoeira dela gostava de imaginar.

Talvez Griff quisesse que ela se concentrasse nas lindas paredes cobertas de seda azul ou no elegante lustre de cristal, ou até no belo balcão de mogno brilhante do bar. Mas o que ela realmente notou foi a maneira como as mulheres o devoravam com os olhos, algumas emanando esperança e desejo.

Ele havia mudado desde que sua família perdera tudo, e agora possuía uma força que não tinha antes, vestia uma confiança como uma capa feita sob medida e perfeitamente costurada. Ele comunicava de forma efetiva: *Eu estou lhe proporcionando isso. Faça bom uso.*

Griff a fascinava de novas maneiras, e agora a observava com uma intensidade que a deixava quente e ansiosa por um quarto com a porta trancada.

Ao contrário da noite anterior, quando ele havia guiado o caminho escada acima, naquela noite ele a seguia, e Kathryn sentia sua presença como se ele estivesse a tocando. Talvez ela devesse ter escolhido um vestido que revelasse mais suas costas... E por que pensava tanto no que vestiria para Griff e tão pouco no que vestiria para Kingsland?

Ela havia mentido quando dissera que havia se esforçado para ficar bonita para Kingsland na noite do teatro. Ao contrário da noite anterior e desta, em que ela queria estar perfeita.

Quando chegaram ao patamar da escada, ele assumiu a liderança e a escoltou sem tocá-la uma única vez, as mãos ainda seguras às costas. Ele não estava tão relaxado quanto naquela noite, tempos atrás, quando a levara ao prédio abandonado, antes de Kingsland fazer seu anúncio, antes que ela descobrisse sobre a aposta, antes que a família dele perdesse tudo por causa das ações do pai.

A primeira sala era uma sala de jogos, mas as mesas eram pequenas, com apenas duas cadeiras em cada uma. Menos de uma dúzia de casais estavam jogando. Enquanto as cartas eram distribuídas, as damas coravam e os cavalheiros sorriam.

— Não parece muito original.

— Olhe com atenção. — Ele abaixou a cabeça, e a respiração dele roçou sua orelha, mexendo seus cachos e causando um arrepio delicioso. — O que você vê? E o que você *não* vê?

Ela reconheceu o jogo; era o mesmo que ela jogava no Elysium.

— Não há fichas. Nem moedas. Ninguém está apostando.

— Estão, sim. Mas as apostas sendo feitas envolvem coisas que não podem ser colocadas em bolsos.

Kathryn ergueu o olhar e descobriu que Griff estava mais perto do que ela imaginava, e tudo nele parecia mais distinto. O azul em seus olhos estava mais intenso, o prateado, mais brilhante. Seus cílios dourados estavam um pouco mais escuros do que ela se lembrava, mas será que realmente havia prestado atenção neles antes? Eles eram longos. Provavelmente deviam alcançar suas bochechas quando ele dormia, ou quando ele fechava os olhos ao beijá-la...

— O que eles estão apostando?

— Um toque, um sussurro, um beijo. Talvez até mais que isso. Algo que não pode ser dado nesta sala, na frente de outros.

A voz dele era rouca, profunda e sensual. O que mais ele sussurraria em seu ouvido? Sobre sua pele?

— Olhe disfarçadamente para o casal no canto oposto — continuou ele. — Eu diria que, em algum momento, ele apostou o lenço do pescoço e ela, as presilhas do cabelo.

Ela olhou o casal de soslaio e viu o cavalheiro tirando o casaco, enquanto a dama em sua frente sorria com um ar de vitória.

— Até onde eles vão?

— Até onde se sentirem confortáveis. Então, talvez decidam terminar o jogo em um quarto mais privado.

Ela voltou sua atenção para Griff.

— E isso é um jogo?

— Eles que decidem.

— E se ele interpretar mal o que ela deseja? — Parecia uma aposta perigosa. — E se ele tirar vantagem dela? Ou machucá-la?

— Então ele terá que responder a mim, e não será uma experiência nada agradável.

— E você disse isso a ele durante a entrevista?

— Fiz melhor. Eu mostrei a ele. Sempre desafio os homens que desejam se tornar membros do clube a uma pequena luta.

Kathryn podia apostar que Griff estava tentando se gabar de forma sutil.

— E você ganhou.

— Eu sempre ganho.

Ela não conseguiu entender o motivo do próprio orgulho repentino.

— Não sabia que você lutava.

— É algo recente. — Ele se afastou da porta. — Vamos. Há outras salas para você conhecer.

Um pequeno salão de baile. Kathryn quase pediu para que ele dançasse uma música com ela, mas se conteve. Griff parecia mais focado em garantir que nenhuma parte de seu corpo tocasse o dela. Nem mesmo a pontinha de um dedo em um cotovelo.

Uma sala de jantar iluminada apenas por velas, criando uma ambientação íntima. Talvez alguns dos casais nas mesas tivessem apostado um jantar na sala de jogos.

Uma sala de bilhar. Uma sala de dardos.

Então ele a levou para a sala de fumantes, onde homens e mulheres conversavam. Alguns estavam de pé, enquanto outros relaxavam em assentos confortáveis e aproveitavam a companhia um do outro. Mulheres eram proibidas de fumar em casas da alta sociedade. Quantas vezes ela já vira o pai levar outros homens para fumar charutos após um jantar, enquanto as damas bebiam chá em outra sala?

— Você está colocando as mulheres no mesmo patamar dos homens, permitindo que elas façam o que normalmente lhes é negado.

— Não me dê tanto crédito. Era escolher entre uma sala para fumar ou para bordar.

Ela deu uma risadinha.

— Você acha que homens não gostariam de passar o tempo da mesma maneira que nós, mulheres?

— Temos uma biblioteca no fim do corredor. No andar debaixo, há uma sala de recital. Eu a mostraria para você, mas a porta está fechada, ou seja, alguém está fazendo um show particular.

Ela sentiu o orgulho expandir em seu peito.

— Você aceitou minha sugestão de ter um piano.

— Gosto que as frequentadoras do clube se sintam à vontade para fazer o que quiserem com os dedos.

Kathryn arregalou os olhos.

— Então você encoraja a safadeza.

Ele deu de ombros.

— Ninguém é forçado a vir. E só aceitamos quem tem idade o suficiente para saber dos riscos e ser responsável por seus atos.

— As mulheres precisam ter 25 anos. Eu ainda não tenho.

— Eu sei. Não até 15 de agosto. Abri uma exceção para você.

— Você sabe quando é meu aniversário?

Ele não disse nada, simplesmente a observou com o olhar intenso que havia adquirido, como se agora tivesse a habilidade de arrebatar almas. Que caminho ele percorrera desde aquela noite fatídica em que o mundo de sua família tinha virado de cabeça para baixo?

Mas aquela sala, dominada pelo cheiro forte de tabaco, não era o lugar para se fazer perguntas ou procurar respostas, por mais que ela quisesse saber tudo o que acontecera na vida dele desde então. Duvidava que ele fosse lhe contar, de qualquer maneira. Então, em vez disso, ela perguntou:

— Posso experimentar um charuto?

Um dos cantos da boca dele se levantou.

— Ora, mas que rebelde, lady Kathryn.

De fato, ela se sentia um pouco rebelde. Não deveria estar ali, mas estava. Não deveria gostar da companhia de Griff, mas gostava.

Ainda sem tocá-la, ele a guiou para uma mesa na qual repousava uma grande caixa de madeira escura. Então, abriu a caixa e pegou um longo charuto.

— Vou prepará-lo para você.

— É necessário algum tipo de preparo?

— Você achou que bastava acender e tragar?

Ele pegou um acessório prateado, colocou-o na ponta do charuto e cortou uma parte.

— Na verdade, sim.

Ele a olhou nos olhos.

— As coisas mais gostosas da vida pedem algum tipo de preparação.

Kathryn ficou com a impressão de que ele não estava falando apenas de charutos, e sim de algo mais íntimo, algo que se fazia atrás de portas fechadas.

Usando uma vela acesa que estava por perto, ele acendeu um pedacinho de papel e segurou-o na ponta que não havia sido cortada, passando a chama devagar sobre o charuto. Hipnotizada, ela o observou colocar o charuto na boca e girá-lo enquanto aproximava o papel novamente. Quando ele ficou aparentemente satisfeito com o resultado, Griff tragou, tirou o charuto da boca e soltou a fumaça.

Após apagar o fogo, ele colocou o papelzinho de lado e encarou a ponta do charuto.

— É melhor você não tragar.

— Mas você tragou.

Ele negou com a cabeça.

— Eu puxei a fumaça para a minha boca. Você não quer que ela vá para o seu pulmão. Pode ser bem ruim. Como é sua primeira vez, tente encher somente metade da sua boca. Puxe um pouco da fumaça, sinta o gosto e solte.

— Sentir o gosto?

— Hum. Me diga o que sentiu depois.

Ele ofereceu o charuto.

Kathryn ia colocar a boca onde a dele tinha estado. Ela não deveria estar tremendo por antecipação com a ideia, nem sentindo um calor e tendo pensamentos imorais. E certamente não deveria estar gostando tanto da intensidade com a qual ele a olhava. Mesmo dizendo a si mesma que Griff estava apenas interessado em ver como ela reagiria a uma experiência nova, Kathryn não conseguia descartar a ideia de que queria um marido que sempre a olhasse daquela forma, que quisesse mais que uma esposa conveniente e quieta.

Ela colocou o charuto na boca, puxou a fumaça...

Com muita força e muito rápido. A fumaça bateu no fundo de sua garganta e ela achou que ia vomitar. Então, tossiu de maneira nada educada. A fumaça era mais quente e mais densa do que ela imaginara.

— Calma, calma. Sopre tudo, respire fundo. Vamos lá.

Griff havia colocado a mão em suas costas, perto de sua nuca. Os dedos longos estavam massageando o local, e ela se concentrou na aspereza da pele dele contra a suavidade da dela. Piscou para conter as lágrimas que encheram seus olhos e observou a preocupação no rosto dele.

— Acho que não fui... nada bem — falou ela com esforço, antes de respirar fundo de novo. — Veio mais fumaça do que imaginei.

— Está tudo bem. É necessário prática para tragar direito. Conseguiu sentir o gosto?

Ela assentiu e tampou a boca para tossir mais uma vez.

— Talvez um pouco de chocolate?

— É o sabor dominante, mas há outros mais discretos. Quer tentar de novo?

— Acho que não. Fiquei um pouco enjoada.

— Só um pouco? Estou impressionado. Eu vomitei na primeira vez que experimentei um charuto. Mas, também, eu só tinha 12 anos. Roubei um... do escritório do duque, e decidi experimentar na parte de trás dos estábulos. O cocheiro me pegou no flagra, mas decidiu me ensinar a fumar corretamente.

Kathryn não deixou de notar como ele havia se referido ao pai de modo tão formal. O que será que ele sentia quando pensava no pai? Griff ainda não havia tirado a mão de suas costas e parecia tão perdido na sensação do toque quanto ela.

— O que aconteceu com suas mãos? Como elas ficaram com tantas cicatrizes?

Kathryn havia notado as pequenas linhas brancas, certamente resultado de cortes ou arranhões, no dorso de suas mãos na noite anterior, mas estava mais preocupada com os calos e partes ásperas nas palmas. Era até estranho ele não usar luvas para esconder as marcas. Mas, então, talvez ele quisesse que todos vissem. Talvez as marcas servissem como uma mensagem, e ela queria saber qual era.

Kathryn se arrependeu de imediato de sua pergunta, pois ele logo tirou a mão de suas costas. Então, ele pegou o charuto das mãos dela e tragou mais uma vez.

— Depois que a Coroa confiscou nossos títulos e propriedades e nos deixou sem nada, trabalhei nas docas carregando caixas e sacos de produtos. O esforço me deixou com bolhas e vergões. As cordas e os pedaços de madeira perfuravam minha pele. Antes de cicatrizarem, minhas mãos ficaram quase em carne viva por um bom tempo.

Ela só conseguia imaginar o quão dolorido devia ter sido ficar com as mãos sangrando.

— E você endureceu junto com as marcas.

Ele deu mais uma tragada.

— Algumas marcas são de antes, de quando nos mantiveram presos na Torre. Outras são de depois das docas. Mas não me peça detalhes, pois não contarei nada a você. — Ele olhou para trás dela e deu um pequeno aceno com a cabeça. — Gertie.

Uma mulher que parecia dez anos mais velha que ela entregou um pedaço de papel a ele.

— Isso acabou de chegar.

Griff pegou o papel.

— Lady Kathryn Lambert, permita-me apresentá-la a sra. Ward, a gerente do clube.

— É um prazer, sra. Ward.

A mulher levantou o nariz de forma quase imperceptível.

— Você é a exceção a todas as regras.

Kathryn olhou de soslaio para Griff, que parecia estar sorrindo enquanto abria o bilhete.

— Sim, parece que sou.

Por estar o observando, Kathryn notou quando o humor sumiu do rosto de Griff, sendo substituído por preocupação. Então, ele colocou o charuto em um pratinho de vidro.

— Preciso cuidar de um assunto urgente. Gertie, se eu não retornar até a hora de fechar, garanta que tudo seja arrumado e trancado. Lady Kathryn, sinta-se à vontade para explorar o clube. Com licença.

Ele saiu da sala, não exatamente com pressa, mas definitivamente com passos determinados. Surpresa com a partida abrupta, ela seguiu para o corredor e observou enquanto ele subia uma escada na outra extremidade. A sra. Ward continuou ali, como se temesse que Kathryn fugisse com os castiçais de prata.

— Para onde ele está indo?

— Provavelmente para os aposentos dele — respondeu a mulher.
— A senhorita precisa de alguma coisa ou posso voltar aos meus afazeres?

— Não, obrigada.

Já que não tinha mais ninguém para acompanhá-la, Kathryn deveria ser sábia em ir embora, mas não conseguia se livrar da sensação de que algo estava terrivelmente errado. Cumprimentando algumas pessoas que conhecia no corredor, ela andou casualmente até chegar à escada. Ficou tentada a subir, mas não queria se intrometer ou se tornar um incômodo quando Griff parecia ansioso para se livrar de sua companhia.

Então, ele desceu os degraus de dois em dois com um chapéu e uma bengala em mãos. Quando alcançou o último degrau, ela entrou em sua frente.

A impaciência era clara em suas feições.

— Lady Kathryn, não tenho tempo...

— O que foi? O que aconteceu? Althea está com problemas?

Até onde ela sabia, a amiga estava na Escócia, mas ele certamente receberia notícias se algo acontecesse com a irmã.

Os olhos dele brilharam com empatia e compreensão.

— Não. — Ele hesitou antes de continuar. — Preciso me encontrar com o Marcus. Agora, se me der licença...

— Você disse que era urgente. — E as ações dele reforçavam a ideia. — Mesmo se você tiver uma carruagem, vai demorar até ela ser preparada. A minha já está pronta, esperando nos estábulos. Permita-me lhe oferecer uma carona.

— Posso chamar um cabriolé.

— Minha carruagem será mais rápida. E eu já vi o que gostaria. — Até porque só queria vê-lo. — Meu cocheiro pode deixá-lo em seu destino antes de me levar para casa.

Ele assentiu.

— Está bem, então. Agradeço e aceito a oferta.

Dessa vez, enquanto ele a escoltava em direção à outra escadaria, a mais larga com tapete vermelho e que levava ao andar principal, a mão dele repousava na parte inferior de suas costas. O calor dos dedos dele parecia queimar através da seda do vestido, como acontecera quando ele a tocara perto da nuca, pele contra pele. Ela se deleitou com a firmeza do toque, com a familiaridade e a intimidade. Como se ele a tivesse tocado sem pensar, como se aquilo fosse tão natural quanto respirar. Como se eles estivessem juntos em uma missão, fosse qual fosse.

Ela suspeitava que a situação envolvesse um elemento de perigo e queria muito instruir seu cocheiro a ir na direção oposta do destino de Griff. Para mantê-lo seguro, para protegê-lo do mal.

Kathryn não havia oferecido sua carruagem por benevolência, e sim pela necessidade desesperada de passar um pouco mais de tempo com ele, pela curiosidade esmagadora de descobrir o que acontecera para que ele se tornasse o homem que era agora — um que pouco se parecia com o cavalheiro que a beijara no jardim do duque.

Griff devia ter recusado a carona e procurado um cabriolé para se encontrar com Marcus. Mas lá estava ele, fechado em uma carruagem com ela, dominado por seu aroma cítrico, quando não deveria estar nem perto de Kathryn.

— Por que você deixou o charuto aceso, como se pretendesse voltar para fumá-lo? Parece um desperdício.

— Ele deixa um aroma mais agradável ao queimar sozinho. Prefiro o agradável ao desagradável. Mas, de fato, ele será desperdiçado. Um jovem criado deve encontrá-lo e jogá-lo no lixo.

— Tantas coisas a se considerar... — Mais do que ela jamais saberia. — Visitei a Althea algumas vezes antes de ela partir para a Escócia, mas ela não me informou o que você e Marcus estavam fazendo.

Então agora Kathryn queria descobrir mais sobre seu assunto urgente. Griff não deveria ficar feliz por ela ter perguntado sobre ele, e certamente estava dando peso demais ao interesse dela. Era comum perguntar sobre a família de amigos como forma de respeito. O interesse dela não devia ser nada de mais. Talvez ela só quisesse saber dele pois estava brava por conta da aposta...

— Marcus está tentando descobrir quem organizou o plano pelo qual nosso pai foi enforcado. Eu o ajudei por um tempo, mas me cansei da caçada.

— Ele está em perigo?

Possivelmente. Provavelmente.

— O bilhete dizia apenas que ele precisava me ver.

— E, mesmo assim, você não hesitou.

— Ele é meu irmão. Eu sempre estarei lá quando ele precisar de mim.

— E Althea? Você não compareceu ao casamento dela.

Ele sentiu uma pontada de censura no tom dela.

— Não seria bom se os associados do Marcus descobrissem que ele tem alguma conexão com a aristocracia. Além disso, temos indícios de que ele costuma ser seguido. Na época, nossa ausência parecia a melhor opção.

— Levando em consideração como os nobres viraram as costas para a sua família, fico surpresa por ver tantos deles em seu clube.

Ele abriu um sorriso.

— Mantive meu envolvimento em segredo no início. Quando eles perceberam que eu era o dono, já tinham se apaixonado demais pelo clube para abandoná-lo.

Eles raramente reconheciam que ele estava no local, apenas o toleravam, mas Griff não se importava. Estava fazendo uma baita fortuna pelas mãos deles. Olhou pela janela e falou:

— Estamos perto de onde preciso descer.

Então, ele bateu duas vezes com a bengala no teto da carruagem e os cavalos começaram a diminuir a velocidade.

— Obrigado pela carona.

Quando a carruagem parou, ele abriu a porta, desceu para a rua e a encarou. Embora ela estivesse encoberta pelas sombras, ele a via com perfeição em sua mente.

— Boa viagem para a casa.

De repente, os dedos dela agarraram seu casaco.

— Tenha cuidado.

Ele queria segurar o rosto dela e tomar aquela boca perfeita, dar um último beijo, prová-la uma última vez, pois estava certo de que o motivo para o chamado de Marcus envolvia o contrário de ter cuidado. Mas Griff estava a caminho de se encontrar com um homem por quem havia feito coisas imperdoáveis e não iria manchar Kathryn com um toque quando estava tão próximo do lembrete de seus atos.

— Sempre.

— Vamos esperar por você.

— Não. Vá para casa, lady Kathryn. Não terei problemas em voltar ao clube.

Os dedos dela se afrouxaram em seu casaco, e ele deu um passo para trás antes de fechar a porta e dizer ao cocheiro:

— Pode ir.

Sem esperar para vê-los partir, ele correu em direção a uma das pontes que cruzavam o Tâmisa, tentando acalmar o coração acelerado, pois o bilhete de Marcus dizia apenas "Vida ou morte".

Capítulo 13

Griff desacelerou suas passadas quando se aproximou da água que refletia a luz da lua. A vista era quase romântica, mas nada da situação atual envolveria a beleza do cenário. Ele e o irmão utilizavam com frequência aquele lugar para seus encontros clandestinos, quando um deles tinha notícias ou informações para compartilhar. O bilhete não precisou informar o local; Griff já sabia para onde ir.

— Marcus?

Ele falou baixo, mas seu chamado ecoou quase como um grito pelo silêncio da noite, do gramado até a beira do rio, onde a água ondulava com a maré que estava por vir.

Uma figura conhecida apareceu por trás de uma pilastra, e Griff respirou aliviado quando o irmão andou em sua direção sem nenhum machucado aparente. Ele havia temido pelo pior, pensara que Marcus estaria à beira da morte. Desejando ter trazido uma lamparina, ele encontrou o irmão no meio do caminho, depois das sombras da ponte, para que a luz da lua e das estrelas pudesse iluminar de leve seus rostos.

— Você está bem?

O irmão dele fez um som de escárnio.

— E algum de nós está bem desde que nosso pai foi enforcado?

— Você tem um ponto.

O irmão estava certo, mesmo que o crescente interesse no clube e o aumento no número de membros permitissem que Griff passasse horas sem lembrar do passado. Ele sempre havia pensado em Marcus como o sortudo, o que herdaria títulos, propriedades, posição e riqueza —

ao contrário dele, que precisaria arregaçar as mangas para conquistar algo de valor. Althea recentemente encontrara seu lugar por meio do amor. Griff estava encontrando o dele através do trabalho duro. Mas o que um homem treinado para ser duque devia fazer quando se via na posição de nunca se tornar um duque?

— Você está machucado? — perguntou ao irmão.

— Não, mas fui descoberto. Descobriram minha identidade e suspeitam que quero traí-los, que quero todos presos e enforcados.

Marcus adotara o apelido de "Wolf", lobo, usando parte do título que teria herdado se o mundo deles não tivesse virado de cabeça para baixo. Nenhum dos homens com os quais ele se associava conhecia seu verdadeiro nome.

— Como descobriram?

— Este é o grande mistério, não é? Não faço ideia. Mas preciso desaparecer por um tempo, até que as coisas se acalmem e eu consiga resolver tudo.

Griff já imaginara que o irmão precisaria de dinheiro, então tirou do bolso do casaco um pacote.

— Trouxe dinheiro.

— Não preciso de dinheiro. Só vim avisar que vou desaparecer, para que você não saia procurando por mim e se coloque em risco.

— Pode levar. Eu tenho mais. Além disso, um dos motivos para eu ter aberto o clube foi exatamente para termos dinheiro quando necessário.

Marcus deu um sorriso.

— Então você estava certo. A demanda para um clube misto de solteiros está em alta...

— O interesse só aumenta a cada dia. Na verdade, estou impressionado com o número de pedidos de inscrição que recebi.

— Sorte sua. Pena que o pai não está vivo para ver seu sucesso.

— Ele não teria se importado. — O duque nunca vira seu segundo filho como nada além de uma reserva para caso precisasse um dia...
— E eu nunca quis impressioná-lo.

— Justo. E, para falar a verdade, ele não merecia nada de nenhum de nós. — O irmão aceitou o pacote. — Vou usá-lo bem. Obrigado.

— Você sabe para onde vai?

— Não. Só quero...

— Ora, ora, ora, se não é o filho do duque em busca de vingança. E quem está aí com você, Wolf? Seu assassino, talvez?

Assim que a voz do estranho chegou aos seus ouvidos, Griff girou em seus calcanhares. Havia quatro homens espalhados, mas ele não deu muita atenção a três deles. Apenas um lhe interessava — o que estava segurando Kathryn contra o peito e apertando uma faca em seu pescoço. Tocando-a, ameaçando sua vida, deixando-a com medo.

O patife ainda não sabia, mas já estava morto.

— Se você machucar um único fio de cabelo dela, vai implorar para sua morte ser rápida.

As palavras foram ditas com tanta calma e confiança que Kathryn sentiu um arrepio. E o homem que a segurava devia ter sentido o mesmo, já que o corpo dele deu um leve solavanco, como se ele quisesse sair correndo, mas estivesse sendo forçado a ficar.

Ela demorou um segundo para aceitar que as palavras haviam sido ditas por Griff, que parecia extremamente capaz de cumprir a ameaça sem remorso ou arrependimentos. Ele havia dito para ela voltar para casa, e Kathryn deveria ter obedecido, mas, quando o viu correndo, pediu para que o cocheiro parasse a carruagem. Então, ficara esperando no veículo, torcendo as mãos de nervoso, tentando decidir se deveria mandar o cocheiro e o criado para oferecer ajuda, temendo que ele houvesse mentido sobre agir com cautela, imaginando que muito mais deveria estar em jogo do que ela pensava. Trabalhar nas docas havia lhe causado cicatrizes nas mãos, mas ela estava começando a suspeitar que ele ganhara outras cicatrizes não visíveis. Griff não era mais o tipo de homem que dormia bêbado entre arbustos ou a provocava sobre suas sardas.

Enquanto pensava sobre o tipo de homem que ele havia se tornado, Kathryn ouviu grunhidos e xingamentos abafados. Então, a porta da carruagem se abriu e ela foi arrastada por um bandido, e logo descobriu que os comparsas dele haviam amarrado e amordaçado seus criados.

E agora ela estava ali, uma estranha naquela cena sinistra, refém em uma situação perigosa e aparentemente sem escapatória.

— Não vamos machucar ela, parceiro. É só vocês dois se renderem e aceitarem a morte quietinhos.

— Não! — gritou ela, quando as palavras tenebrosas fizeram seu corpo congelar e sua mente imaginar cenas terríveis.

— Pode ficar calma, Kathryn. Covardes que usam mulheres como escudo nunca vencem.

Como Griff conseguia ficar tão calmo, tão despreocupado, como se estivesse falando sobre algo banal como o clima? O coração dela batia tão forte que Kathryn ficou surpresa por seu sequestrador não ter se assustado com o barulho.

Por Deus. Griff se ajoelhou sem hesitar, e Kathryn quase gritou. A silhueta a poucos centímetros de distância, que ela supôs ser Marcus, fez o mesmo. O pânico começou a dominá-la, mas ela lutou contra a sensação e se forçou a prestar atenção no que acontecia, tentando notar algo que poderia lhe dar alguma vantagem.

— Kathryn, faça qualquer coisa, mas não pise no pé dele — alertou Griff em seu tom firme.

— E por que diabo ela pisaria...

Kathryn fez exatamente o que Griff havia dito para ela não fazer, já que ele estava claramente blefando com o intuito de causar uma distração. Enquanto o patife falava, ele havia afrouxado um pouco o aperto, e a faca não estava perto o suficiente para cortá-la de imediato. Então ela aproveitou a oportunidade para pisar com tudo no pé dele. Enquanto o homem gritava e se encolhia por instinto, ela se desvencilhou dele.

Um rugido feroz e capaz de tremer o chão, como o de uma fera, ecoou pelo ar. Kathryn conseguiu se virar a tempo de ver Griff ficar de pé em um piscar de olhos e avançar com uma espada na mão. De onde ele havia tirado uma espada?

O bandido mal teve tempo de soltar um gritinho, como um ratinho assustado, antes de ser atingido pela lâmina.

Um dos outros brutamontes avançou na direção dela, e Kathryn recuou, mas nem devia ter se dado ao trabalho, pois Griff o interceptou no meio do caminho. Outro bandido entrou na luta. Com uma rápida olhadela, Kathryn viu Marcus lidando com o quarto patife e voltou sua atenção para a batalha de Griff. Ele não tivera a chance de recuperar sua espada, mas empunhava uma faca, assim como os oponentes. A cada golpe, as lâminas reluziam na luz da lua.

Kathryn queria correr para o meio da briga e ajudá-lo, mas ficou parada, sentindo-se errada por achar bonito o modo como Griff atacava e desviava, ou como seus movimentos eram graciosos e habilidosos. Embora estivesse apavorada por ele, ela lembrou da confiança de Griff ao explicar, na noite anterior, como cobrava o que lhe era devido. Ele sabia como ser ameaçador, como acertar um golpe, como sair com a vitória — e ela se esforçou para não emitir nenhum som que pudesse distraí-lo de seu propósito.

Griff derrubou um dos bandidos com um chute alto, então jogou o outro no chão com um empurrão do ombro. Eles rolaram nas sombras. Era difícil enxergar no breu, mas ela ouviu o impacto de pele contra pele, um gemido, um ganido e silêncio.

Então, Griff voltou sua atenção para o capanga que ele havia chutado. O homem ficou de pé, e os dois começaram a andar em círculo, suas facas em punho.

— Deixe a faca no chão e corra — ordenou Griff, em um tom frio e insensível, como se tivesse prendido todas as suas emoções para que elas não interferissem nas tarefas desagradáveis que precisava cumprir para sobreviver. — Não irei atrás de você. Tem minha palavra.

Kathryn sentiu o patife tentando decidir se Griff falava a verdade. Como era possível o homem não notar a veracidade no tom do oponente? Griff já havia ferido dois de seus comparsas, e Marcus tinha acabado de derrubar o outro. Será que o infeliz achava que tinha chances de vencer Griff em uma luta?

Griff, que havia se ajoelhado em rendição, mas apenas para ganhar tempo? Griff, que nunca tivera a intenção de se render? Griff, que havia dito a ela que aprendera a lutar muito bem? E ele havia aprendido muito mais que apenas a lutar. Aprendera o que era preciso para a sobrevivência, e Kathryn se perguntou o que mais ele devia ter enfrentado ao longo dos meses desde aquela noite no jardim.

— Nada de facadas pelas costas, então? — indagou o patife em uma voz trêmula de medo.

— Nada de facadas pelas costas — respondeu Griff, sem um pingo de medo em sua voz.

Ele sabia que venceria aquela batalha, mas estava sendo misericordioso.

O bandido, assassino ou sei lá o quê largou a faca no chão, girou nos calcanhares e correu como se estivesse sendo perseguido pelos cães do inferno.

Não havia mais perigo. As pernas dela começaram a tremer. Ela devia ter perdido os joelhos pelo caminho, porque não pareciam estar lá para apoiá-la, mas ainda assim conseguiu se manter em pé. Mesmo quando o que mais queria era afundar no chão.

— Kathryn?

Talvez ela não estivesse tão firme quanto pensava, porque o braço de Griff a envolveu e a puxou para um abraço forte e meio torto, e os lábios dele roçaram sua bochecha quando ele abaixou o rosto e falou em uma voz tensa, mas gentil:

— Garota corajosa. Você se machucou?

Só então ela percebeu que sua visão estava escurecendo e que estava perigando desmaiar. *Perigo...* ela nunca mais usaria aquela palavra de forma leviana. Mas, agora que Griff estava ali, tudo estava voltando ao foco. Os olhos dela marejaram, mas Kathryn conteve as lágrimas.

— Não, estou bem.

Ela sentiu um arrepio passar pelo corpo dele.

— Sinto muito por tê-la colocado em risco.

— Achei que ele ia me matar.

— Eu nunca permitiria que isso acontecesse.

A convicção absoluta na voz dele era um bálsamo para a alma dela. Além disso, como ela poderia duvidar de sua palavra quando vira como ele podia ser letal?

— Você... você tinha uma espada.

— Eu a carrego dentro da minha bengala.

E uma faca, que agora a cutucava de leve na lateral do corpo, certamente embainhada.

O som da grama sendo amassada por botas pesadas chamou a atenção dele.

— Marcus, você se machucou?

— Não, e você?

— Também não.

— Ótimo. — Ele acenou com a cabeça. — Lady Kathryn, acredito que este não era o melhor cenário para um reencontro. Como veio parar aqui?

— Ela me deu uma carona em sua carruagem — explicou Griff. — Ela estava no clube. Fui irresponsável em aceitar a oferta.

— Você não pode se culpar pelo que aconteceu — assegurou ela. — Eu que fui irresponsável por não ter ido embora quando você ordenou.

— E seu cocheiro e criado?

— Foram amarrados e amordaçados, mas parecem estar bem.

Eles estavam resmungando e grunhindo quando foram amordaçados, então provavelmente não estavam machucados.

— Preciso soltá-los e garantir que você voltará para casa em segurança. — Ele virou-se para o irmão. — Marcus, precisa de carona para algum lugar?

— Tem um barco me esperando rio acima. É melhor vocês dois irem logo. Vou cuidar desses três antes de partir.

— Mande uma mensagem se precisar de algo.

— Mandarei. Eles não devem ir atrás de vocês. Eu sou o alvo. Eles nem devem saber quem são vocês, então não saberão onde encontrá-los. Vocês estavam apenas no lugar errado, na hora errada, e peço desculpas por isso. Estava certo de que não tinham me seguido.

— Você acha que consegue despistá-los?

— Vou tentar. Depois que partir de Londres, eles não devem vir atrás de mim. Vão pensar que fugi com o rabo entre as pernas.

— Espero que esteja certo.

— Isso não é problema seu. Você saiu, então se mantenha afastado.

— Se precisar de mim...

— Eu sei, mas não vou.

Griff assentiu e se dirigiu a Kathryn:

— Com licença por um momento.

Ele andou até o homem que havia atingido com a espada e puxou a lâmina do corpo.

— Ele não teve escolha, sabe?

Ela olhou para Marcus.

— E algum de vocês teve?

— Eram todos criminosos. Suspeito que, eventualmente, acabariam enforcados. Eu não teria deixado o último homem fugir, mas também não sou eu que teria que viver com o peso dele na minha consciência.

Ela estava aliviada por Griff ter dado ao homem uma escolha. Ele voltou para o lado dela sem nenhuma espada à vista, apenas com sua bengala. Griff andava com armas. Ela estava tendo dificuldade em aceitar aquele fato, embora talvez não devesse ter ficado tão surpresa. A vida se encarregara de mudá-lo, de torná-lo mais perigoso do que fora.

Os irmãos se despediram com tapinhas nos ombros. Então, ela e Griff voltaram para a carruagem.

— Por que eles queriam matar Marcus?

— Porque ele planeja expor quem estava trabalhando com nosso pai assim que descobrir o nome da pessoa por trás de todo esquema.

— Você já esperava encontrar problemas.

— Eu sempre espero encontrar problemas quando o Marcus está envolvido. Você foi muito inteligente ao entender minha mensagem naquela hora.

Kathryn não deveria ficar tão feliz pelo elogio.

— Pelo menos me saí melhor do que com o charuto.

Ele riu baixinho.

— Isso é verdade.

A faca reapareceu quando chegaram à carruagem, e Griff cortou as amarras do cocheiro e do criado, desculpando-se pelo inconveniente e fazendo parecer como se fosse apenas um assalto comum. Kathryn não gostava nem um pouco do mundo que Griff aparentemente habitara por alguns meses e estava feliz por ele estar seguro no clube. Ela torcia para que Marcus estivesse certo e que eles nunca mais corressem risco como naquela noite.

A caminho de casa e sentada de frente para Griff na carruagem — pois ele insistira em acompanhá-la para garantir sua segurança antes de retornar ao clube —, Kathryn estudou os contornos dele e desejou ter uma lamparina para vê-lo melhor. Ela sentira mudanças sutis nele no clube, como um ar de confiança tão atraente quanto suas feições, mas ele se transformara em algo muito mais complexo do que ela imaginara.

Kathryn desejou que ele não tivesse se afastado. Que, ao entrar na carruagem atrás dela, ele tivesse se sentado ao seu lado. Que, mais uma vez, os braços dele a envolvessem e ela estivesse aconchegada em seu corpo. Às margens do Tâmisa, com uma faca no pescoço, ela havia pensado em coisas frugais, coisas das quais sentiria falta, coisas que gostaria de ter feito. Coisas que gostaria de ter feito com Griff. Outro beijo. Mais uma conversa. Uma risada compartilhada. Uma troca de sorrisos. Mais provocações. Por Deus, ela desejara até as provocações!

O estranho é que todas as coisas envolviam Griff. O pobre Kingsland teria ficado sozinho, tendo que achar outra mulher para cortejar e se casar, mas ele nem lhe passou pela cabeça na hora. Talvez porque Griff estivesse presente no momento, e o duque, não.

— Seria melhor se você não contasse sobre as aventuras de hoje para ninguém — comentou ele.

— Acho que ninguém acreditaria em mim.

Nem ela estava acreditando em tudo o que vivenciara.

Olhando para a janela, Kathryn tentou se recompor, deixar o ocorrido no passado, mas as lembranças e emoções do que acontecera a puxavam para baixo como as ondas do mar perto do chalé de sua avó, ameaçando afogá-la e engoli-la.

— Quando eu beijei você ontem, foi por raiva.

Era um dos arrependimentos que havia sentido quando vislumbrou a morte.

— Eu sei.

Ela o beijara para atormentá-lo e para puni-lo, mas, em vez disso, havia punido a si mesma ao manchar a memória do beijo no jardim. Kathryn não queria que o último beijo entre eles fosse cheio de raiva. Depois que se casasse com Kingsland, os lábios de Griff seriam proibidos, mas ela tinha uma nova oportunidade de substituir o último beijo entre eles por outro.

Determinada, ela ficou de pé e se equilibrou no sacolejar da carruagem até diminuir a curta distância entre eles. Ele grunhiu quando ela se acomodou em seu colo, prendendo-o entre as coxas. As mãos fortes agarraram sua cintura, firmando-a enquanto ela segurava o rosto dele nas mãos, sentindo o contraste entre a barba áspera e sua pele macia. De alguma forma, aquilo deixou o momento ainda mais íntimo.

Ele permaneceu imóvel, esperando, e Kathryn se perguntou como ele conseguia parecer tão calmo quando ela estava ofegante, quando estar tão perto dele a deixava tão inquieta. O fato de estar ali quando sabia que não deveria, de estar ali porque era seu desejo. Ela tivera um vislumbre da morte naquela noite — ambos tiveram — e saíra vitoriosa, e os vencedores mereciam celebrar a vitória. E, para ela, isso significava um beijo. Dele.

— Eu quero beijar você. Sem raiva, desta vez. Apenas com gratidão por ser uma escolha que ainda posso fazer.

Os lábios dele se abriram em antecipação, antes mesmo que ela inclinasse a cabeça para facilitar o encaixe de suas bocas. Então, Kathryn se lembrou de quando ele ensinara que algumas coisas eram melhores após uma preparação, e decidiu aplicar a lição lambendo um dos cantos de sua boca, o lado que sempre se levantava quando ele dava um meio-sorriso, quando ele não queria demonstrar que gostava de suas palavras ou ações. Com a língua, ela traçou o lábio inferior dele, tão cheio, tão sedutor, como uma cama macia que prometia prazer.

Griff gemeu baixinho, segurou-a pela nuca e mergulhou a língua na boca dela, acabando com a provocação e deixando-a palpitante com a sua impaciência. Pelo visto, ela não era a única que queria, ou melhor, *precisava* de uma confirmação de que a vida, tão preciosa e única, não deveria ser feita de arrependimentos por momentos perdidos. Eles tinham o presente, tinham o agora, e logo poderiam não ter mais nada.

Que mal havia em aproveitar uma batalha cujo objetivo não era a derrota, mas sim a glória de cada investida, de cada lambida, de cada mordida? Ela sentiu um gostinho de chocolate e especiarias, e imaginou que era o sabor do charuto que ele havia fumado mais cedo. Será que a boca dela estava com o mesmo gosto?

Kathryn esperava que sua boca não estivesse com o gosto amargo do medo que sentira durante o confronto. Um medo não tanto por seu próprio bem, mas pelo dele. Quando ele ficara de joelhos...

Ela espantou o pensamento para longe. Kathryn queria que o beijo substituísse a outra lembrança, que lhe desse algo para saborear, contemplar, ajudá-la a dormir e ter sonhos quentes e cheios de paixão. Lembranças que a fizessem acordar com o corpo latejando de desejo.

E como ela desejava... O cheiro de Griff, a sensação de tocá-lo, os sons que ele fazia enquanto aprofundava o beijo.

Ao passar a mão pelo lenço no pescoço de Griff, Kathryn notou que o nó estava meio desfeito. Talvez ela devesse remover a peça de uma vez. Será que ele a impediria? Ou será que ele gostaria de receber mordidinhas no pescoço? Deslizando os dedos pelo seu colete, ela considerou soltar os botões e diminuir o número de peças de roupa que separavam o calor de seus corpos. Descendo mais...

Ela sentiu algo molhado e quente. Tenso, Griff segurou seu pulso.

— O que é isso? — perguntou ela.

Mas ele não respondeu. Sua respiração estava ofegante, e Kathryn suspeitou que a causa não era o beijo. Soltando-se de seus braços, ela aproximou a mão do rosto. Estava muito escuro para enxergar algo, mas o cheiro de sangue era inconfundível.

— Você está sangrando! Por que falou para Marcus que não estava machucado?

–— Ele não teria ido embora se eu tivesse contado a verdade.

Jesus! E ele ia acompanhá-la até em casa e voltar para o clube? Será que chamaria um médico? Ou será que sofreria sozinho? Será que corria o risco de morrer?

Horrorizada, ela desceu de seu colo, sentou-se ao seu lado e resistiu à vontade de tocá-lo, temendo piorar o ferimento.

— É muito grave?

— Não muito.

Ele havia mentido para Marcus, então podia muito bem estar mentindo para ela. Kathryn via tudo com novos olhos. A tensão na voz dele quando ele se aproximou após a luta, a maneira como a abraçou, meio torta e mantendo seu lado direito distante. O ferimento estava no lado esquerdo. Na escuridão, iluminados apenas pela luz e estrelas, Griff conseguira esconder o machucado do irmão e dela. Saber que ele não confiava nela perfurou seu coração, arrasou sua alma.

No breu, ela deslizou a mão pelo assento até encontrar a bengala. Então, bateu no teto duas vezes e sentiu o veículo diminuir o ritmo.

— O que está fazendo? — perguntou ele.

— Vou pedir para que levem você ao hospital.

— Nada de hospitais.

— A um médico, então.

— Também não.

Mas que homem irritante!

— Me deixe ver se o ferimento é muito grave, então.

— Lady Kathryn, isso não é da sua conta.

Ela não deixou de notar o uso da formalidade para colocar uma distância entre eles.

— Ao diabo que não é!

Será que ele não entendia que Kathryn se importava com ele? Será que pensava que ela beijava qualquer homem que achasse bonito? Mesmo que ela achasse muitos homens bonitos, só um recebera seu beijo. E havia sido Griff. Um homem teimoso como uma mula que parecia incapaz de pedir ajuda, fosse de Kathryn, de sua família ou de qualquer outra pessoa. Sua independência era admirável, mas extremamente frustrante. Ele era solitário demais.

A carruagem parou. Sem esperar pela ajuda do criado, Kathryn abriu a porta do veículo.

— Preciso de uma lamparina. — O criado tirou uma do gancho da frente da carruagem e a entregou. — Espere pelas minhas ordens.

— Sim, milady.

Kathryn voltou para dentro da cabine e pendurou a lamparina em um gancho acima da janela, grata por a nova iluminação permitir que ela visse Griff com mais clareza — pelo menos um pouco melhor. Ele estava abatido e pálido, com os lábios apertados e a testa franzida. Era claro que estava sentindo dor, uma dor excruciante, de acordo com sua expressão, e ainda assim ele a beijara, fingindo que tudo estava bem quando nada estava.

— Deixe-me ver.

— Lady Kathryn...

— Agora.

Ele fez uma careta.

— Quando foi que você virou uma megera?

— Na mesma hora que você virou um idiota. Eu provavelmente precisarei mandar trocar os assentos da carruagem por causa de todo esse sangue que você está soltando.

O canto da boca dele, o mesmo que ela lambera havia poucos minutos, se arqueou.

— Acho que não está tão ruim.

Ela ajudou-o a soltar a camisa encharcada de sangue da calça e a levantá-la. Então, pegou a lamparina e a abaixou para enxergar melhor a ferida vermelha e brilhante.

— Minha nossa, Griff, isso é muito grave! É um corte longo e profundo. Eu não saberia como costurá-lo.

— Acho que não é fundo o suficiente para ter perfurado alguma coisa.

Ela balançou a cabeça.

— Não. Apenas o suficiente para cortá-lo de ponta a ponta.

O estrago estava feito e parecia sério. O sangramento não dava sinais que iria parar sozinho. Kathryn o encarou.

— Me deixe levá-lo a um médico. Por favor.

— Seus pais vão ficar preocupados se você não voltar para casa logo.

— Meus pais estão em Paris. Estou sozinha. Ninguém saberá.

Griff a estudou pelo que pareceu uma eternidade antes de desviar o olhar para a janela e assentir, como se fosse fraco por permitir que ela o ajudasse. Kathryn amaldiçoou o pai dele, a alta sociedade que lhe virara as costas e todos os outros que o fizeram acreditar que ele estava sozinho em todas as suas batalhas.

Capítulo 14

A primeira coisa que ele notou ao acordar foi a tênue luz do sol que se derramava pelo quarto e o ar da maresia que balançava as cortinas da janela aberta. Com dor e trêmulo, Griff amaldiçoou a tontura que sentia, causada pelo láudano que o médico lhe dera antes de dar pontos em seu ferimento. A medicação também fora a responsável por deixá-lo incapaz de pensar com clareza quando o médico terminou de tratar sua ferida. Por isso, quando Kathryn dissera a Griff que precisava viajar para casa da avó para esquecer o horror daquela noite, ele concordara em ir junto. Ele ainda não estava pronto para deixá-la sozinha, ainda estava abalado por o quão perto chegara de perdê-la.

E, antes de Kathryn dizer que precisava viajar, ela havia segurado e apertado sua mão direita enquanto o médico trabalhava, forte o suficiente para deixá-lo com medo de sofrer uma fratura. Embora ela tivesse mantido a cabeça virada para o outro lado, para não ver a ferida aberta e o sangue jorrando, Griff notara uma lágrima solitária escorrendo pelo rosto delicado, até pingar em sua mão. A visão fora mais dolorida que o tratamento do médico. Uma única lágrima, mais intensa que uma enxurrada. Kathryn havia sido tão corajosa, tão inabalável — e ele estivera sentindo tanta dor enquanto rezava para que ela não descobrisse seu ferimento —, que Griff não percebera que ela estava com dificuldade de esquecer o ocorrido.

Logo, Griff fora incapaz de recusar seu pedido, de deixá-la viajar sozinha, de não estar lá para confortá-la depois de ela ter insistido para que ele fosse tratado, quando seria muito mais fácil deixar que ele se virasse sozinho.

Então, lá estava ele, em um lugar onde não deveria estar, com uma mulher com quem não deveria ter contato. Uma mulher que pertencia a outro, mesmo que o pedido ainda não tivesse sido feito. Uma mulher que Griff entregara a outro.

Ele não queria pensar naquele arrependimento abismal.

Com um gemido, ele se empurrou para fora da cama e analisou o quarto em tons de azul-claro. O quarto de sua avó, explicara Kathryn. Seu olhar parou na pequena pilha de roupas dobradas cuidadosamente em cima de uma poltrona felpuda. Não eram as roupas que usara na noite anterior, porque elas precisavam de uma boa lavagem e alguns reparos. Em sua mente enevoada, ele se lembrou de Kathryn dizendo algo sobre uma criada que cuidava do lugar.

Kathryn o levara àquele quarto e ajudara a tirar sua roupa. *Toda* a sua roupa. Griff nunca fora especialmente tímido e agora se perguntava se ela gostara do que vira. Fez uma careta pelo pensamento inapropriado causado pelo desejo. Kathryn não merecia nada menos que seu respeito. Sem a insistência dela, ele não teria consultado um médico e talvez tivesse tentado cuidar da própria ferida.

Ele pegou a camisa e a calça. O material era rústico, e as peças tinham um estilo simples. Talvez tivessem pertencido ao avô dela. Ou talvez ela tivesse pedido a um criado que pegasse algo emprestado com um aldeão. Não importava. Eram roupas limpas. Ficariam um pouco apertadas, mas serviriam pelo curto período em que permaneceriam no chalé. Ele foi ao lavatório e lavou o rosto com a água fria. Então, congelou quando as gotas pingando na bacia conjuraram outra lembrança.

Kathryn o ajudara a se limpar. A remover o sangue, a sujeira e o suor com toques lentos, gentis e cuidadosos. Enquanto isso, ele agarrara a beirada da cama para se impedir de puxá-la para si.

A coragem de Kathryn às margens do Tâmisa o deixara sem chão. Griff nunca desejara tanto alguém. Quando ela cruzara a extensão da carruagem para se sentar em seu colo e beijá-lo, ele fora incapaz de conter seu desejo. Esquecera da ferida e de sua intenção de mantê-la em segredo. Tudo o que importava era Kathryn e dar a ela o que precisava, o que ela queria.

Ele conseguiu conter a vontade de puxá-la para a cama durante os cuidados dela, mas, depois que o acomodou embaixo dos lençóis e cobertas, ela mesma se deitou. Apenas algumas camadas de tecido separaram seus corpos.

— Só um pouquinho — sussurrara ela.

Então, ele deslizara um braço ao redor dela e a acomodara no lado direito e ileso de seu corpo, abraçando-a enquanto o láudano cumpria sua função e o levava para a terra do sono. Quanto tempo ela ficara na cama? Onde estava agora?

Griff afastou as lembranças, a sensação de incerteza e as teias de aranha que turvavam o que havia acontecido depois dos cuidados do médico: a viagem até ali, a acomodação, o sono. Ele jogou água no rosto várias vezes, pegou a toalha e se secou antes de se vestir. Como havia previsto, as peças eram feitas para um homem um pouco menor.

Então, caminhou até a janela e olhou para fora. Não havia nenhum outro edifício ou telhado à vista. Havia apenas árvores, flores e um gramado verde que, no horizonte, se transformava em azul. Não apenas do céu, mas da água. Do mar.

Ele se lembrou de ouvir o som das ondas na noite anterior, mas estivera cansado demais para apreciar a vista. Teve uma lembrança fugaz de Kathryn olhando pela janela. Será que ele tinha acordado no meio da noite ou fora apenas um sonho?

Eles estavam em Kent, apenas algumas horas de distância de Londres. Era possível retornar para a cidade ainda naquele dia, se ela quisesse. A decisão seria dela, mas Griff precisava encontrá-la primeiro.

Depois de andar pelo pequeno corredor e descer uma escada, ele chegou ao saguão da casa. De um lado havia uma sala de jantar com uma mesa redonda. Do outro, uma sala de estar aconchegante.

— Ah! Bom dia, senhor.

Griff virou-se para a sala de jantar e deu um sorriso educado para a mulher vestida de preto, avental branco e touca.

— Bom dia.

— O café da manhã estará pronto assim que lady Kathryn retornar de sua caminhada.

— Perfeito. Acho que vou esticar minhas pernas também.

Ele saiu da casa e logo foi envolvido pela brisa refrescante. Respirando fundo, Griff se sentiu revitalizado pela maresia. Gaivotas planavam no céu, seus grasnos se misturando ao barulho das ondas. Ele olhou ao redor e se perguntou que direção Kathryn escolhera para sua caminhada.

Aproximando-se do que parecia ser a borda de uma colina, Griff se deleitou com a maciez da grama sob seus pés. Seria muito trabalhoso calçar as botas. Quando criança, ele adorava correr descalço na grama sempre que conseguia escapar da babá ou da governanta. Uma vez, o pai o pegara no flagra e lhe dera uma cintada na bunda enquanto dava um sermão sobre a importância de sempre ser visto como um cavalheiro. Levando em conta os acontecimentos recentes, um sermão vindo de seu pai traidor era pura ironia.

Quando chegou à beira da encosta, Griff olhou para baixo e perdeu o fôlego. Não por causa da altura vertiginosa, mas porque avistou Kathryn no mar, com a saia levantada acima dos joelhos e caminhando na água azul. Ela deu um gritinho e pulou para trás, e o vento carregou sua risada até ele. Será que alguma criatura marinha havia beliscado seu pé?

Ele se sentou no chão com cuidado e simplesmente a observou, sentindo uma paz que não experimentava havia meses. Era como se aquele lugar fosse imune a preocupações. Agora Griff entendia por que ela sentira vontade de viajar para lá.

Ela começou a se afastar das ondas que rolavam na areia da praia, seus movimentos leves mas energéticos, bem diferentes da postura rígida, da coluna reta e das ações calculadas de uma dama bem-educada. Em vez disso, ele vislumbrou a garota que ela fora quando visitava sua avó ali. Uma jovem mais relaxada, mais confortável, mais verdadeira.

Uma mulher que o duque de Kingsland nunca veria, nunca conheceria, nunca entenderia.

De repente, ela parou, abaixou-se no chão, encostou os joelhos no peito e abraçou as pernas. Mesmo longe, Griff notou o chacoalhar de seus ombros. Ele praguejou e ficou de pé, xingando ainda mais quando seu ferimento protestou contra suas ações repentinas. Olhando ao redor, ele encontrou um ponto onde a grama parecia ter sido pisada havia pouco tempo e descobriu um caminho que levava à costa. Então, desceu cuidadosamente até seus pés tocarem a areia e caminhou até Kathryn com passos firmes. Ela estava sentada com a testa pressionada contra os joelhos, e ele conseguiu sentir a fragrância de laranjas misturada com o sal quando se agachou do lado dela.

— Kathryn?

Ela fungou, virou a cabeça para o outro lado e respirou fundo duas vezes. Quando o encarou, ele percebeu que ela estava enxugando as lágrimas discretamente, mas algumas ainda estavam grudadas aos longos cílios castanhos. Então, ela deu um sorriso trêmulo.

— Como você está?

— Com uma dor dos infernos.

Pouco, ou nada, do láudano restava em seu sangue para aliviar a dor. Ele não sabia quantos pontos foram necessários para fechar a ferida. Se ela não o tivesse distraído com sua presença na noite anterior, ele teria conseguido contá-los, pois sentira cada um entrando. Estendendo a mão, ele capturou uma lágrima brilhando no canto do olho dela com o polegar.

— Como *você* está?

Ela soltou uma respiração trêmula.

— Achei que estava bem, mas, de repente, não estava. Todas as emoções de ontem à noite me acertaram de uma vez, e eu não estava preparada.

Griff se sentou na areia para se equilibrar melhor e aconchegou o rosto dela em seu ombro.

— Não há vergonha nenhuma em chorar.

— Faz eu me sentir fraca.

— Você não é nem um pouco fraca, Kathryn. Sua força ficou evidente poucas horas atrás.

— Assim como a sua.

Ela se afastou e o estudou, como se não o visse havia anos, como se estivesse enxergando-o pela primeira vez.

— Onde você aprendeu a lutar daquele jeito?

— Quando trabalhei nas docas.

Ela franziu a testa.

— Tem muitas brigas por lá?

— Não, mas muitos lutadores trabalham carregando mercadorias. Como o Billy, que a impediu de entrar no clube na primeira noite. Eu e Althea moramos em Whitechapel por um tempo, e eu queria ter certeza de que conseguiria protegê-la, se necessário. As lutas por lá não seguem as regras de Queensbury*, então contratei Billy e alguns outros homens para me ensinarem a lutar de uma maneira que nenhum cavalheiro aprende.

— Althea sabia disso?

Ele balançou a cabeça.

— Não queria que ela se preocupasse por estarmos em um lugar perigoso nem que sentisse medo por mim. Se as lições terminavam muito tarde, eu dizia que estava com alguma mulher quando ela me perguntava. Ela não tinha problema em aceitar essa resposta.

Sem pensar muito, ele segurou a trança de Kathryn e passou o polegar sobre os fios soltos na ponta, observando a miríade de emoções que percorriam as feições delicadas de seu rosto.

— Pode perguntar.

Ele viu os músculos graciosos de sua garganta trabalharem quando ela engoliu em seco, e parte de seu lábio inferior desapareceu quando ela mordeu a boca.

— Ele chamou você de assassino.

Griff sentiu no leve tremor de sua voz a pergunta que ela havia deixado no ar, que não ousara fazer em voz alta, como se aquilo pudesse manchar um ambiente tão idílico.

Você é?

— Os homens com quem Marcus estava lidando são… impiedosos. Você viu com seus próprios olhos. Eles não confiavam em Marcus e ordenaram que ele fosse seguido e espionado. Eu espionava os espiões.

---

* Conjunto de regras que visavam tornar o boxe uma prática esportiva aceita pela sociedade, criadas no fim do século XIX, por John Graham Chambers. (N.E.)

Uma noite, um deles... — ele balançou a cabeça, ainda perplexo com o ocorrido —... por algum motivo que ainda não descobrimos, tentou matá-lo. Eu o impedi. Para sempre. — Ele olhou para a imensidão do mar e se perguntou se a água salgada lavaria seus pecados e arrependimentos. — Não tenho orgulho disso, Kathryn. Na verdade, eu não pretendia matá-lo, apenas feri-lo, deixar uma mensagem de que Marcus tinha um protetor. Eu mirei na coxa dele, mas ele me atacou um pouco mais abaixado, mais rápido do que eu esperava, e a faca entrou no estômago dele... bem fundo. Não foi uma morte bonita. Mas a mensagem foi passada.

Ele se atreveu a olhar para ela. Os olhos dela estavam arregalados, da cor do mar, e seu rosto estava pálido.

— Ele se matou, então.

Griff usara o mesmo argumento várias vezes para conseguir alguns minutos de sono, mas a verdade não era tão fácil de embelezar. A faca estava em sua mão, e o golpe final fora dele.

— Pouco depois, decidi que não queria mais participar dos planos de Marcus. Eu estava cansado do nosso pai determinando nossa vida, mesmo morto. Ele fez o que fez, e não me importa o porquê ou com quem. Mas, também, não perdi tanto quanto meu irmão.

— Eu poderia argumentar que todos vocês saíram perdendo, mas acho que você fez a coisa certa a encontrar o próprio caminho. Agora você tem um negócio que parece muito promissor.

A voz dela saiu hesitante, um pouco trêmula. Kathryn parecia disposta a deixar o assunto para trás, mesmo quando ainda tinha dúvidas, e Griff percebeu que ela temia as respostas. Ele estivera muito distraído com a própria dor para perceber a dela.

— Eu não matei aqueles homens ontem à noite.

Ela tampou a boca com a mão, engolindo uma pequena arfada.

— Não?

— Eu senti muita vontade de matar o primeiro, mas não queria a morte dele na minha consciência. Causei um ferimento profundo, mas ele não deve morrer. Acredito que ele terá uma recuperação bem lenta, e talvez até prefira ter morrido.

Depois de comprar a bengala-espada em uma loja de penhores, ele visitara um médico para aprender onde e como causar um ferimento grave que não mataria alguém.

— Já o outro homem apenas desmaiou depois de levar um soco. Depois de me atingir...

Fora ele que atingira Griff com uma faca.

Kathryn ofegou de novo e voltou a chorar.

— Eu não paro de pensar neles mortos. Marcus disse que estavam.

— Estava escuro demais para ele saber com certeza. Deve ter presumido.

Talvez por ter tido que matar o homem com quem estava lutando.

— Estou aliviada de saber que você não os matou.

Causar a morte de um alguém, mesmo sem querer, não era uma coisa fácil de se ter na consciência. Os patifes não deveriam ter futuros muito promissores, provavelmente acabariam enforcados uma hora ou outra, mas Griff não vira sentido em encurtar seu tempo de vida. Embora o primeiro sujeito fosse precisar de um longo período para se recuperar. Além do ferimento de espada, Griff havia quebrado seu nariz e a mandíbula. Não que Kathryn precisasse saber disso... Mais uma vez, ele enxugou uma lágrima dela.

— Agora você pode dançar na praia sem se sentir culpada.

Ela parou de chorar.

— Você me viu?

Ele assentiu, e ela deu uma risadinha.

— Só faço isso quando acho que não tem ninguém olhando.

— Você sempre dança na praia antes de tomar café?

— Minha avó me ensinou que essa é a melhor maneira de começar o dia. Dessa forma, não importa se o dia for ruim, se for cheio de problemas e decepções, eu sempre terei a alegria da manhã para me ajudar a superar tudo. Ela dançava comigo, então sinto como se ela ainda estivesse aqui, ao meu lado.

— Você parecia tão livre.

— Alguns dos momentos mais felizes da minha vida aconteceram aqui. Obrigada por me acompanhar.

— Eu estava rendido pelo láudano. — Rendido por ela. — Mas Kingsland não vai gostar nada se souber que estamos aqui.

— Ele não vai saber. Meus empregados são muito leais.

— A pergunta, lady Kathryn, é o quão leais nós somos. Às vezes, a convivência resulta em muita intimidade. E você me beijou ontem à noite.

— Você acha que ele está sendo fiel? Acha que ele não tem uma amante? Que está em celibato?

— Ele certamente espera que você esteja.

— Então ele deveria ter me pedido em casamento antes de partir para Yorkshire.

— Ele não está em Londres?

— Não. Volta apenas na próxima quarta-feira. Ele viaja bastante, na verdade. E acho que isso é parte do motivo por ainda não termos entrado em acordo, mas acho que ele gosta o suficiente de mim e deve fazer o pedido em breve.

— E você dirá sim.

Ela olhou para o horizonte.

— Se aquelas nuvens escuras estão vindo para cá, é melhor tomarmos o café da manhã logo e começarmos a jornada de volta a Londres. A estrada daqui fica muito enlameada quando chove. — Ela voltou a encará-lo. — Eu também preciso trocar seu curativo. O médico disse que devemos limpá-lo uma vez por dia, pelo menos.

Griff não se lembrava disso, provavelmente porque estivera usando sua concentração para bloquear a dor e tudo ao redor — tudo menos a sensação da mão dela agarrada à sua, como se Kathryn estivesse sentindo o mesmo desconforto que ele.

— É melhor entrarmos, então.

Depois de se levantar com cautela, ele conteve a vontade de puxá-la em seus braços e reivindicar a boca dela. Mas sua boca macia não era dele, e nunca seria. Não permanentemente, não para sempre.

E agora que Kathryn sabia a verdade sobre ele, era possível que não aceitasse qualquer liberdade daquele tipo vinda dele.

A caminho do chalé, eles decidiram comer primeiro, depois cuidar do ferimento. Eles estavam na metade do café da manhã quando a tempestade chegou. Kathryn não deveria ter ficado feliz pelos pingos batendo contra o telhado e as janelas, que atrasariam sua partida. Mesmo assim, estava muito contente com as rajadas de água, com o estrondo dos trovões e a luz dos relâmpagos.

Kathryn amava o chalé sob chuva forte, amava como o lugar a fazia se sentir segura e confortável. As residências do pai eram tão grandes que às vezes ela nem sabia que estava chovendo. Mas ali, no chalé, ouvia todos os barulhos do vento e da tempestade.

Apreciando a calma dentro do chalé enquanto o mundo parecia acabar do lado de fora, ela levou uma bacia de água morna para o quarto onde Griff estava. Então, parou de supetão com a visão inesperada de seu torso nu enquanto ele olhava pela janela. Cada centímetro do corpo dele era formado por músculos atléticos e tendões definidos, frutos de seu trabalho nas docas, de suas aulas de luta, de seus esforços para proteger aqueles que amava. E, na noite passada, ele a protegera.

— Demoramos muito — disse ele baixinho, sem tirar os olhos da tempestade, e ela se perguntou se ele havia ouvido sua chegada ou apenas sentido sua presença. — É tarde demais para partirmos.

— Sim. Falei com o cocheiro e ele disse que atolaríamos na estrada, provavelmente mais de uma vez. E você não poderia ajudar a desatolar a carruagem por causa do ferimento.

Griff soltou um suspiro longo e prolongado que ecoou sua decepção. Kathryn prometeu a si mesma que não se ofenderia por ele não querer mais estar ali com ela, por ele estar ansioso para voltar à sua vida.

— Seu clube vai sobreviver um dia sem você. A sra. Ward parece muito capaz, ou você não a teria feito gerente.

— Não estou preocupado com o clube.

— Então está preocupado com o quê?

Balançando a cabeça, ele virou de costas para a janela.

— Deixe a bacia na mesinha de cabeceira. Consigo trocar as bandagens sozinho.

— Mas você pode acabar arrancando um ponto sem querer. — Depois de colocar a bacia e algumas ataduras na mesa, ela mostrou um potinho de vidro. — O médico me deu um unguento para ajudar na cicatrização. É mais fácil se eu o aplicar.

Ela esperou enquanto ele travava um embate interno, evidente em seus lábios voluptuosos apertados e lindos olhos semicerrados. Será que estava preocupado em não resistir em beijá-la, quando não deveria? Será que reconhecia que saber o que *não* deveria acontecer não impedia nada?

— Vou me comportar — disse Kathryn.

Ele deu uma risada rápida, mas suficiente para aquecer todo o corpo dela, suficiente para ela ter certeza de que adivinhara as preocupações dele. Kingsland nunca dera a impressão de que estava se esforçando para não a tocar, para não sentir seu gosto. Ele a beijara mais algumas vezes desde a noite do teatro, mas todos os beijos foram comportados e cavalheirescos. E Kathryn estava descobrindo que preferia o beijo de um canalha.

Griff ainda sorria quando se aproximou.

— Onde devo ficar? Na cadeira?

— Na cama. — Ele congelou, e as pupilas dele dilataram tão rápido de desejo que ela se apressou a explicar: — A cadeira é muito pequena. — *E muito volumosa por causa do estofado nos braços e nas costas.* — Não conseguiria trabalhar direito e ir de um lado para o outro.

Ele se sentou na beirada da cama.

— Seja rápida, então.

Griff agarrou as coxas da mesma maneira que cruzou os braços na primeira noite em que ela visitara o clube. Kathryn não deveria ter ficado tão feliz em saber que ele a desejava. Ou talvez estivesse errada, e ele na verdade estava apenas se preparando para aguentar a dor durante a limpeza do ferimento. Mas ela pretendia ser gentil e cuidadosa. Não conseguia suportar a ideia de lhe causar qualquer sofrimento.

Com uma tesoura, ela cortou o nó que o médico havia feito para prender o curativo ao redor do torso de Griff. Então, desenrolou a bandagem, passando-a de mão em mão enquanto circulava o corpo dele, ciente de que ele estava segurando a respiração, de que estava imóvel como uma estátua. Vez ou outra, os dedos dela roçavam a pele que havia ajudado a limpar na noite anterior. Curvas que ela contornara depois que ele caíra no sono, músculos que havia explorado com os dedos. O láudano o levara para a terra do sono, e ela o tocara de maneiras que não deveria, vencida pela curiosidade, investigando o homem que havia encorpado durante os meses de exílio.

O lençol cobrira o corpo dele da cintura para baixo, e ela utilizara o tecido como uma barreira para uma área proibida, não ousando explorar o que havia evitado espiar quando o ajudara a se despir. Entretanto, Kathryn havia se maravilhado ao examinar seus braços e peitoral com dedos curiosos, e continuou a explorá-los depois que se aninhou contra ele, porque não suportara a ideia de enfrentar sozinha os demônios que certamente a assombrariam durante o sono. Mas os demônios não apareceram. Griff a abraçara com força durante a noite e os mantivera afastados.

Ao terminar de tirar as bandagens sujas, ela apreciou por alguns segundos como a barriga dele era plana, como o peito era largo. A ferida era longa e estava vermelha e irritada, e os pontos deixavam a cena um pouco mais assustadora. Aquilo certamente viraria uma cicatriz. Ajoelhando-se, ela pressionou os dedos no ferimento, e Griff arfou.

— Desculpe. Sei que dói, mas preciso verificar se está cicatrizando bem. O médico me explicou como fazer.

— Ainda bem que você está aqui. Não lembro de nada disso.

Kathryn limpou os arredores do corte com água morna, removendo o sangue com cuidado. Então, pegou um pouco do unguento e o aplicou de leve em cima dos pontos. Ele prendeu a respiração, tensionou a barriga, mas não parecia ser por conta da dor. Ela não queria parar de tocá-lo, queria tocá-lo em mais lugares. Eles precisavam de uma distração.

— Posso fazer uma pergunta?

— Nunca é coisa boa, quando alguém pergunta se pode fazer uma pergunta — disse ele. — Você pode perguntar o que quiser, só não garanto que vou responder.

— O que aconteceu quando vocês foram presos?

Ele cerrou os dentes, mas manteve a cabeça erguida e seu olhar na janela, como se estivesse revivendo as lembranças.

— No começo, estávamos confusos, desorientados e com medo. Eu estava dormindo quando chegaram e me arrastaram da cama. Marcus insistiu para que pudéssemos nos vestir. Como ele era um conde, as palavras dele tiveram mais efeito que minhas reclamações. Então nos deixaram ficar apresentáveis, pelo menos. Ainda assim, nos levaram sem explicar nada. — Ele fez uma pausa antes de continuar: — Nos colocaram na mesma sala na Torre. Fui chamado primeiro, e pensei que iam cortar minha cabeça. Um pensamento besta, reconheço, mas parecia ser o lugar perfeito para isso. Conforme me levavam por um corredor, fui dominado pelo medo. Meu corpo parecia incapaz de colocar um pé na frente do outro. Eu queria protestar, gritar e correr. Como Ana Bolena, uma mulher tão pequena, conseguiu caminhar para a morte? Talvez ela tenha fingido que estava só dando um passeio. Não sei. — Mais uma pausa. — Mas eu parei de pensar no presente e no que achava que estava prestes a enfrentar para focar no passado, nas coisas que valia a pena relembrar uma última vez: no penteado de uma mulher sendo desfeito, em uma valsa, no último beijo que eu tinha dado, o último que eu daria. — Ela parou seus cuidados, e Griff abaixou o olhar, capturando o dela. — Você, Kathryn, estava lá comigo. E me ajudou a andar por aquele corredor com um pouco de dignidade.

Os olhos dela marejaram, e Griff pensou que talvez não devesse ter confessado algo tão pessoal. Mas durante aquelas duas semanas na Torre e todos os meses que se seguiram, quando sua vida havia virado o inferno, foram as lembranças dela que o ajudaram a sobreviver.

— Pode me dar as ataduras. Consigo fazer o resto sozinho — falou ele bruscamente, e decerto muito rápido, porque ela pareceu sair de um transe.

— Pode deixar que eu faço.

Era uma tortura ser atado por Kathryn. Toda vez que passava a bandagem pelas costas dele, ela se inclinava tão perto de seu corpo que ele poderia facilmente capturar a boca dela, beijar seu pescoço...

e toda vez que pensava em fazer as duas coisas, Griff ficava tão tentado que precisava se lembrar que era filho de um traidor, que conhecia os cantos mais obscuro de Londres, que havia lutado neles e que era responsável por uma morte. Que, agora, era dono de um clube que encorajava o pecado. Ou seja, bem diferente do tipo de cavalheiro que daria orgulho a uma mulher. E certamente não o tipo de homem pelo qual uma dama deveria abrir mão de uma herança.

— Ainda bem que não cortaram a sua cabeça, não é? — falou ela, após finalmente terminar a tortura das bandagens.

— Sim. Mas eles me levaram para uma sala com uma cadeira de madeira e me interrogaram. Fizeram perguntas sobre o meu pai. Foi a primeira dica de que nossa prisão tinha relação com algo que ele tinha feito. Eu não tinha muito para falar sobre as ações dele, fiquei surpreso quando me contaram dos planos de traição. — Ele olhou de novo para a janela. — Quando você acha que poderemos partir?

— Depende de quando a chuva para. Mas com base na intensidade da tempestade, provavelmente só amanhã.

Ele conteve um xingamento, pois não queria que ela soubesse o quanto ele precisava se afastar dela. Resistir ao desejo estava ficando mais difícil a cada minuto. Quando ela o encarava com aqueles olhos sensuais, ou quando ela chorava, ou quando ela o tocava...

Ela o tocara na noite anterior. Griff se lembrava agora. Fora enquanto ele pegava no sono. Ele havia se deliciado com as carícias, havia levado o toque leve de seus dedos para o mundo dos sonhos, onde retornaria o favor com entusiasmo. Griff queria transformar a fantasia em realidade.

Mas Kathryn não era para ele. E Griff não arriscaria que ela perdesse o que desejava tanto possuir. Ainda mais agora que vira o local, que sabia como o chalé combinava perfeitamente com ela. A inocência do lugar onde ela era livre para dançar na praia, um mundo tão diferente daquele em que Griff agora vivia. Uma parte horrível do passado dele a havia tocado, e ele pretendia garantir que isso nunca mais acontecesse. Que nunca chegasse nem perto de acontecer. E Griff não podia garantir que escapara completamente do passado, que não voltaria para o lado do irmão se Marcus pedisse ajuda.

— Estou cansado. Acho que vou dormir um pouco.

— Mas é claro. Você está em recuperação. É melhor repousar enquanto está aqui. Duvido que vá conseguir descansar quando voltar ao clube.

Ela ficou de pé, recolheu a bacia, as bandagens antigas e o unguento e foi até a porta.

— Lady Kathryn?

Ela parou no meio do caminho e se virou para encará-lo. A confusão era visível em seus olhos, sem dúvida porque ele a chamara de modo formal, mas era imperativo que ele se lembrasse constantemente de que ela estava fora de seu alcance.

— Agradeço seus cuidados.

— Embora eu preferisse que eles não fossem necessários, o prazer foi meu.

Quando ela saiu, ele fechou os olhos com força enquanto imagens de outro tipo de prazer, um mais quente, suado e extremamente carnal, dominavam sua mente. Ele se jogou na cama, de costas, e gemeu quando seu corpo protestou contra o abuso. Griff amaldiçoou Kingsland por ainda não ter se casado com ela, por não ter removido a tentação de sua vida.

Capítulo 15

Griff acordou com o barulho da garoa. Após rolar para fora da cama, foi até a janela e abriu as cortinas para observar o céu acinzentado que de certa forma trazia conforto e consolo. Ele entendia por que Kathryn amava o chalé, por que ela nem pensara em abrir mão dele em troca de um homem que não atendesse aos requisitos da avó. Ela era uma pessoa muito mais relaxada, feliz e em paz ali.

Por que diabo Kingsland ainda não pedira a mão dela em casamento? O duque a estava cortejando havia meses. Será que o homem era cego e não enxergava o tesouro que tinha em mãos? Kathryn seria uma duquesa, esposa e mãe perfeita. Quando Griff a imaginava com filhos, ele sempre pensava em crianças loiras — o que era impossível, já que o duque era moreno, e ela, ruiva — correndo por gramados até a beira do mar, dando gritinhos animados quando sentiam as ondas nos dedos dos pés.

Ele pressionou a palma cicatrizada contra o vidro, esticou os dedos cheios de calos. A mão de um bruto.

Eventualmente, se o clube continuasse indo bem, se seus investimentos continuassem a render, Griff poderia comprar um chalé à beira-mar. Mas era improvável que conseguisse aquele, então a casa não teria as lembranças de Kathryn. Se ele confessasse seus sentimentos por ela e a pedisse em casamento, ela não seria a esposa de um cavalheiro, mas de um renegado — e pior: de um homem disposto a fazer qualquer coisa para sobreviver.

Ele amaldiçoou a chuva que iria mantê-los ali por mais uma noite, mantê-la ao seu alcance. No clube, as testemunhas — algumas com olhares de cautela, outras com olhares de desgosto — serviam como um lembrete de que os dois estavam sendo observados, ajudando-o a manter as mãos longe de Kathryn mesmo quando ele estava louco para tocá-la. Griff conseguira manter distância, não apenas fisicamente, mas também mentalmente. Ele se esforçara para impedi-la de enxergar por trás de sua máscara, para que não soubesse que ele seria capaz de sobreviver por semanas apenas com um sorriso dela, ou por meses com uma única nota de sua risada graciosa.

Para ajudar em sua missão de se proteger dela, para protegê-la dele, ele havia construído um muro, e cada tijolo representava uma ação que um cavalheiro nunca cometeria, mas que ele havia feito várias vezes. Levantar caixas, empurrar caixotes, puxar cordas. Socar, intimidar, espionar. Descobrir segredos e ameaçar revelá-los. Cultivar uma força que poderia ser usada para o mal. A noite em que ele não hesitara em usá-la com o intuito de destruir.

Seu passado deveria ser o suficiente para que ele mantivesse as mãos longe de Kathryn. Mas, quando ela o beijara no clube e na carruagem, os tijolos desmoronaram, e Griff se via obrigado a reconstruir o muro.

Ele não deveria ter viajado com ela, não deveria ter tido um vislumbre de como a vida com Kathryn poderia ser: repleta de danças na praia, sorrisos cativantes, risadas compartilhadas... e paz.

E como ele desejava ter paz. Talvez fosse por isso que Marcus estava obcecado por revelar a verdade sobre o pai... Porque, para ele, não seria possível ter paz sem enterrar a história de vez. Mas Griff estava descobrindo que a verdade nem sempre trazia paz. Às vezes, também trazia infelicidade.

Porque a verdade era que amava Kathryn, havia mais tempo do que ele imaginava. Ele a amava com tanta intensidade que chegava a ser aterrorizante. E por isso tinha escrito a carta ao duque, para garantir que o desejo dela fosse realizado.

A ideia da aposta surgira depois, quase como uma forma de consolo. Se ele não podia tê-la, então teria seu maldito clube. Mas não era ela quem estava rindo dentro de seu estabelecimento. Nem sorrindo ou sussurrando palavras sedutoras. Griff não conseguira convidá-la para o clube — até a noite em que ela aparecera em sua porta. E agora ele não conseguiria mais andar pelo prédio sem imaginá-la em cada sala.

Será que Kathryn sentiria o mesmo quando andasse pelo chalé e não encontrasse resquícios da presença dele?

Uma batida soou na porta.

— Griff? O jantar está pronto. Você vai comer conosco?

Ele não deveria. O correto seria pedir para que lhe trouxessem um prato e ele comesse no quarto. Sozinho.

Mas havia muitas noites sozinhas e solitárias em seu futuro. Não importava o quão cheio o clube estivesse, ele continuaria sozinho... e solitário.

Então ele ergueu mais uma fileira de tijolos, reforçando o muro, enquanto andava até a porta.

— Sim, eu vou.

Após o jantar, ele a ensinou a jogar blefe, um dos jogos favoritos do duque de Kingsland. Eles apostaram com palitos de fósforo, e Kathryn ganhou a maior parte do monte. Embora ele reclamasse constantemente sobre a sorte dela, era óbvio que Griff estava gostando da competição.

Quando o relógio bateu dez horas e a maioria dos palitos estava do lado dela na mesa, ele lhe desejou boa noite e se retirou para o quarto. E Kathryn foi para o dela e se deitou para dormir.

Mas na cama, embaixo dos lençóis, sua mente não queria descansar. Queria apenas pensar nele. No jeito que seus olhares se encontravam. No jeito como, às vezes, os olhos azul-acinzentados desciam para a boca dela. Em como Griff sempre a tocava — na mão, no cotovelo, no ombro — e como isso parecia natural, como se ele fizesse sem pensar. Ela mesma se pegara tocando-o vez ou outra sem perceber, notando só ao sentir o calor da pele dele atravessando o tecido da camisa e chegando aos dedos dela. Um lembrete do que ela sentira quando suas mãos o exploraram durante o sono.

Kathryn nunca mais conseguiria visitar o chalé e não se lembrar dele. Imaginá-lo sentado à mesa com uma taça de vinho na mão. Relaxado no sofá tomando um conhaque. De pé, ao lado da janela, observando a chuva.

Mas não era apenas sua estadia no chalé que seria impossível de esquecer. Seria impossível esquecer qualquer coisa sobre Griff. Ela sabia que devia pensar apenas em Kingsland, que ele deveria ocupar sua mente o tempo todo, que ela deveria sentir falta dele e ansiar seu retorno. No entanto, era Griff quem preenchia cada canto e curva de sua mente — e, ela temia, talvez até de seu coração.

Após tantos meses do cortejo de Kingsland, ela podia dizer que o conhecia de verdade? Sabia como os lábios dele tremiam quando ele a provocava? Ou que as pupilas dele dilatavam pouco antes de beijá-la? Ou como os olhos dele arderam de desejo quando ele a viu pela primeira vez em um vestido verde? Griff nunca dissera em palavras que gostava mais de vê-la em verde, mas ela havia lido em seus olhos, em sua expressão de quem acabara de ver uma obra-prima.

Kathryn sabia tantas pequenas coisas sobre Griff, e elas pareciam tão importantes quanto todas as grandes coisas que sabia sobre ele. Seus sonhos, suas ambições, sua facilidade em aceitar qualquer trabalho para sobreviver. Ele protegera Althea até Benedict Trewlove assumir a tarefa. Então, passara a cuidar do irmão e quase se sacrificara para garantir que Marcus permanecesse seguro.

A vida havia lançado desafios para Griff, e ele enfrentara cada um deles de frente e com a cabeça erguida. Os dias de acordar entre arbustos tinham ficado para trás, assim como as noites cheias de bebida, apostas e... mulheres. Será que existiram mulheres na vida dele? A ideia não era absurda, levando em consideração os olhares de interesse que ele recebera no clube... Mas, até aí, Griff dissera que aquelas mulheres não eram para ele. Será que teria retribuído o beijo dela no clube ou na carruagem se estivesse envolvido com outra?

Kathryn fechou os olhos e escutou a chuva tamborilando no telhado e nas janelas. Aquele quarto, no topo da escada, era seu favorito quando o clima estava ruim e feroz, supostamente assustador. O quarto sempre lhe dava forças e a fazia acreditar que, se conseguia sobreviver a uma tempestade, ela conseguiria sobreviver a qualquer coisa.

Até um casamento sem amor.

Mas a pergunta que não saía de sua cabeça era se ela seria capaz de desistir do amor por um casamento sem ele.

Ele acordou com um grito. Alto. Apavorado. O grito arrepiante de alguém sendo atacado e em perigo mortal. Griff pulou da cama e vestiu a calça o mais rápido que seu corpo dolorido permitiu e correu para o corredor, enquanto o som aterrorizante ainda ecoava pelas paredes. Então, subiu a escada de dois em dois degraus.

Havia apenas uma outra pessoa com ele no chalé. A empregada encarregada da limpeza e da cozinha morava na aldeia com o marido e voltava para casa todas as noites. Griff descobrira que estava usando as roupas emprestadas do marido dela. Ele não tinha ideia de onde o cocheiro e o criado dormiam. Talvez também na aldeia, onde deixavam a carruagem e os cavalos. Mas, naquele momento, nada disso importava. Tudo o que importava era ela.

Outro grito ressoou, desta vez acompanhado do nome dele.

Seu coração estava batendo tão forte que Griff achou que a casa inteira também deveria estar tremendo quando chegou ao patamar. Havia três portas; duas abertas e uma fechada. Ele escolheu a que daria mais privacidade à Kathryn e nem se deu ao trabalho de testar para ver se estava trancada — simplesmente chutou a porta.

Ele varreu o quarto com os olhos, tentando enxergar no breu, com apenas o luar que entrava pela janela como fonte de luz. Mas não encontrou nenhuma silhueta suspeita ou figura ameaçadora na escuridão.

Mesmo assim, outro grito ecoou, um perigo real apenas para Kathryn, que se debatia na cama. Griff sofrera muitos pesadelos nos últimos meses para saber como eles podiam ser aterrorizantes. Cruzando o quarto rapidamente, ele sentou-se na beirada da cama e segurou as mãos dos braços inquietos, puxando-as contra seu peito.

— Kathryn, querida, estou aqui. Não vou deixar que nada machuque você. Acorde. — Enquanto a confortava com palavras firmes e determinadas, ele a sacudiu levemente. — Volte para mim, amor.

Ela abriu os olhos, assustada e ofegante. Então Kathryn o viu, arregalou os olhos e piscou, confusa.

— O que está fazendo aqui?

Você estava gritando como se estivesse fugindo do inferno provavelmente não era o que ela precisava ouvir no momento.

— Você gritou.

— Minha nossa! Sinto muito.

Ela tentou mexer um braço, e só então Griff percebeu que ainda a segurava com força, como se tocá-la fosse assegurá-lo de que ela estava segura. Ele a soltou e logo ficou grato, pois a primeira coisa que Kathryn fez foi segurar o queixo dele com uma mão delicada.

— Eu estava no Tâmisa de novo. Você estava sendo atacado, mas... não estava ganhando.

Ele colocou a mão sobre a dela e virou o rosto para beijar a palma, sem quebrar o contato visual.

— Eu sempre vou ganhar, Kathryn.

Porque as ações de seu pai haviam lhe dado um gostinho do que era perder — e ele estava determinado a nunca mais experimentar o amargor da derrota. Griff não sentiria o gosto da vitória de ter Kathryn, mas era por escolha própria. Ele mesmo decidira não tentar, ele mesmo estava decidido a fazer com que ela ganhasse algo muito melhor do que qualquer coisa que ele pudesse oferecer a ela.

Os lábios dela tremeram, como se ela lutasse contra um sorriso.

— Eu falaria que você é arrogante, mas já vi você lutando.

Então, ela ficou séria ao se lembrar do que causara seu pesadelo. Se ela voltasse a sonhar com o horror que vivera, longe dali, ele não estaria perto o suficiente para salvá-la. Ele precisava dar a ela uma lembrança melhor para substituir a experiência horrível.

Depois de se levantar, ele jogou as cobertas para o lado, pegou a mão dela e deu um puxão leve.

— Venha comigo.

Ela não hesitou ou questionou, apenas saiu da cama, como um ser etéreo irradiando a luz prateada da lua, e se jogou nos braços dele. Griff capturou seus lábios com urgência, mas ela não pareceu assustada.

A vontade de prová-la, de sentir seu calor, era enlouquecedora.

Os dedos dela entrelaçaram-se no cabelo dele, e ele desejou que eles o mantivessem ali para sempre, em um lugar onde poderia beijá-la por toda a eternidade.

Quanto às próprias mãos, Griff as deslizou por aquele corpo esguio, cada vez mais para baixo, agradecendo aos céus pelo fino tecido da camisola que lhe permitia sentir os movimentos de Kathryn enquanto eles aprofundavam o beijo.

Talvez não tivesse sido a carta dele que fizera Kathryn ser escolhida pelo duque. Se ela tivesse escrito em sua carta àquele nobre arrogante que beijava com tanto fervor, se tivesse descrito seu entusiasmo ou admitido que não era nada puritana com a língua, Kingsland certamente a teria escolhido sem se dar ao trabalho de ler o restante das cartas. Griff não queria pensar que, eventualmente, o duque conheceria o beijo dela, que experimentaria sua paixão.

Afastando a boca, ele pegou a mão dela e entrelaçou seus dedos, e o ato pareceu tão íntimo quanto corpos nus grudados em meio ao êxtase. Depois de levá-la para mais perto da janela, Griff mais uma vez tomou a boca gloriosa dela. Se não tivesse sofrido o ferimento, não teria Kathryn em seus braços naquele momento, gemendo baixo enquanto ele a tomava. Mas um beijo apaixonado não era o suficiente em um quarto escuro iluminado apelas pelo luar. Ele queria mais, queria *dar* mais.

Traçando o pescoço macio com os lábios, ele fez o caminho até uma orelha delicada e mordiscou um lóbulo enquanto soltava os botões da camisola dela. Então, apreciou com satisfação seu trabalho quando ela chacoalhou levemente os ombros e o tecido deslizou por suas curvas magníficas até o chão. Seu corpo nu parecia uma pintura banhada pela luz prateada.

— Minha nossa, como você é linda.

Ela deslizou os dedos sobre o peito dele e circulou um mamilo, como se estivesse hipnotizada pela pele escurecida, e Griff agradeceu internamente por não ter tido tempo de vestir uma camisa quando saíra correndo do quarto.

— Você também é.

Antes que Kathryn os levasse a um caminho sem volta, ele girou o corpo dela, deixando-a de frente para as estrelas que pareciam ainda mais brilhantes agora que a chuva parara. Então, jogou o cabelo trançado sobre um ombro delicado, pressionou o corpo contra o dela e beijou a curva de seu pescoço. Tão macia, tão sedosa.

— Observe o mar, Kathryn.

E, no futuro, quando avistá-lo de novo, se lembre de mim.

Kathryn não devia ter levado Griff para o chalé. No entanto, o lugar era seu santuário e, depois dos horrores que vivenciara às margens do Tâmisa, ela precisava desesperadamente de um santuário, e achou que ele precisaria também. Um local para se curar não só da ferida física, mas também das feridas emocionais. Ela vira o peso da traição do duque na vida de Althea, e Griff certamente sofrera da mesma forma. Ser empurrado do topo da sociedade, sem nada para amortecer a queda no reino dos esquecidos.

Mas agora, sempre que visitasse aquele cantinho do mundo que tanto amava, ela se lembraria dele. Ouviria a risada dele no vento que soprava da encosta, o ressoar de sua voz grossa compartilhando segredos no saguão. Ela veria olhos azul-acinzentados na luz do sol, o sorriso dele no luar.

E, sempre que olhasse para o mar, se lembraria das mãos dele acariciando seus seios, de sua boca quente descendo e subindo por suas costas. A água refletia o luar no horizonte, e Kathryn se perguntou se o mar absorvia o brilho como a pele dela absorvia as sensações incríveis que Griff provocava, ou se a água refletia o brilho para o céu, ainda mais reluzente.

Ela se deliciou na sensação do peitoral nu e largo em suas costas, de sua cintura até os ombros. Então, ele deu um beijo fervente e molhado em sua nuca, enquanto os dedos desciam cada vez mais para baixo. Passando por sua barriga e cintura, os dedos dele circularam, acariciaram e provocaram em sua descida, dando a Kathryn tempo para interromper a intimidade. Mas, em vez disso, ela colocou as mãos sobre as dele e participou da jornada.

Enquanto ele se aproximava de seu destino, ela deslizou os dedos sobre seus pulsos e antebraços, sobre os pelos grossos que não eram escuros o suficiente para esconder as veias levantadas ou os músculos retesados que agora o definiam. Então, apertou a pele logo acima dos cotovelos dele com força quando os dedos habilidosos perpassaram sua penugem mais íntima e abriram caminho entre suas dobras, antes de circular ternamente o botão sensível que nunca conhecera o toque de um homem. A sensação maravilhosa que a percorreu explicava por que as mulheres experientes iam ao clube dele em busca de uma companhia desimpedida.

Embora Kingsland lhe cortejasse, e até a beijara algumas vezes, nada do que compartilharam era parecido com aquilo — devastador, insaciável, apaixonado. Então por que Kathryn não deveria se entregar ao prazer quando ela e o duque não estavam comprometidos? Especialmente quando ela se importava tanto com Griff? Quando pensou que ele poderia morrer, Kathryn se perguntou como seria possível continuar a viver em um mundo sem ele. Mesmo que ele não fizesse mais parte da alta sociedade, ela pelo menos sabia que ele ainda estava respirando.

Apesar de que, naquele momento, ele parecia estar com dificuldade de fazer isso, sua respiração ofegante e pesada.

— Você já está molhada e pronta — falou ele em voz rouca e tensa, como se também estivesse com dificuldade de se manter de pé pelas vibrações de desejo que percorriam seu corpo. — Eu amo o fato de você reagir tão rápido.

— Isso não é uma prova de suas habilidades?

— É a prova de sua falta de inibições, de sua sensualidade, de seu poder. Seu corpo não reagiria assim se você não quisesse isso.

"Isso"? Ela não queria "isso", ela queria *ele*. E a melhor parte era que Griff não estava se vangloriando ou assumindo o crédito, e sim dando aos dois o crédito pela criação do fogo que rugia dentro dela.

Um fósforo seria capaz de acender uma madeira que não era suscetível ao fogo?

Ela começou a se virar...

— Continue olhando para o mar que tanto ama.

Ela obedeceu, já que era o que ele queria, mas levantou um braço para entrelaçar os dedos no cabelo dele. Era impossível não o tocar quando uma das mãos dele acariciava um de seus seios e a outra circulava sua região mais íntima. Então, ele a penetrou com um dedo, e Kathryn não conseguiu conter um gemido.

— Tão quente, tão apertada — disse ele baixinho, enquanto fazia um vaivém com o dedo. Outro dedo se uniu ao primeiro, enquanto seu polegar contornava seu botão de nervos, pressionando e deslizando. — Jesus, Kathryn! Isso não é o bastante. Preciso provar você.

— Então me beije.

Dando a volta nela, bloqueando a vista do mar e das estrelas e da lua no horizonte, ele tomou posse de sua boca, de seu coração, de sua alma. Mesmo com Kathryn consciente de que não deveria dar as últimas duas coisas para ele. Mas ela também sabia que elas nunca seriam do duque de Kingsland. Sua avó não as colocara como condições para que ela recebesse sua herança, não dissera que ela deveria se casar com um homem que amava, apenas um homem com um título. Por que a avó priorizara status social a sentimentos do coração? Por que sacrificar aquilo, um homem a adorando, apenas pela posição social?

Kathryn sempre tivera respeito, admiração e confiança pela avó, mas estava ficando cada vez mais difícil ter fé na opinião dela sobre o assunto, sobre o futuro de Kathryn, quando o presente era tão satisfatório. Quando os beijos de Griff tocavam seu corpo e sua alma.

— Você é tão linda — sussurrou ele, em reverência. — Uma sobremesa a ser devorada.

Ele segurou um seio e beijou suas curvas. Enquanto o calor a dominava, ela arrastou os dedos pelo cabelo cheio e pelos ombros largos, cravando as unhas no músculo duro. Então ele fechou a boca ao redor de um mamilo, chupou e puxou, e ela gemeu por causa do prazer e da leve dor. A língua dele suavizou a investida, e ele sugou de novo, mais leve, fazendo os dedos do pé dela se contorcerem.

Ele se dedicou a garantir que o outro seio não se sentisse esquecido. Ela adorava aquela intimidade que permitia tocá-lo como quisesse, e queria tocá-lo por inteiro, mas estava tentando ser cuidadosa por causa da ferida em cicatrização. Imagens do pesadelo de momentos antes ameaçaram retornar, e ela as empurrou para longe. Aquele não era o momento para o terror, não quando Griff estava fazendo coisas tão sensuais com o corpo dela, causando sensações tão desenfreadas que Kathryn se perguntou se seria possível sobreviver à inquietação inigualável que estava sentindo da cabeça até a ponta dos dedos. Como ela poderia saber que um toque em um ponto de seu corpo viajaria até cada músculo, cada centímetro de pele?

As mãos grandes seguraram a cintura dela enquanto ele descia em uma jornada ao longo de seu corpo, deixando um rastro de beijos molhados em seu caminho. Ficando de joelhos, Griff continuou sua expedição, mergulhando a língua em seu umbigo, beijando um osso do quadril e depois o outro.

Abaixando-se, ele beijou seu joelho direito e então traçou um caminho por sua coxa, abrindo-a. Griff fez o mesmo com o outro lado e, quando terminou, Kathryn ficou surpresa ao descobrir que em algum momento havia abandonado toda a modéstia. Ela abriu ainda mais as pernas, e o gemido que ele soltou fez seu sangue borbulhar. O calor a inundou e seu corpo tensionou em antecipação. Kathryn não sabia o que ele tinha em mente, qual seria seu próximo passo, mas sabia que resultaria em gratidão.

Griff inclinou a cabeça para trás, e seu olhar escaldante quase a fez pegar fogo.

— Eu tinha ciúme do sol, por todos os beijos que ele lhe deu. Agora, vou beijá-la em um lugar onde ele nunca vai alcançar.

Enterrando a cabeça entre suas pernas, Griff beijou seu centro mais íntimo do mesmo jeito que beijara seus lábios: de boca aberta, com a língua mergulhando e explorando. Kathryn gemeu alto, suas coxas tremeram, e ela fincou as unhas nos ombros largos, ancorando-se enquanto ele se banqueteava. Continuar observando a cena era demais para ela. Então, deixou-se afundar nas profundezas do êxtase e observou o mar.

Ao longe, um relâmpago brilhou no céu, indicando mais chuva e iluminando por milissegundos os ombros largos e as costas musculosas dele, que reluziam de suor. Griff era lindo. Kathryn queria mais relâmpagos. Queria que a luz do sol aparecesse para que ela ficasse com ciúme dos raios, já que, ao contrário deles, ela só podia tocar uma parte do corpo por vez.

Enquanto isso, ele chupava, acariciava e provocava. Ele girou a língua ao redor de seu pequeno botão, fechou os lábios e sugou. As sensações começaram a se acumular, e ela apertou ainda mais seus ombros.

— Griff?

— Se deixe levar, Kathryn. Afunde nas profundezas do prazer, e então a onda levará você para as estrelas.

Ela não sabia que ele tinha jeito para poeta, ou como ele conseguira descrever tão bem a promessa que vibrava em suas veias a cada investida da língua dele.

— Mal consigo ficar de pé.

— Estou aqui.

Ela sabia disso. Talvez Griff sempre estivera lá para segurá-la.

Quando o cataclismo veio, abalando-a até seu âmago, foi como ser atingida por uma tempestade que a envolveu, a destruiu e a deixou letárgica na praia. Enquanto o corpo dela era atingido por ondas de tremores, Griff suavizou os toques, diminuiu a velocidade e lambeu suavemente antes de pressionar um beijo em seu centro. Então, ficou de pé e passou um braço por sua cintura antes de acomodar o rosto dela na curva de um ombro largo. Kathryn aproveitou para beijar a pele quente.

— Nunca mais verei o mar com os mesmos olhos — revelou ela, ofegante e maravilhada.

Quando a risada dele ecoou pelo quarto, ela nunca sentiu tanta adoração por um som, e temeu nunca mais ter um momento como aquele, quando se sentira tão amada, e amara tanto de volta.

Capítulo 16

Kathryn acordou com a luz fraca da manhã entrando pelas janelas, decepcionada por descobrir que estava sozinha. Mas a marca da cabeça de Griff no travesseiro ao seu lado ainda estava lá.

Depois de levá-la para a cama, ele se aconchegara embaixo dos lençóis com ela. Griff não ousou tirar a calça, mas ela tinha pelo menos o peito nu para se aconchegar e acariciar. Ela contara cada costela e beijara o centro de seu peito. Havia se inebriado com o cheiro dele. Saciada demais para falar, Kathryn apenas aproveitou a presença dele e se deleitou em como ele a envolveu com um braço, enquanto a outra mão descansava em sua cintura.

Durante a noite, ela acordou e descobriu que estava de costas para ele, enquanto uma de suas mãos grandes descansava em seu peito e ele roncava baixinho em seu ouvido. Kathryn foi atingida por ondas de contentamento tão incessantes quanto as ondas do mar, infinitas e constantes.

Mas a alegria deles chegaria ao fim quando voltassem a Londres. Talvez fosse melhor ficarem no chalé por mais um dia, mais uma noite. Só que, da próxima vez, ela daria algo a Griff do mesmo jeito que ele lhe dera.

Com a lembrança, Kathryn sentiu uma pulsação no lugar mais secreto, entre suas coxas, um lugar que ele agora conhecia tão bem. Embora se sentisse culpada por ter permitido tais atos libidinosos, não conseguia ficar arrependida. Não quando gostava tanto de Griff.

Talvez o sentimento sempre tivesse estado lá. Talvez todas as provocações fossem só uma forma de seu coração se proteger, pois ela não estava destinada a um cafajeste. Ela devia se casar com um herdeiro. Se quisesse ouvir o vento soprando pelas janelas, o ranger das tábuas do assoalho antigo, o barulho das ondas na praia.

Ela sentiu uma pressão crescente, concentrada naquele pequeno botão que ele sugara na noite anterior, só de pensar em Griff. Aquilo tudo fora bem diferente do que ela esperava que acontecesse entre um homem e uma mulher.

Depois de seu casamento com Chadbourne, Jocelyn dissera que "você fica parada enquanto ele se move em cima de você e, quando ele termina, você se limpa por conta da bagunça e continua com a sua vida". Parecia algo muito frio.

Mas a noite anterior não fora nada fria ou bagunçada. Era certo que ele não havia montado em cima dela — e Kathryn sabia tudo sobre o ator de montar, pois já vira um cavalo montar em uma égua na casa de campo da família —, mas ela não conseguia imaginar nenhum ato com Griff sendo apático. Só pensar nele causava sensações em seu interior que não deveriam existir. E, ainda assim, ele sempre conseguia fazê-la sentir coisas que não deveria — e de forma extremamente intensa. Fosse irritação, raiva, medo, felicidade, alegria, contentamento... paixão... desejo.

Griff tinha a chave para liberar todas as emoções dentro dela. Cada sensação. Cada fagulha.

Kathryn desejou que ele ainda estivesse ali para que ela explorasse todas essas sensações, mas certamente ele devia ter saído do quarto para proteger a reputação dela. A sra. McHenry chegava com o amanhecer para preparar o café da manhã. O cocheiro e o criado chegavam com ela, para cuidar de todas as tarefas que precisavam ser feitas, como pegar água para o banho. Parando para prestar atenção, era possível ouvir a movimentação dos empregados no andar de baixo.

Da próxima vez que visse Griff, ela provavelmente deveria se sentir autoconsciente e tímida porque ele conhecera suas partes mais íntimas, mas era praticamente inconcebível pensar em sentir algo além de felicidade. Talvez Kathryn pudesse convencê-lo a dançar na praia com ela antes do café da manhã, porque estava sentindo uma vontade repentina de brincar na areia e na beira do mar.

Depois de sair da cama, ela foi até a janela e pegou sua camisola do chão. Ao refazer o caminho até a cama, avistou seu reflexo no espelho de corpo inteiro. Hesitante, ela se aproximou do vidro e estendeu os braços. Uma mulher bem saciada não deveria parecer diferente pela manhã? Mas não via nada de diferente em seu corpo. Nada nela revelava a devassidão que ocorrera. A natureza era incrivelmente prudente por ser capaz de esconder a libertinagem de uma mulher.

Só ela e Griff saberiam. Eles poderiam trocar sorrisinhos secretos sem ninguém ter consciência do que se tratava.

Depois de vestir um dos vestidos simples que ela deixara no chalé desde sua última visita, Kathryn desceu as escadas. Quando chegou ao corredor, olhou para o quarto de Griff e notou que a porta estava aberta. Ela se aproximou na ponta dos pés, pretendendo surpreendê-lo, mas ficou decepcionada ao encontrá-lo vazio.

E Griff também não estava no saguão ou na sala de jantar.

— Bom dia, milady.

Ela olhou para a porta que dava para a cozinha.

— Bom dia, sra. McHenry. Você viu o sr. Stanwick?

— Não, senhorita. Você vai fazer sua caminhada matinal?

— Sim.

Talvez ele estivesse lá fora.

— A comida estará pronta quando você retornar.

— Obrigada.

Do lado de fora, ela não o avistou na encosta. Dominada por um senso de urgência, correu até a beira e olhou para baixo, mas Griff não estava na areia, nem na água.

Girando nos calcanhares, ela viu o cocheiro e o criado se aproximando, certamente retornando da inspeção da estrada. Ela correu até eles.

— Vocês viram o sr. Stanwick hoje?

— *Aye* — respondeu o cocheiro. — Na estrebaria, antes de voltarmos para cá. Ele estava comprando um cavalo.

— E por que ele estaria comprando um cavalo?

Ela mesma já tinha a resposta assim que as palavras saíram de sua boca. Por Deus, sabia o motivo.

— Não sei, milady. Achei que seria falta de respeito perguntar. Mas ele perguntou como voltar pra Londres para o homem que lhe vendeu o cavalo.

Ela sentiu como se alguém tivesse lhe dado um soco. Griff tinha ido embora. Depois de tudo que havia acontecido entre os dois, ele havia partido sem falar nada.

— Olhamos a estrada, milady. Está bem ruim da chuva. Achamos que é melhor esperar mais um dia antes de voltar pra Londres.

— Mas um cavalo conseguiria viajar por ela.

— *Aye*. É só tomar cuidado e andar pela grama que absorveu a chuva.

— Então ele foi embora… — murmurou ela, mais para si mesma, confirmando o que já havia deduzido.

Depois de lhe dar o maior prazer de sua vida, Griff não a queria mais. Aquilo não deveria doer tanto, deveria até ser esperado. Era mais fácil ir embora do que encará-la. Pelo menos a raiva que estava sentindo a impedia de sentir tristeza por sua partida. Era o melhor, mesmo. Kathryn tinha um duque para levar ao altar.

Capítulo 17

Griff havia contratado um rapaz para vigiar a casa em Whitechapel onde sua irmã havia morado antes de se casar, assim como a nova casa dela em Mayfair, que seria sua residência agora que se casara com o conde de Tewksbury. Então Griff sabia que ela havia retornado para Londres em menos de uma hora de sua chegada.

No entanto, esperou até a tarde do dia seguinte para fazer uma visita.

Enquanto o cabriolé sacolejava pelas ruas, seus pensamentos voltaram a focar em Kathryn, já que ela nunca saía de sua cabeça. Griff sabia que Kingsland seria capaz de dar prazer a ela, mas tudo não passaria de meros movimentos. Um toque aqui, um aperto ali, então esfregar, contornar, tomar... Ações que o duque devia ter aprendido ao ter se deitado com várias mulheres.

Griff também tinha aprendido as mesmas coisas, mas quisera mostrar a Kathryn como tais ações ficavam melhores quando acompanhadas de amor. Não que ela fosse saber a diferença a princípio. Talvez nunca soubesse. Ele esperava que ela nunca soubesse.

Mas Griff também quisera saber como seria para ele, porque nunca fora íntimo com uma mulher que amava antes. É claro que ele gostava, adorava e se importava com as mulheres com quem já se deitara, mas o que sentia por Kathryn era mais profundo e imensurável do que qualquer coisa que já sentira por outra mulher. Embora ele não tivesse encontrado seu alívio, não importava. Sentira o mesmo nível de satisfação pelo êxtase de Kathryn. Nenhum encontro fora tão satisfatório em sua vida. Agora ele sabia como eram os gemidos e suspiros dela quando perdida em desejo. Sabia como as pernas dela tremiam logo antes do ápice. Sabia qual era seu aroma quando excitada. Sabia qual era o gosto de seu lugar mais secreto e íntimo.

Sabia, também, que ela roncava bem baixinho enquanto dormia. Por algumas horas, ele simplesmente a segurara nos braços e a observara. Kathryn sempre odiara o que ele considerava a coisa mais linda: suas sardas.

E ele sabia o quanto ela odiava as manchinhas, por isso a provocava tanto — até que provocá-la não era mais o que ele queria fazer. Então ele guardara o apelido em um lugar especial de seu coração, onde guardava todas as lembranças dela.

Pouco mais de uma semana havia se passado desde que ele a deixara dormindo — tão linda, tão em paz —, pouco antes do amanhecer, e fora até a vila pagar caro demais por um cavalo para voltar a Londres. Depois de tanta chuva, a viagem deles certamente atrasaria mais um dia, talvez até dois. Ou atrasaria para sempre, se dependesse dele.

Desde sua volta a Londres, Griff ficara no topo da escada do clube, esperando vê-la entrar pelas portas em toda a sua glória e raiva por ele tê-la abandonado. Para Kathryn, ele simplesmente havia saído da cama dela e continuado com a vida.

Mas não tinha apenas saído da cama e partido. Havia ficado um tempo a observando, catalogando cada traço, acariciado cada cacho de seu cabelo e memorizado sua textura. Havia sentido seu aroma de laranjas e canela. Havia até considerado voltar para a cama, para debaixo dos lençóis, e tomar seu corpo, seu coração e sua alma de vez, marcá-la como dele.

O segundo filho mimado que ele fora certamente teria feito tudo aquilo, teria colocado seus desejos e necessidades na frente dos dela. Mas ele não era mais aquele homem. Griff vira seu senso de privilégio desmoronar por meio do trabalho, da fadiga, da fome e do frio. Só começara a apreciar as coisas depois que perdera tudo, e tomá-la seria privá-la do que ela tanto desejava ter. E quando o assunto era Kathryn, ele se recusava a ser egoísta.

Mas se ela fosse até ele, se fosse ao clube, se o escolhesse...

Mas não. Griff até havia considerado procurá-la, mas tudo o que poderia oferecer eram apenas algumas noites, não a eternidade. E por que ela desejaria um homem que fora quebrado e tivera que se reerguer pedaço por pedaço, mas que continuava rachado? Ela certamente não o desejaria para a vida toda, e não seria justo com nenhum dos dois viver algo breve.

Então Griff partira, confiando que o cocheiro e o criado a levariam para casa em segurança. E ele sabia que ela tinha voltado em segurança, porque o rapaz que contratara lhe avisara de sua chegada.

Depois disso, ele começara sua vigília no topo da escada como um tolo, ignorando todos ao seu redor e focando nas portas pelas quais ela nunca entrava. O sumiço dela não impedia seu coração de disparar toda vez que alguém entrava no clube, até ele perceber que não era Kathryn. Ele precisava aceitar que nunca mais seria ela.

O clube agora parecia mais tedioso, porque ela nunca mais agraciaria o lugar com sua presença. A cacofonia de vozes parecia mais monótona, porque sua risada gostosa não soaria mais para alegrar o espaço. O cheiro do espaço parecia mais sem graça, porque seu aroma de laranja e canela não estava mais lá para estimulá-lo. Naquela noite, ele desistiria de sua vigília infrutífera e começaria a vagar pelas salas de novo, mesmo temendo lembrar dela em cada um dos cômodos e da solidão que sentiria no fim.

O cabriolé parou na entrada da enorme mansão em Mayfair. Depois de pagar o cocheiro, Griff desembarcou e estudou o gramado bem cuidado enquanto o veículo partia. Era estranho estar de volta a Mayfair depois de todo aquele tempo, prestes a entrar em uma residência chique, especialmente quando já não sentia que pertencia àquele lugar. Talvez nunca tivesse pertencido.

Ele subiu os degraus da entrada, bateu na aldrava e esperou. Pouco tempo depois, a porta foi aberta, o mordomo apareceu e lhe deu um aceno respeitoso — sem dúvida por causa dos trajes finos de Griff. Ele sabia que precisava causar uma boa impressão para ter sucesso, e não havia poupado moedas em seu guarda-roupa.

— Sou o sr. Griffith Stanwick e vim visitar minha irmã, lady Tewksbury.

O mordomo abriu mais a porta.

— Entre, senhor. Verei se lady Tewksbury está em casa.

De pé no grande saguão, Griff ficaria surpreso se ela não estivesse em casa. Althea estava de volta ao tipo de residência que merecia, com paredes imensas, tetos abobadados e candelabros de cristal. Com espadas e escudos expostos, revelando uma linhagem de gerações.

— Griff!

Ele se virou para ver Althea correndo pelo saguão, seguida pelo marido que parecia andar em um ritmo tranquilo, mas só porque suas pernas longas garantiam que ele não precisava andar tão rápido para acompanhá-la. Antes que Griff pudesse cumprimentá-la, a irmã o envolveu em um abraço apertado.

— Eu estava tão preocupada! — Ela se afastou um pouco. — Você parece bem. Afortunado, até. Da última vez que o vi, você parecia um pouco... ameaçador, para falar a verdade.

Eles haviam se visto pouco antes do casamento de Althea, antes de sua partida para a Escócia, quando ele estivera mais envolvido com os planos de Marcus.

— Estou em um caminho diferente, agora.

— Quero que me conte tudo. — Ela deu um passo para o lado e levantou o braço. — Nós queremos que nos conte tudo.

Trewlove deu um passo à frente e entrelaçou o braço ao dela, puxando-a para mais perto em um movimento que parecia tão natural quanto respirar. Então, o homem estendeu a mão.

— Stanwick.

Griff aceitou a mão e a sacudiu em cumprimento.

— Milorde.

O novo conde de Tewksbury fez uma careta.

— Não há necessidade de ser formal. Pode me chamar de Fera.

— Eu pedi para prepararem chá — falou Althea. — Vamos para a sala de estar para que você possa me contar tudo.

— Talvez seja melhor servir uísque, amor — sugeriu Fera.

Griff se perguntou o quanto o cunhado já sabia. O homem conhecia os cantos mais escuros de Londres, era temido em Whitechapel. Ele não ficaria surpreso se Fera soubesse mais do que aparentava.

— Uísque seria ótimo.

Eles foram para a biblioteca, onde ele e Fera beberam uísque enquanto Althea tomava um xerez e lhe contava sobre o casamento — que ele realmente lamentava não ter comparecido — e seu período na Escócia, sobre como ela se apaixonara pelo povo e pelas terras majestosas. Griff ficou contente pela felicidade evidente da irmã. Era óbvio que seu marido a adorava, muito mais do que Griff suspeitava que Chadbourne jamais teria feito. Apesar do desvio que a vida da irmã havia tomado, era impossível negar que Althea estava muito melhor agora do que estaria se tivesse seguido os planos de sua vida antiga. Ela estava mais forte, mais confiante. Havia se tornado uma mulher que poderia vencer qualquer um dos desafios da vida.

Uma mulher como Kathryn, que havia salvado a si mesma nas margens do Tâmisa, com uma pequena ajuda dele. Que não desmaiara diante do ferimento dele, que assumira o controle e cuidara dele. Que, agora, continuaria com a sua vida como se Griff nunca tivesse feito parte dela...

Quando a irmã terminou de relatar suas aventuras, ele contou sobre o clube.

— Quero conhecê-lo — insistiu ela.

— Você é casada. Só permitimos membros solteiros.

— Não quero ser um membro, quero só dar uma olhadinha. Andar pelo prédio.

Ele balançou a cabeça.

— Teria que ser fora do horário de funcionamento, mas é só um prédio com salas.

Eram os membros e a maneira como eles interagiam entre si que criavam a atmosfera pela qual o clube havia ficado famoso, e ele precisava garantir que os frequentadores continuassem confortáveis e confiassem que suas identidades e suas... escapadelas seriam mantidas em segredo.

— Sua recusa apenas me faz acreditar que seu clube é um lugar libidinoso.

Ele apenas tomou um gole de uísque.

Althea sorriu.

— Ora, seu safado. É o tipo de lugar que faria a mamãe desmaiar, não é?

— Ela provavelmente me deserdaria se soubesse.

— Sinto saudade dela. — A irmã olhou pela janela. — Às vezes, sinto saudade até do papai, e sei que é errado. — Ela voltou a encará--lo. — E Marcus? Tem alguma notícia dele?

Ele sabia que Althea perguntaria do irmão mais velho e, embora não quisesse que a irmã se preocupasse, ela merecia saber.

— Acredito que ele está perto de descobrir o que tanto procura, mas precisou sair de Londres por um tempo.

Ela assentiu, sem dúvida esperando aquilo.

— Gostaria que ele desistisse dessa maldita missão. — Ela arqueou uma sobrancelha. — E, sim, eu uso vocabulário de baixo calão algumas vezes. Costume do intervalo em que eu não era uma dama.

— A alta sociedade vai aceitá-la de volta agora.

— Com certa relutância, aposto, mas o fato de eu ter me casado com um homem de uma família poderosa certamente ajudará. Falando nisso, vamos receber a família do meu marido amanhã à noite para um jantar. Gostaria muito que você viesse. Você conhece a parte nobre, é claro, mas ainda não conheceu os irmãos do Ben. Gostaria muito de apresentá-los.

— Não sei se é uma boa ideia.

— Minha família não é de julgar — explicou Fera, um apelido muito mais apropriado que o "Ben" usado pela irmã. — Você será bem-vindo.

— Por favor — pediu Althea. — Seria incrível se nossa família pudesse voltar a ser um pouco normal. O jantar pode ajudar nisso. E você não compareceu ao meu casamento.

A culpa era uma grande motivadora. Embora os dois não fossem muito próximos antes, a tragédia que passaram havia criado um laço forte entre os irmãos, especialmente quando Althea cuidara dos machucados das mãos deles durante seus dias nas docas.

— Eu ficaria honrado.

A irmã abriu um sorriso radiante.

— Ótimo! Você vai amá-los, e eles vão amar você.

Griff duvidava que haveria troca de amores no evento, mas estava feliz por ver a irmã tão otimista. Ela havia sofrido muito — um coração partido, pobreza, trabalhos em tavernas e situações perigosas —, mas havia superado tudo e saído mais forte, sabendo exatamente quem era.

— Você não voltou ao Reduto desde aquela segunda noite — comentou Wilhelmina com astúcia, enquanto tomava chá no jardim de Kathryn.

Ela havia convidado a amiga para visitá-la pelo exato motivo que Wilhelmina acabara de declarar, porque Kathryn não tinha ido ao clube e esperava ouvir alguma coisa sobre o lugar, sobre *ele*. Ela não iria atrás dele. Griff havia deixado sua posição bastante clara quando partira naquela manhã sem nem mesmo agradecê-la por seus cuidados, sem nem uma despedida. Mas isso não significava que ela não queria obter informações sobre ele e o clube.

— Minha curiosidade foi satisfeita.

— Duvido muito.

Ela decidiu que precisava mudar a estratégia, já que não faria perguntas diretas.

— Conte-me sobre o homem com quem você estava bebendo vinho tinto.

Wilhelmina deu um gemidinho e suas bochechas coraram.

— É só um cavalheiro que conheci lá.

— Só?

As bochechas da amiga ficaram ainda mais vermelhas.

— Ele me faz rir.

Kathryn não queria pensar que Kingsland nunca a fizera rir, que nem sabia como era a risada dele. Devia ser um som profundo, com certeza, mas será que era uma risada que convidava outros a se juntarem a ele? O duque estava sempre sério, não tinha jeito de quem gostaria de dançar na praia, nem mesmo de parar um momento para observar o mar.

Griff estava no comando de seus negócios, ainda nos estágios iniciais, tentando fazer o clube dar certo, e ainda assim encontrara tempo para apresentar o estabelecimento a ela. Ele não parecia com pressa de se livrar dela, embora isso certamente tivesse mudado depois do pesadelo que ela tivera, depois que ele a ajudara a esquecer do sonho. Agora, sempre que as lembranças daquela experiência horrenda às margens do rio ameaçavam voltar, ela se lembrava do seu toque, de sua língua, de como ele a havia atormentado e satisfeito — e os pensamentos horríveis iam embora. Sempre. Mesmo longe, ele tinha o poder de consolá-la.

Era o duque quem deveria fazer isso. Talvez, quando se casassem, depois que tivessem tido alguns encontros íntimos e ela soubesse como eram os toques da mão dele... Mas ela não queria esquecer a aspereza das cicatrizes de Griff. Que loucura era aquela? Por que estava tão obcecada por um homem que era incrivelmente errado para ela?

— Ele fica esperando você, sabia?

Deixando os devaneios de lado, ela franziu a testa e encarou Wilhelmina.

— Por que seu cavalheiro estaria esperando por mim?

A risada da amiga soou como o tilintar de sinos de cristais.

— Não o meu cavalheiro. O seu. O sr. Stanwick.

Ela fez uma cara feia para a amiga.

— Ele não é o meu cavalheiro.

— Ah, não?

— Não. Como falei antes, ele é apenas o irmão de uma amiga.

— Hum, interessante...

— O que foi?

— Eu esperava que você fosse rápida em dizer que Kingsland é o seu cavalheiro.

— Bom, é claro que ele é. Nem preciso dizer.

A amiga inclinou-se na direção de Kathryn.

— É mesmo?

— Wilhelmina, não seja tola. Você sabe que ele é.

— Você sabe por que sou uma solteirona?

— Porque nenhum cavalheiro pediu sua mão em casamento.

— Porque o cavalheiro *certo* não me pediu em casamento.

— Kingsland é o cavalheiro certo. — Kathryn queria que ter soado mais convicta. — Não estou com Kingsland por medo de ser uma solteirona. Estou com ele porque é um benefício mútuo, que é como casamentos funcionam na alta sociedade.

O amor não era necessário para casamentos da nobreza. Na verdade, era até raro que o sentimento existisse.

Wilhelmina bebericou seu chá.

— Não vejo problema nenhum em Kingsland.

— Ele é perfeito. — Uma pena que Kathryn estava achando-o um tanto quanto chato.

— Nenhum homem é perfeito, querida. Se pensa isso dele, então não o conhece bem o suficiente.

Kathryn conhecia um homem bem o suficiente para saber que ele estava longe de ser perfeito. Ainda assim, eram seus pequenos defeitos que a intrigavam, que a faziam se importar tanto com ele. Que incitavam diferentes emoções dentro dela. Que a faziam *sentir*. Que a deixavam assustada com a força desses sentimentos, fossem de raiva ou de felicidade, de tristeza ou de preocupação. Com Griff, tudo era mais intenso, mais urgente. Tudo nele demandava exploração, incitava Kathryn a se tornar uma aventureira.

— Kathryn, as escolhas que você faz não são nem um pouco da minha conta. As pessoas se casam por diversos motivos. Desejos, necessidades, ganhos. Não acho nem um deles errado, porque não estou na pele de outra mulher. Estou apenas na minha. Mas se tem algo que sei é que, às vezes, temos a chance de ter algo especial na vida, mesmo que por apenas uma noite, uma hora ou um minuto. E, se não aproveitamos essa chance, podemos nos arrepender para sempre.

— Você já passou a noite com seu cavalheiro?

Ela sabia que sua pergunta era rude, mas Wilhelmina não pareceu nem um pouco ofendida.

— Ainda não, mas vou.

— Se, depois, ele não quiser mais saber de você... como vai lidar com isso?

— Acredito que ficarei triste por um tempo, mas depois procurarei outro. Uma noite com um homem que faça eu me sentir especial é melhor que nenhuma.

— E se aproveitar esta noite for algo injusto com outro homem?

— Você realmente acredita que Kingsland não foi para a cama com ninguém desde que começou a cortejá-la?

Kathryn sentiu as bochechas pegarem fogo. Ela deveria ter sabido que Wilhelmina seria direta e que não fingiria que estavam discutindo outra coisa.

— Uma mulher deve se manter pura para seu marido.

— E quem decidiu isso? Um homem? Você não está casada com ele ainda, Kathryn. Não está nem noiva. Se você precisa de uma noite com outro, aproveite a chance antes de ficar noiva, antes que a perca para sempre.

Capítulo 18

Griffin gostou da nova família da Althea. Pelo visto, nascer sob circunstâncias desafiadoras — como ser um bastardo — colaborava para a criação de laços fortes entre os que se ajudavam.

De pé, próximo à lareira, ele observou a camaradagem demonstrada entre os seis irmãos Trewlove e sentiu uma pontada de arrependimento por ter demorado anos para ter isso com os próprios irmãos. Fora apenas recentemente, quando suas vidas haviam virado de cabeça para baixo, que ele percebera que morreria por qualquer um dos dois. Antes disso, ele guardava todas as suas emoções, sonhos, medos e decepções para si. Nunca havia desabafado com Althea e Marcus sobre como o pai o fazia se sentir inútil, ignorado.

Mas, ao observar os Trewlove, ao ver os sorrisos de felicidade quando trocavam cumprimentos, ao testemunhar o claro interesse em saber as novidades, Griff soube que aquelas pessoas claramente confiavam umas nas outras e não temiam ser julgadas. E ficou feliz por ver Althea acolhida, por ver que se esforçavam para a fazer entender que era parte da família.

— Pode ser um pouco difícil se acostumar com tanto barulho e animação.

Griff olhou para o duque de Thornley, que se casara com Gillian Trewlove, a dona de uma taverna. O casamento fora um baita escândalo na época — todos da família foram —, mas Thornley era poderoso o suficiente para aguentar as fofocas e críticas e assegurar que a esposa fosse aceita pela alta sociedade.

— Eles parecem tão confortáveis uns com os outros.

— Bem diferente de como fomos criados, não é?

— Pois é. Uma pena para a gente.

Griff fora apresentado a cada um dos membros da família, e nenhum deles parecera ofendido por sua presença. Todos os Trewlove estavam casados, e Althea também convidara os irmãos e irmãs de todos os cônjuges, então havia cerca de meia dúzia de lordes na sala. Ao todo, cerca de vinte pessoas se misturavam no salão.

— Fico feliz por fazerem Althea se sentir parte da família.

— É uma das virtudes deles. Aceitar pessoas por quem elas são, e não por quem são seus pais ou pelas ações que os pais tenham tomado.

— Não assumir um filho bastardo não é a mesma coisa que tentar matar a Rainha.

— Para quem é um bastardo, é sim.

Griff fez uma careta, mas assentiu.

— Você tem razão. Depois de todos esses meses, ainda estou tentando superar o que ele fez e continuo considerando tudo uma transgressão gravíssima.

— E foi mesmo. Não negarei isso. Mas a culpa dos crimes do seu pai não deve recair sobre você. Infelizmente, a nobreza não costuma pensar dessa forma. Eu mesmo teria considerado você culpado antes de conhecer Gillie. É difícil não reavaliar suas opiniões depois de conhecer essas pessoas. Apesar de todas as adversidades que a vida colocou em seu caminho, eles ainda tiveram sucesso. Aliás, ouvi dizer que você abriu um clube. Um tipo de lugar para encontrar companhia.

Griff não conteve um sorriso.

— Cansei de ser ignorado nos malditos bailes e pensei que, talvez, outros sentissem o mesmo.

— Desejo muito sucesso.

— Agradeço...

— Desculpem o atraso.

A voz rouca, aquela que assombrava seus sonhos, suas lembranças, fez seu corpo enrijecer e sua pele lembrar da ternura do toque dela — como se a pele fosse capaz de lembrar de alguma coisa. Mas ele quase podia sentir os dedos dela novamente, pressionando com suavidade, deslizando sobre as marcas de seu corpo.

O que diabo ela estava fazendo ali? Ela não era da família!

— Ah, que besteira! — disse Althea, cruzando a sala para abraçar a amiga.

Por Deus, Kathryn estava mais linda do que nunca, se é que isso era possível. Ela usava outro vestido verde, e Griff a amaldiçoou por isso, por como a peça fazia os olhos dela brilharem como esmeraldas.

— É apenas um jantar informal para colocarmos a conversa em dia. Sua Graça, fico muito feliz com sua presença.

Foi só então que Griff notou Kingsland ao lado dela. Ele não queria vê-los juntos, mas percebeu que, no fim, aquilo era algo bom. Ele havia começado a fantasiar como sua vida seria se pudesse pedi-la em casamento e ela pudesse aceitar. Se o clube não fizesse mães desmaiarem e pais fazerem cara feia.

Sempre a anfitriã perfeita, Althea começou a fazer apresentações para que todos se conhecessem. Thornley saiu de seu lado para cumprimentar os recém-chegados, e Griff sabia que deveria fazer o mesmo — ou melhor, ir embora. Aproveitar a oportunidade para sair disfarçadamente. Mas Althea andou em sua direção seguida dos novos convidados.

— Você se lembra do meu irmão, Griff?

— Sim, é claro — falou Kathryn, e ele não conseguia adivinhar o que ela estava pensando, o que estava sentindo. — Fico feliz em vê-lo tão bem depois de todas as dificuldades que sua família passou.

E ele interpretou as palavras dela para seu verdadeiro sentido: *Depois de me abandonar sem dizer uma única palavra.*

— É um prazer, lady Kathryn. — Ele virou-se para o duque. — É bom vê-lo de novo, Sua Graça.

— Digo o mesmo, Stanwick. Estou em dívida com você por ter me direcionado à companhia desta dama encantadora.

— Você não me deve nada.

Althea franziu a testa em confusão, e Griff percebeu que a irmã não estava entendendo a conversa.

— Vocês gostariam de uma bebida? Um pouco de vinho do Porto antes do jantar, talvez? — ofereceu Althea.

— Sim, por favor — falou Kathryn.

— Podem ir na frente. Gostaria de conversar em particular com o sr. Stanwick — disse Kingsland.

As amigas foram em direção à mesa de bebidas, e Griff suspeitou que a irmã logo descobriria sobre a carta que ele havia escrito e, se ainda não soubesse, sobre sua maldita aposta. Mas nada disso importava. Ou não deveria, depois de tantos meses. No entanto, Griff estava cada vez mais arrependido das duas coisas. Principalmente quando era tão doloroso ver Kathryn ao lado do duque. Agradecendo Fera internamente pelo copo de uísque que ele lhe oferecera mais cedo e que ainda não estava terminado, Griff tomou um gole de forma casual e esperou Kingsland iniciar a conversa — embora ele tivesse suas suspeitas sobre o assunto.

— Você ameaçou meu irmão.

As quatro palavras foram ditas em um tom casual, como se o duque tivesse acabado de falar que colocara quatro cubos de açúcar no chá, mas tinha um quê de ameaça.

Griff sustentou o olhar do duque e deu um sorrisinho zombador.

— Ameacei?

Kingsland o estudou por um segundo.

— Não o culpo por isso. Ele lhe devia o que já deveria ter sido pago. Porém, fiquei curioso. Você pretendia espancá-lo ou revelar um segredo?

— Revelar um segredo.

O duque fechou a cara. Era óbvio que ele preferia que a resposta fosse outra.

— E você não seria cortês o suficiente para compartilhá-lo comigo, seria?

— Seu irmão pagou a dívida, então guardarei seu segredo.

Kingsland assentiu.

— E foi algo fácil de ser descoberto? É algo que outros poderiam descobrir para usar contra ele? Talvez para chantageá-lo?

Um ano antes, Griff não saberia dizer como era sentir a necessidade de proteger um irmão, estar disposto a fazer qualquer coisa por ele. Mas agora sabia, e reconheceu o mesmo desejo no duque. Kingsland queria proteger o irmão de qualquer ameaça. Inferno! Era melhor confessar...

— Não sei qual é o segredo.

Um tanto perplexo, Kingsland piscou.

— O que disse?

— Todo mundo tem um segredo, Sua Graça. Apenas dei a entender que sabia o dele e que poderia revelá-lo.

— Minha nossa! Isso foi brilhante da sua parte. E se ele não pagasse a dívida?

Griff deu de ombros.

— Então eu teria que dar um jeito de descobrir o segredo.

— Muito bem jogado, Stanwick. Lembrarei dessa tática quando eu estiver em desvantagem durante uma negociação.

— E quando foi que você já esteve em algum tipo de desvantagem?

— Você tem razão. E conseguiu a quantia que lhe era devida, não?

— Com juros.

— Que maravilha. Mas deve ter feito alguns inimigos com isso.

— Eles já me consideravam um inimigo.

Mas Griff amenizara o ódio dos que se qualificavam para o clube ao oferecer uma inscrição de seis meses. Fora uma maneira de deixar seu clube mais famoso, e a maioria deles, se não todos, continuariam membros depois do período. Um pequeno prejuízo inicial para um ganho maior depois.

— Não sei se faz diferença, mas não acredito em castigar os filhos pelos pecados dos pais.

— Obrigado.

Mesmo que o duque fosse a exceção entre muitos.

— Agora, se me der licença, gostaria de beber uísque e conversar com Thornley sobre uma lei que estamos trabalhando.

O duque começou a se afastar.

— Ela precisa se casar antes de fazer 25 anos — Griff falou baixinho, para que ninguém mais ouvisse, e o duque parou antes de se virar.

— O que disse?

— Lady Kathryn. Ela precisa se casar antes de completar 25 anos para receber a herança que a avó lhe deixou. O aniversário dela é em 15 de agosto.

— Entendo...

— Isso não é um motivo para se casar com ela, claro, mas, se vai fazê-lo, seria bom se ela pudesse receber esse benefício adicional. — Ele balançou a cabeça. — Por que você *não* a pediu em casamento ainda?

— Tenho meus motivos.

— Não é possível que você veja algum problema nela.

— É verdade. Não vejo problema nenhum nela. Apenas quero ter certeza de que ela não veja nenhum problema em mim, e isso leva tempo. Ainda mais quando viajo tanto. No entanto, levarei em consideração o que me contou. — O duque assentiu. — Obrigado.

Então ele partiu para falar com Thornley sobre alguma lei maldita que não era nem de perto tão importante quanto Kathryn. Griff nem deveria ter contado do duque sobre a herança dela, mas, se o homem não fosse se casar com ela a tempo, então que nem se casasse.

Griff engoliu uma série de xingamentos. Mesmo que o duque passasse da data, Griff não poderia se casar com ela. Kingsland oferecia poder, prestígio e influência. Griff só podia lhe oferecer um pouco mais que uma vida longe de tudo o que ela era acostumada.

Ser aceito naquela sala não era o mesmo que ser aceito de volta na sociedade. Ele não era tolo para achar o contrário.

Além disso, Kathryn merecia bem mais que um homem com a alma manchada como ele.

Como o jantar era de família, Althea não se incomodara em seguir as regras de arranjo dos assentos. Por isso, Kathryn se viu sentada diante de Griff e ao lado de Kingsland. Quando sua querida amiga a convidou para um jantar, seu primeiro evento formal desde que voltara da Escócia, Kathryn não pensou duas vezes antes de aceitar, principalmente depois que Althea mencionou que Griff estaria presente. Ela queria saber como ele estava, e ficou aliviada quando o viu aparentemente saudável.

Quando notou sua presença pela primeira vez ao lado da lareira, Kathryn percebeu que ele mantinha o braço esquerdo um pouco mais afastado, como se protegendo aquele lado do corpo de receber qualquer encostão inesperado. O ferimento ainda devia estar cicatrizando e sensível, ou talvez aquele era apenas um hábito que ele havia adquirido enquanto se recuperava e vagava pelo clube. Ela duvidava que alguém mais notaria sua posição de defesa, que qualquer outra pessoa o veria como um copo de água após uma longa caminhada no sol.

O fato de ela o ver assim a irritava em demasia.

Kathryn ainda não tivera a oportunidade de falar com ele a sós, então ainda não revelara como ficara chateada por ele ter ido embora sem nem mesmo uma despedida, mesmo que ele quisesse evitar uma conversa estranha entre os dois.

O que eles haviam compartilhado não deveria parecer tão natural, mas havia sido. Tão natural como estender a mão para alcançar o saleiro... o que, em certo momento, os dois fizeram ao mesmo tempo, e os seus dedos se tocaram, congelaram, antes de Griff retirar a mão.

— Eu estive na Escócia recentemente — falou Kingsland para o anfitrião na ponta da mesa, à sua direita. — Estou considerando investir em uma destilaria.

— Os escoceses fazem o melhor uísque — afirmou a duquesa de Thornley.

— Você venderia meu uísque na sua taverna?

— Só depois de prová-lo.

— Eu também gostaria de prová-lo — falou Aiden Trewlove. — Posso vendê-lo nos meus clubes.

Ou seja, no Elysium e em um outro clube de apostas para homens.

— E você, sr. Stanwick? — perguntou Kingsland enquanto cortava um pedaço de carne. — Poderia vender meu uísque no seu clube também?

Ela congelou, embora seu coração estivesse galopando, e Kathryn se perguntou como o duque sabia do clube de Griff. Ele certamente não se qualificava para ser um membro. Os olhos de Griff pousaram nela antes de recaírem no duque.

— Depende. Se ele descer de forma suave.

— Bom, se tenho a chance de vender em três estabelecimentos, vou considerar o investimento com mais interesse.

— Eu achei a Escócia um país lindo — comentou Althea, como se pressentisse que havia uma tensão aumentando entre os dois.

Talvez Kathryn devesse ter vindo sozinha, mas Althea havia sugerido que o duque a acompanhasse, e parecia inapropriado não estender o convite a ele. Além disso, ela não queria explicar que a principal razão para aceitar o convite era Griff, e ter Kingsland ao seu lado a lembrava de que a razão não deveria ser esta. Ela nem tinha certeza se deveria considerar Griff um amigo. O comportamento dele não era o de um amigo, mas de um amante. Estranhamente, ela não se sentia culpada pelas liberdades que permitira que ele tomasse. Para ser sincera, até queria que ele as tomasse de novo. Mas, se isso acontecesse, realmente se sentiria culpada, mesmo que Wilhelmina tivesse dito que ela não deveria se sentir daquela forma.

A conversa desviou para características da Escócia, para as várias regiões que cada um deles conhecia. Como nunca estivera no país, Kathryn não tinha nada para contribuir ao assunto. Outras discussões paralelas estavam acontecendo, como era de costume em um jantar. Kathryn ouviu Lavínia Trewlove, esposa de Finn, contar a Griff sobre os cavalos que seu marido criava e sobre os órfãos que acolhiam, ao mesmo tempo que a própria Kathryn dava a impressão de que estava dando total atenção à Trewlove mais jovem, que se casara com o conde de Rosemont. Fancy era dona de uma livraria, onde conhecera o marido, então parecia natural discutir os últimos romances que ela havia lido.

Mas, na verdade, ela só queria um momento a sós com Griff.

A oportunidade enfim apareceu depois do jantar, quando todos estavam reunidos na sala de bilhar. Aparentemente, os Trewlove não seguiam a tradição de que cavalheiros iam para uma sala beber vinho do Porto enquanto as damas iam para outra beber chá. Todos se reuniam na sala enorme que nem a mesa de bilhar conseguia dominar.

O lugar era espaçoso, com várias áreas de descanso e uma lareira em cada extremidade. As portas envidraçadas estavam abertas, trazendo uma leve brisa do terraço.

Thornley desafiou Kingsland para uma partida de bilhar. Eles tiraram os casacos e arregaçaram as mangas das camisas. Pela seriedade, parecia que eles estavam disputando o futuro de uma nação, então todos se afastaram para conversar e não atrapalhar a concentração dos duques.

Quando ela viu Griff sair para o terraço, aparentemente sem chamar a atenção de ninguém, Kathryn pediu licença para Althea e Selena, a esposa de Aiden Trewlove, alegando que precisava de um pouco de ar fresco. Nenhuma delas se ofereceu para acompanhá-la, talvez porque sentissem que ela queria algum tempo sozinha. Ou talvez tivessem notado Griff saindo e adivinharam o verdadeiro propósito dela. No entanto, como nenhuma das duas sabia sobre os acontecimentos recentes entre os dois, Althea acharia uma conversa entre eles algo completamente inocente, como sempre fora durante todos os anos que se conheciam.

Ela o avistou no fundo do terraço, longe de toda iluminação e apoiado no parapeito enquanto observava o jardim. O coração dela acelerou com cada passo que a levava na direção dele.

— Você não deveria estar aqui — disse ele, sem nem olhar em sua direção.

Talvez ele estivesse tão sintonizado com a presença dela quanto ela com a dele.

— Você simplesmente foi embora.

Kathryn nem se deu ao trabalho de esclarecer, pois sabia que seu tom indicava que não estava falando sobre a saída dele da sala de bilhar.

— Eu precisava voltar para cuidar dos meus negócios, e não era possível pegar a estrada com a carruagem.

— E você sabia disso antes mesmo de o sol nascer?

Ele soltou um suspiro longo e frustrado e a encarou.

— Vocês fazem um lindo casal.

Se ele achava que ia conseguir mudar de assunto tão facilmente, estava redondamente enganado.

— Você podia ao menos ter se despedido.

— Se eu tivesse ficado, lady Kathryn, você não teria saído de lá *intocada*.

A ênfase em "intocada" deixou bem claro o tipo de toque a que ele estava se referindo. Um muito mais envolvente e íntimo do que já havia sido compartilhado entre os dois. Um mais profundo, penetrante. Ela não teria retornado virgem. Ele a teria arruinado. Ainda assim, por tudo que era mais sagrado, Kathryn não conseguia imaginar que se sentiria arruinada.

E ela também não achava que Kingsland se importaria. O duque não parecia ser do tipo possessivo. É claro que ele lhe dava atenção quando estavam juntos e lhe enviava presentinhos quando viajava, mas ela nunca ficara com a impressão de que ele sentiria ciúme dela. Eles teriam um casamento muito tranquilo e frio.

Por outro lado, Griff parecia capaz de fazê-la queimar de paixão. E também de raiva.

— Achei sua partida muito rude e ingrata. Se não fossem os meus cuidados, você poderia ter morrido.

— O ferimento não era tão grave.

Com uma rapidez que o surpreendeu, ela avançou e estendeu a mão como se fosse batê-lo na lateral. Griff imediatamente recuou e levantou o braço para proteger o local do machucado antes de perceber que ela havia blefado. Kathryn sentiu a careta dele até na escuridão.

— Para um ferimento que "não era tão grave", parece que ele ainda está bastante sensível. Talvez ainda nem tenha cicatrizado…

— Fingir me atacar não foi nada caridoso da sua parte.

Ela não estava no clima para ser caridosa.

— Eu fiquei chateada, Griff. Doeu muito acordar e descobrir que você tinha ido embora. Isso sem falar da decepção e tristeza.

— Kathryn…

— Não da cama. Eu entendo essa parte. Mas do chalé. Eu acordei e imaginei que daríamos um passeio na praia.

— Nada de bom aconteceria se eu ficasse.

— Nada de bom aconteceu com sua partida.

Voltando a atenção para o jardim, ele se apoiou no parapeito de novo.

— Muita coisa boa aconteceu por causa da minha partida. Você só não percebeu ainda.

— Então me conte.

— Você está dificultando as coisas, lady Kathryn. Já falei sobre isso.

— Então você partiu sem me acordar para proteger minha reputação quando não tinha ninguém para falar sobre a minha reputação sendo arruinada?

— Alguém teria fofocado. Um criado querendo impressionar uma criada. Um cocheiro que deseja um aumento.

— Eu estava sozinha num chalé com um homem. Só isso já era motivo o suficiente para um escândalo. Tudo além disso seria apenas especulação.

— Especulações podem arruinar a vida de alguém.

Ela fechou os olhos com força. As pessoas haviam especulado que ele e o irmão estavam envolvidos na conspiração do pai. Embora ele parecesse ser bem-vindo naquele grupo, a família de Althea era um grão de arroz na alta sociedade, e até entre eles parecia haver alguns indivíduos mais desconfortáveis com a situação.

Kathryn foi até o parapeito e apoiou os braços também, sentindo a aspereza do concreto em sua pele macia. Talvez a dele fosse grossa demais para que ele sentisse a textura. Mas, era uma vez, ele conseguira sentir.

— Por que você acha que esperam que as mulheres continuem puras, mas os homens não? — A resposta dele foi o silêncio. — Lady Wilhelmina acha que é porque os homens que fazem as regras. Mas eu acho que as mulheres fizeram essa regra, por medo de sucumbir ao encanto do prazer.

Ele continuou sem falar nada. Talvez ele não quisesse entrar em uma discussão sobre como a sociedade havia criado regras diferentes para homens e mulheres. De qualquer forma, não era por isso que ela estava ali.

— Você fez com que eu me sentisse usada de novo, Griff. Mesmo que tenha sido da forma mais gostosa que já senti.

Ele soltou um suspiro trêmulo.

— Kathryn...

— Sua partida deu a impressão de que nossa noite juntos foi ruim, como se você tivesse sentido vergonha de estar comigo.

— Meu Deus, não! — Ele virou-se e embalou o rosto dela nas mãos, como se ela fosse um passarinho caído do ninho que precisava proteger. — Mas eu sabia que tinha feito coisas que eu não deveria... Eu... — Ele a soltou e colocou as mãos na frente dela. — Eu nunca deveria ter tocado você. Você sabe o que essas mãos fizeram. Elas nunca deveriam chegar nem perto de você.

— Que besteira! — Ela pegou uma mão e beijou a palma marcada. — Elas salvaram o seu irmão. Elas salvaram a mim.

Eles ficaram perdidos no olhar um do outro como se o mundo tivesse parado, até Griff finalmente dizer:

— Eu deveria ter acordado você. Eu deveria ter avisado que ia embora, mas achei que isso só dificultaria as coisas, que eu não conseguiria voltar para Londres sem você.

— Então você escolheu o caminho mais fácil.

— Abandonar você nunca foi fácil, Kathryn. — Ele deu uma risada amarga. — Nada sobre você é fácil.

Ela não deveria ter ficado tão eufórica com a confissão de Griff.

— Kathryn?

Kathryn tomou um susto com a voz que soou da escuridão, mas, quando ela olhou por cima do ombro, percebeu que o duque de Kingsland não estava tão perto quanto parecia, não o suficiente para ouvir a conversa deles. Ela esperava que não. Esperava desesperadamente que não.

Ela sentiu Griff enrijecer, preparando-se para defendê-la se necessário. Soltando a mão dele, ela virou-se para encarar Kingsland.

— Sua Graça.

— É hora de partirmos.

— Você ganhou de Thornley?

— Mas é claro. Não sou conhecido por perder.

— Não é chato? — perguntou Griff. — Sempre ganhar em tudo? Descobri que perder algumas vezes faz a próxima vitória ser ainda mais gostosa.

— Uma hipótese interessante, mas que não tenho curiosidade em testar. — Ele estendeu o braço. — Vamos, Kathryn?

Ela virou-se para Griff.

— Fico feliz em saber que você está bem. Desejo todo o sucesso para o seu clube. — Então, ela foi até Kingsland e entrelaçou o braço no dele. — Vamos?

Ele a acompanhou para dentro da casa e eles se despediram de todos. Ao se despedir de Althea, ela deu um abraço apertado na amiga.

— Obrigada por nos incluir em seu jantar de família.

— Você é a irmã que eu nunca tive.

Eles fizeram o caminho até a frente da casa em silêncio, e foi só quando estavam acomodados na carruagem, que já sacolejava pelas ruas, que ele falou:

— Por que não me contou que precisava se casar antes dos 25 anos para receber uma herança?

Aquela não era a pergunta que Kathryn estava esperando. Ela achava que o duque perguntaria sobre seu momento sozinha com Griff no terraço. Como ele sabia daquilo? Desde quando? Griff devia ter contado naquela noite.

— Não queria que você se sentisse pressionado com uma data limite, que se sentisse obrigado a se casar comigo antes de ter certeza de que me deseja como sua esposa.

— E se o casamento não acontecesse antes dos seus 25 anos?

— Parte de mim já acha que seria um tanto quanto libertador... — Ela olhou pela janela. — A herança parece um motivo cada vez mais trivial para um casamento.

— Conheço lordes que se casaram por motivos ainda mais triviais que uma herança.

— Você nem sabe o que vou receber.

— Não importa. Uma herança sempre envolve algo de valor, seja monetário ou sentimental. É algo que você deveria ter. Falarei com seu pai nos próximos dias.

Por um momento, Kathryn achou que seu coração havia parado de bater. Mesmo depois de tantos anos desejando o chalé, não tinha certeza de que ele algum dia seria seu. O duque era sua última chance.

204

Talvez ela não tivesse contado sobre a herança porque não queria que o chalé influenciasse a decisão *dela* para se casar com ele. Talvez ela tivesse tentado fingir que a herança não existia. Ela queria se casar com o duque por desejá-lo. No entanto, não sabia se um dia se acostumaria com sua arrogância, com sua altivez, com sua crença de que perder não era para ele.

— Já se passou um ano desde que você anunciou meu nome, mas a verdade é que, com todas as viagens que você precisou fazer, tivemos pouco tempo para nos conhecermos melhor.

— Sei o suficiente para deduzir que você será uma ótima duquesa. Além disso, eu disse que nos casaríamos antes do fim da próxima temporada. Sou um homem de palavra, e isso será benéfico a nós dois.

— É, suponho que sim.

Ela deveria estar extasiada, pulando de alegria com a ideia de se casar com Kingsland. Mas, em vez disso, ela sentiu como se a areia de um lado da ampulheta estivesse quase no fim. Uma ampulheta que envolvia o sr. Griffith Stanwick.

Capítulo 19

Griff não precisou olhar para o relógio em cima da lareira para saber que já passavam das duas da madrugada, pois o clube ficara silencioso. Mesmo trancado em seu escritório, trabalhando nos livros de contabilidade, era possível ouvir o burburinho dos frequentadores, constatar a excitação de interesses correspondidos e até sentir o momento quando duas almas solitárias percebiam que, pelo menos por algumas horas, teriam uma trégua da solidão. Para os mais sortudos, a solidão desapareceria para sempre.

Griff não pensava em seu clube como um lugar para levar casais ao altar, mas suspeitava que um deles estava indo nessa direção — era só a filha de um conde conseguir convencer a família a aceitar o filho de um comerciante que estava se dando muito bem em seus próprios negócios.

Aquela era a questão: fazer a família aceitar a pessoa escolhida. Com seu passado, e o atual trabalho como dono de um clube libidinoso, Griff já havia descartado a ideia de se casar. Não que aquilo importasse. Ao observar Kingsland acompanhar Kathryn para fora do terraço mais cedo naquela mesma noite, ele sentiu um aperto no peito tão intenso que achou que pararia de respirar. Pelo visto, seu coração nunca estaria livre para ser entregue a outra mulher.

Passos ecoaram pelo corredor, provavelmente Gertie a caminho de lhe entregar os lucros da noite. Quando o silêncio retornou, ele levantou a cabeça. Mas não era Gertie, e a visão de um vestido verde o fez ficar de pé em um pulo.

— O que está fazendo aqui? O clube já fechou.

Lady Kathryn Lambert deu um sorriso atrevido, cheio de tentações e promessas. O tipo de sorriso que as visitantes do clube hesitavam em dar na primeira noite, mas estampavam no rosto pela terceira ou quarta, quando já estavam confortáveis com todo o flerte até então inexistente em suas vidas. Mas, em Kathryn, o sorriso era natural, curvando o canto de sua boca, oferecendo um vislumbre de seus dentes brancos.

— Eu sei. Billy me deixou entrar. — Ela segurou uma chave de latão. — E Gertie me deu a chave. Será que poderia me mostrar o quarto vermelho?

As palavras o atingiram como um soco na barriga. Havia quatro quartos naquele andar — verde, azul, vermelho e rosa. Todos projetados e reservados para dar privacidade a um casal. Um sofá pequeno, uma mesa com bebidas, queijos e frutas, uma cama… Tudo para um casal explorar suas compatibilidades ou saciar seu desejo por uma noite. Os quartos estavam sendo menos utilizados do que ele antecipara, mas Griff descobrira que companhia, necessidades e desejos vinham em todas as formas.

— O que está fazendo aqui, lady Kathryn?

Ela colocou a mão dentro de uma bolsinha e tirou um baralho amarrado com uma fita.

— Quero jogar com você.

— O salão de cartas é no andar debaixo.

— O jogo que desejo jogar requer portas fechadas.

Sua mente pensou em roupas sendo removidas por causa de apostas.

— Lady Kathryn… — Aquela era sua voz mesmo, tão rouca e crua? — Você está jogando um jogo muito perigoso.

— Sei muito bem disso. — Então, ela lhe deu um olhar de pura sedução. — Estou disposta a encontrar o quarto sozinha.

Ela o encarou intensamente antes de se virar e, quando desapareceu pelo corredor, sua mensagem era clara: "Duvido você me seguir".

Inferno! Era óbvio que ele a seguiria. Griff se mexeu com tanta pressa que bateu a coxa na quina da escrivaninha e xingou alto. Certamente haveria um hematoma em sua perna pela manhã, mas ele suspeitava que, até o fim da noite, ganharia outros tipos de machucados, que não poderiam ser vistos a olho nu.

Ao sair no corredor, ele parou de supetão e observou Kathryn colocando a chave em uma fechadura. Griff aguçou os ouvidos tentando escutar qualquer tipo de barulho dos andares abaixo, qualquer indício de que ainda havia pessoas por lá, mas não ouviu nada. Os funcionários já haviam terminado seus afazeres e ido embora. Gertie havia partido sem lhe mostrar os lucros, mas eles ficariam seguros. Billy certamente teria trancado tudo antes de partir. Eram só ele e Kathryn ali. Se aquilo não era a receita para um desastre, ele não sabia o que era.

— Não é essa — disse ele. Ela virou-se para encará-lo, e Griff desejou ter forças para negar o que ela queria. — Por aqui.

Ele a levou na direção oposta, para um cômodo de canto ao lado do escritório. O local não estava trancado, pois não costumava exigir privacidade. Não antes daquela noite. Ele abriu a porta e esperou que ela entrasse primeiro, as saias roçando suas pernas, e ele poderia jurar que ela tinha passado colada ao seu lado de propósito, para deixá-lo inebriado com seu aroma de laranja e canela. Ele respirou fundo como faria com um charuto, com o único propósito de saboreá-lo.

Depois de ajustar o brilho da luz de gás no candelabro para enxergar Kathryn melhor, mas não o suficiente para afastar todas as sombras, ele fechou a porta. O estalo abafado reverberou entre as paredes como um tiro de fuzil — pelo menos para ele, pois ela não parecia ter notado o ruído enquanto andava pelo quarto e absorvia todos os detalhes. A cama, o guarda-roupa, a mesa de cabeceira, o lavatório, o aparador com bebidas, uma única poltrona marrom-escura em frente à lareira.

Kathryn pegou o livro da mesinha de cabeceira e Griff torceu para que ela não reconhecesse que a fita desbotada e desfiada que ele usava de marca-página era a que ela usara para amarrar sua trança, tanto tempo atrás. Ele havia carregado a fita no bolso do colete até o tecido ficar surrado pela constante fricção. Com medo da fita se desintegrar com o tempo, Griff começou a usá-la para marcar a página de suas leituras, para cumprimentá-lo ao fim de uma longa noite, quando ele finalmente se acomodava para descansar.

— Parece mais utilizado do que um cômodo projetado para encontros. — Colocando o livro de volta no lugar, ela o encarou. — É o seu quarto.

Ele não queria levá-la a um quarto repleto do pecado alheio.

— O que está fazendo aqui, lady Kathryn?

— Já falei. Quero jogar cartas.

— Isso é algum tipo de punição por eu ter partido do chalé sem me despedir?

— Como pode ser uma punição se estou tão moderada e calma? Não estou gritando nem fazendo comentários maldosos. Na verdade, estou sendo bem simpática. — Ela olhou ao redor. — Mas você não tem uma mesa. Acho que vamos ter que nos sentar na cama.

Sem esperar a permissão dele, ou mesmo uma concordância, ela subiu na cama e sentou-se de pernas cruzadas, sendo rodeada por um mar de saias. Então, ela lhe deu um olhar cheio de expectativa e desafio.

Griff foi até o aparador. Ele precisava de uísque.

— Quer conhaque?

— Sim, por favor.

Depois de servir um pouco de conhaque para ela e uma boa dose de uísque para si, ele levou os dois copos até a cama e os colocou sobre a mesinha de cabeceira. Só então notou os sapatos dela no chão, como se Kathryn simplesmente tivesse os tirado antes de se retirar para a noite. Griff tentou não pensar no quanto gostaria de ver os sapatos dela ao lado de sua cama todas as noites.

Tirando as botas, ele as jogou do outro lado do quarto, como se, ao deixá-las ao lado dos sapatos dela, teria permissão para fazer o que não deveria. Como se ela mesma não estivesse lhe dando permissão com aqueles olhos sensuais e a lambida provocante que deu no lábio inferior.

Ele pegou seu uísque e se acomodou na ponta da cama, encaixando as costas em um dos postes e esticando as pernas em um ângulo que o impedia de tocá-la de qualquer forma.

— O que vamos jogar, então? Uíste?

— Não seja tolo. Vamos jogar blefe de quatro cartas.

— Você trouxe os palitos para as apostas?

O sorriso atrevido voltou, cheio de nuances e segredos. O sorriso que ela nunca dera até aparecer no clube, até ele apresentá-la ao tipo de flerte que não existia em bailes apropriados. O tipo de flerte que prometia uma jornada pelo pecado.

Griff assistiu enquanto o corpete dela esticava contra seus seios, como as curvas de seu decote ficaram ainda mais tentadoras quando ela erguia os braços e puxava uma presilha de pérolas. Ele a amaldiçoou por ter ido ao clube, amaldiçoou a si mesmo por dar a ela um lugar para ir. Kathryn era mais perigosa para o coração dele do que os bandidos que espreitavam os cantos mais escuros de Londres. Eles poderiam matá-lo com uma facada dolorida, enquanto ela o destruiria por completo com suas armas femininas. Quando ela partisse do clube, ele continuaria a respirar, mas seu coração teria partido com ela.

Kathryn colocou a presilha na cama entre eles.

— Esta é a minha aposta. Se você ganhar, solto meu cabelo.

Como se ele não fosse fazer de tudo para garantir essa recompensa. Ela ergueu uma sobrancelha.

— E você?

— Aposto meu lenço de pescoço. Mas não vou tirá-lo até você ganhar.

— Isso parece injusto.

— Não é assim que o jogo funciona. Você não tira nada até o vencedor ser definido.

— Ah... parece que entendi errado os detalhes do jogo. — Ela começou a embaralhar as cartas. — Já que somos só nós dois, vamos jogar uma versão simplificada. Damos as cartas, descartamos uma e mostramos nossa mão. A melhor mão vence.

Ele concordou com um aceno, deu um gole no uísque e a observou dar as cartas com destreza — sem dúvida por sua experiência no uíste. No chalé, fora ele que ficara responsável por dar as cartas e a ensiná-la o jogo. Deixando o baralho de lado, ela pegou suas cartas. Griff equilibrou o copo em uma mão e pegou suas cartas na outra, descartando uma de maneira desajeitada.

— Você primeiro — disse ela.

Ele jogou as cartas na cama com a face virada para cima. Sua mão não era a melhor e não tinha nenhuma combinação, mas seu valete de copas venceu o dois, o sete e o nove da mão de Kathryn. Então ele ficou paralisado, esperando a promessa ser cumprida.

Ela moveu a presilha para a mesa de cabeceira, e ele não reclamou. O enfeite de pérolas não era dele para sempre, apenas durante aquele jogo ridículo. Então ela finalmente começou a tirar os grampos do cabelo e colocá-los ao lado da presilha, e Griff decidiu que o jogo não era nada ridículo quando os cachos acobreados começaram a cair sobre os ombros delicados.

Se ao menos sua vida não fosse tão complicada. Se ao menos ele pudesse esticar a mão e entrelaçar os dedos nas madeixas dela. Mas Kathryn não era para seus dedos, apenas, aparentemente, para torturá-lo e atormentá-lo e, com base em seu sorriso vitorioso, sabia muito bem o que estava causando nele. Uma rápida olhada no colo dele seria o suficiente para uma confirmação.

Ao tirar o último grampo, ela balançou a cabeça e fez suas mechas se moverem como se sopradas pelo vento. Por que diabo ela prendia aquele cabelo magnífico? Se o cabelo de uma mulher podia ser considerado uma coroa, o dela era digno de estar na coleção de Joias da Rainha.

— Minhas luvas.

— O que tem elas?

Ela sorriu como se tivesse ouvido uma piada, mas devia estar rindo da voz dele, que desafinou.

— Elas são minha próxima aposta.

E Kathryn logo as perdeu. Seu rei não foi páreo para o par de três dele.

O tormento recomeçou quando ela tirou as luvas sem pressa alguma, como se tivesse a noite toda. Ela enrolou o tecido do cotovelo ao pulso antes de puxar dedo por dedo.

— Presumo que seus pais ainda estejam em Paris e não saibam que você está aqui.

— Na verdade, eles voltaram faz alguns dias, mas já tinham se deitado há bastante tempo antes de eu sair.

— E seu fiel cocheiro?

— Continua fiel como sempre. Ele não vai contar a ninguém, e ninguém me viu entrar. Esperei até todos os membros irem embora. E sei que você vai garantir que seus funcionários também guardem nosso segredinho.

— Eles guardam todos os segredos. É o que são pagos para fazer, e eles sabem que vão se ver comigo caso não cumpram o combinado.

A primeira luva foi retirada, para revelar pele macia e sedosa. Não havia manchas à vista, embora ele se lembrasse das sardas que adornavam seus braços e mãos em sua adolescência. Olhou rapidamente para a própria mão direita, para as cicatrizes, notando as marcas visíveis, as invisíveis e as que levariam uma vida inteira para sumir. Pela primeira vez em muito tempo, ele teve um forte desejo de escondê-las. Terminou o uísque em um só gole e colocou o copo do outro lado da cama.

A segunda luva também foi retirada, e Kathryn ajeitou o par em cima de um dos travesseiros. Então, o olhar dela caiu sobre ele. Ela tomou um gole de conhaque, e ele observou os músculos delicados de seu pescoço se movendo. Ele não queria se lembrar de como aquele pescoço gracioso chegara perto de ser cortado.

Griff deveria tê-la acompanhado até em casa após o ataque, e não viajado para o chalé com ela. Com certeza não deveria tê-la beijado ou visto seu corpo banhado pelo luar. Um corpo que, mesmo coberto, ainda o tentava.

Ele viu um lampejo de dúvida no olhar de Kathryn, mas ela tomou mais um gole de conhaque, como se a bebida fosse fortalecê-la. Usava um colar de pérolas, e a joia certamente seria sua próxima aposta. Ou, talvez, ela apostasse as meias. Ela não apostaria o vestido, algo tão difícil de ser retirado.

Ela deixou a taça de lado e lambeu aqueles lábios doces e rosados que ele queria desesperadamente saborear. Mas também queria saborear outros lábios dela...

Kathryn não deveria estar ali. Ele deveria puxá-la da cama, jogá-la por cima do ombro e carregá-la até a carruagem que, sem dúvida, estava esperando nos estábulos. Em vez disso, ele apenas assistiu, hipnotizado, enquanto ela deslizava dois dedos no decote de seu corpete.

— Essa é a minha próxima aposta.

Então, ela puxou um medalhão dourado preso por uma corrente... não, um relógio de bolso, e os colocou na cama.

Griff analisou a tampa dourada, adornada por uma hera entalhada que contornava as bordas e circulava um "G" e um "S".

Havia algo de errado com sua garganta. Ele não sabia se era alguma reação estranha ao uísque ou algum tipo de inchaço, mas estava difícil de respirar e engolir. Estava ainda mais difícil de falar. Depois de longos segundos, finalmente conseguiu erguer os olhos para ela e encontrou seu olhar esperançoso, talvez até um pouco ansioso.

— Você vai perder a próxima mão de propósito.

Ela deu um aceno quase imperceptível com a cabeça, e Griff soube que ela havia perdido as mãos anteriores também — provavelmente tinha descartado uma carta que a faria ganhar. Depois de cada rodada, as cartas jogadas eram devolvidas ao fundo do monte. Se ele as pegasse, com certeza confirmaria suas suspeitas, mas não havia necessidade. Griff sabia.

— Não posso ficar com a presilha ou as luvas, mas isso…

— Será seu.

— E por que se dar ao trabalho de jogar? Você podia apenas ter me dado o presente.

— Porque uma dama não deve presentear um cavalheiro com algo assim… — algo tão caro e pessoal —… e um cavalheiro não deveria aceitá-lo.

— Você realmente acha que um homem que é dono de um lugar como esse, onde os frequentadores são encorajados a fazer o que não devem, pode ser considerado um cavalheiro? E que ele recusaria um presente?

— Você recusaria?

Ele deu uma risada amarga.

— Provavelmente.

— Um homem de negócios precisa de um relógio, não acha? Percebi que você não tem um.

Ela pegou o relógio e o virou, e ele leu o verso.

— "À conquista de sonhos."

— Você me ajudou a conquistar o meu quando escreveu a Kingsland — disse ela baixinho. — Agora você tem o seu.

Mas aquilo não era verdade. Não se Griff fosse honesto consigo mesmo. Ele tinha conquistado um sonho, de fato, mas o outro sempre seria impossível. E com razão.

Depois de pegar o relógio, ela deslizou para a frente até tocar a coxa dele com o joelho e, que Deus o ajudasse, pois ele sentiu o toque até os dedos dos pés. Então, Kathryn puxou uma lapela do casaco dele, enfiou o relógio no bolso do colete e prendeu a ponta da corrente em uma casa de botão. Griff não conseguiu fazer nada além de ficar maravilhado com a expressão dela, como se ela fosse a pessoa mais feliz do mundo fazendo aquele pequeno gesto.

— Não posso aceitá-lo.

Kathryn lhe deu um tapinha no peito.

— Tarde demais. Já é seu. — Ela voltou a encará-lo. — E ele não vai esfarrapar como minha fita de cabelo.

Então ela havia reconhecido o marcador no livro... Aproveitando sua proximidade, Griff afundou as mãos em seus cachos acobreados e se deliciou com a sensação sedosa.

— Você não deveria ter vindo. Não para um lugar como este. Não para mim.

— Não virei novamente. Vim apenas esta noite, para ter mais um sonho. Para dar a você como você me deu.

— Se é um sonho que você deseja, querida, então vamos dar um ao outro.

Ele tomou sua boca em um beijo ardente, uma boca que já dissera muitas palavras ácidas, uma boca que era capaz de deixá-lo de joelhos. Kathryn não pertencia a ninguém no momento, mas logo o faria. Ela pertenceria a um duque e, por mais que ele desejasse que ela fosse feliz, o fato também o rasgava por dentro.

Então ele aceitaria o que ela estava oferecendo e faria de tudo para que ela não se arrependesse. O duque certamente não esperava que uma mulher da idade dela fosse completamente intocada, e talvez até apreciasse que tivesse um pouco de experiência. Se o clube de Griff tivesse sucesso, talvez as mulheres passassem a sentir menos medo da noite de núpcias.

O duque talvez nunca a amasse, então Griff queria garantir que ela tivesse uma noite com um homem que a amava — embora ele não pudesse confessar seus sentimentos. Nada de arrependimentos ou remorsos. Nada de ficar imaginando "e se".

Eles se renderiam naquela noite. Então ele teria o clube e ela teria o chalé, e ambos teriam as lembranças.

Laços foram desfeitos, ganchos foram desprendidos e camadas de seda, cetim, algodão e renda foram retiradas até Kathryn estar nua em sua frente.

— Sempre fico impressionado com sua beleza. Você é magnífica — falou ele, a voz embargada de desejo. — Você parecia etérea sob o luar, mas na luz deste quarto consigo ver todas as suas nuances. Você é linda, como imaginei. — Macia, rosada e perfeita. Com uma penugem do mesmo tom do cabelo.

— Só vi parte do seu corpo. Quero vê-lo por inteiro.

Com cuidado, ele desprendeu o relógio de bolso e o colocou na mesinha de cabeceira, ao lado da presilha de pérolas. Então, com mais urgência, tirou o casaco e o jogou no chão, seguido do colete, da camisa e da calça.

Hesitante, ela esticou os dedos e tocou o inchaço na lateral de seu corpo, onde o ferimento cicatrizava e certamente deixaria uma marca.

— Isso quase tirou você de mim.

Ele embalou o rosto dela nas mãos.

— Nada de tristeza ou de lembranças ruins nesta noite. O passado não importa, só o presente.

— Esse é o objetivo do clube, não é? Ser um lugar de fuga, mesmo que apenas por algumas horas. Um lugar para se abrir, fazer o que se deseja. Ser quem você realmente gostaria de ser.

— Acho que o clube significa algo diferente para cada um. É por isso que você vai ao chalé? Para fugir?

— Às vezes. Às vezes, vou para recordar. — Pressionando o corpo no dele, ela passou os braços por seu pescoço. — No futuro, quando eu for, lembrarei de você.

Ela não deveria estar ali, muito menos fazendo aquilo, mas o jeito como ele a olhava — como se não quisesse mais nada na vida — fazia o resto do mundo e suas regras desaparecerem.

Griff não tomou sua boca com delicadeza, e sim com a força de uma tempestade capaz de naufragar navios. Poderosa, impetuosa e determinada a fazer o que quisesse. E Kathryn queria que ele fizesse o que quisesse com ela.

Mesmo que fosse errado. Mas como era possível aquilo ser errado quando ela se sentia tão bem, pressionada contra o corpo dele enquanto ele a devorava? Kathryn sentiu o gosto do uísque na língua dele, e ele certamente sentia o conhaque na dela.

Ela deslizou os dedos pelo cabelo dele, lembrando como o vento havia bagunçado as mechas loiras. Tudo em Kent a lembrava de Griff. E ela nunca mais poderia voltar ao clube depois daquela noite, pois tudo sobre Griff a faria desejá-lo. De novo. Para sempre.

Kathryn estava apenas seguindo o conselho de Wilhelmina, aproveitando o que uma dama bem educada não deveria ter. O carinho das mãos ásperas e cicatrizadas de um homem com quem não podia se casar, a sensação dos joelhos enfraquecendo e a fazendo se perguntar como ainda estava de pé.

Ela soltou um gritinho quando Griff a jogou de costas na cama, caindo sobre ela.

— Eu imaginei tanto como seu cabelo ficaria em cima do meu travesseiro. — Ele espalhou as mechas pelo travesseiro com as pontas dos dedos. — Incrivelmente linda. Quis fazer isso na noite em que você desfez sua trança para mim. — Juntando algumas mechas com a mão, ele afundou o rosto em seu cabelo. — Tão macio. Tão grosso.

— Sempre amei seus olhos. Eles são da mesma cor dos de Althea, mas nunca fiquei hipnotizada pelos dela. Acho que é porque os seus têm um brilho de malandragem, como se você estivesse pensando em coisas que não podem ser ditas em voz alta.

— Hum. — Ele fez uma trilha de beijos por seu pescoço, subindo e descendo. — Você tem um aroma de laranjas. E eu amo chupar laranjas. Deve ser isso que estou pensando quando meus olhos brilham. Estou pensando em você como um banquete.

— Às vezes também posso ser azeda.

Ele levantou a cabeça e sorriu.

— Eu gosto da acidez.

Kathryn deslizou os dedos por sua mandíbula forte, amando a aspereza da barba crescente.

— Então aproveite o banquete esta noite — sussurrou ela.

Griff deu um rugido incontido e descontrolado que ecoou ao redor deles quando ele tomou os lábios dela em um novo beijo, como se sua boca fosse dele — e talvez fosse. Porque, quando ele estava por perto, ela só pensava em beijá-lo. Quando ele estava longe, ela só pensava em beijá-lo. Nenhum outro homem a fazia se sentir daquela forma.

Eles exploraram um ao outro sem restrições. Mãos e línguas, dedos e bocas. Ela amava todas as texturas de Griff, amava como podia tocar em tudo.

Os pensamentos de culpa e arrependimentos ficariam para depois, embora ela nunca fosse se arrepender de seu plano ousado ou dos gemidos de prazer e desejo de Griff. Nunca esqueceria de como ele havia olhado para o relógio de bolso, como se ela tivesse lhe presenteado com a coisa mais preciosa do mundo. E também não esqueceria do que vira no olhar dele: como se *ela* fosse a pessoa mais preciosa em todo o mundo.

Um gemido profundo, que vibrou por todo o corpo dela até seu lugar mais íntimo, saiu do fundo da garganta quando ele voltou a atenção para um seio, beijando e lambendo seu mamilo enrijecido. De repente, o centro de suas pernas parecia estar gritando por algum tipo de alívio que só Griff poderia dar.

Ele a abriu com dedos gentis.

— Você está tão molhada. Pronta para mim.

Ele levantou um pouco o corpo e Kathryn o sentiu em sua entrada, e ela aproveitou para abraçá-lo e arranhar as costas fortes e poderosas, músculos que haviam levantado caixas e sacos de mercadorias nas docas. Enquanto muitos viam o trabalho manual como algo errado para o filho de um duque, Kathryn o via como o símbolo da determinação de Griff em sobreviver.

Ele faria o que fosse necessário, e esse era um dos motivos pelo qual o clube teria sucesso. Griff não era o folgado que as pessoas — incluindo ela, para sua vergonha — haviam imaginado. Ele abriria o próprio caminho e teria êxito.

Então, ele a penetrou lentamente, centímetro por centímetro, preenchendo-a por completo. Kathryn dobrou os joelhos e pressionou os pés no colchão, envolvendo-o entre as pernas e levantando o corpo para encontrá-lo a cada estocada. Nenhum momento em sua vida parecera tão correto quanto aquele, quando o rosnado dele reverberou por seu corpo.

Era impossível conter os gemidos enquanto ele se movia contra ela, enquanto as sensações se acumulavam. Os movimentos se tornaram mais frenéticos e, quando o cataclismo veio, a sensação a atingiu com a força de uma onda grande e violenta se derramando sobre a praia durante uma tempestade. Uma onda grande o suficiente para submergir os dois, pois Kathryn ouviu o rosnado dele logo após seu gemido, e os sons ecoaram juntos pelo quarto. Foi só quando sua visão voltou ao normal que percebeu que Griff havia saído de dentro dela e a semente dele cobria sua barriga. Era a coisa certa a se fazer para garantir que ela não engravidasse, não arriscasse dar ao duque o filho de outro homem — e, ainda assim, Kathryn sentiu uma tristeza momentânea por saber que nunca geraria um filho de Griff.

Ele beijou seus lábios, cada um de seus seios e o vale entre os dois.

— Espere aqui. Vou limpar você.

A avó dele sempre lhe dissera para não pensar muito no que não poderia ter, e sim para se concentrar no que tinha. Kathryn tivera uma experiência gloriosa que precisaria ser o suficiente não apenas por aquela noite, mas por toda a sua vida.

— Ele vai me pedir em casamento. Disse que vai conversar com meu pai nos próximos dias.

Kathryn estava aconchegada em um dos lados de Griff. Os dedos dele acariciavam um ombro dela, e ela fazia o mesmo com o peito dele. Sabia que não precisava explicar sobre quem estava falando. Não queria mencionar o nome do duque.

— Já era hora.

— Você não fica chateado por isso?

— Por que eu ficaria? Eu que arranjei para isso acontecer.

— Para ganhar uma aposta.

Griff ficou em silêncio, e ela não o culpou. O que ele poderia dizer? Ele podia não ter coletado seus ganhos quando deveria, mas o fizera eventualmente. E construíra o clube com os frutos de sua traição. Kathryn não sentia mais ressentimento, mas gostaria que ele pelo menos dissesse que o dinheiro não fora o principal motivo para ajudá-la, que havia enviado a carta pelo que sentia por ela e pelo desejo de que Kathryn conseguisse o que tanto queria. Ela não entendia por que estava tão desapontada, ou por que queria mais. Griff nunca havia dito que a amava.

Mas Kathryn não estava ali por causa dos sentimentos dele por ela, e sim pelo que sentia por ele.

Será que as mulheres cometiam esse erro com frequência? Ela pensou nos Trewlove, que eram exemplos de que o erro fora cometido pelo menos seis vezes. Felizmente, não daria à luz nenhuma criança indesejada. Bom, a criança seria desejada por ela, mesmo se fosse nascida fora de um casamento, mas certamente não por seus pais. Eles decerto a expulsariam de casa. No entanto, nada disso aconteceria com Kathryn porque Griff era experiente, responsável e havia tomado precauções.

Kathryn não queria que nenhuma outra mulher entrasse naquele quarto, mas era algo improvável de acontecer. Griff decerto continuaria a viver a vida dele, e ela seguiria com a própria. Ela queria que ele fosse feliz, que tivesse alguém, enquanto ela teria o duque...

— Você está presumindo que vou dizer sim.

Ele se moveu até estar apoiado em um cotovelo, olhando-a de cima.

— É claro que você vai dizer sim. É a chance de conquistar o que sempre quis.

Griff segurou o pescoço dela com um toque carinhoso e acariciou seu queixo com o polegar.

— Eu estive lá, Kathryn. Entendo por que você ama o lugar e por que o deseja tanto. Ele é seu. O chalé, o mar, a costa. O amanhecer. Eu sempre pensarei em você lá.

Apenas em suas lembranças.

Kathryn também pensaria em Griff no chalé. E ali. Naquele edifício que fora transformado em algo que tinha o poder de mudar vidas, sentimentos e futuros. Ele havia sido traído por seu pai, pela alta sociedade, mas saíra de tudo mais forte, um homem melhor. Um homem capaz de conquistar o que tanto almejava.

— Não poderei mais voltar aqui. Nunca mais.

— Sim. Vou cancelar sua inscrição.

— E se eu disser não ao duque?

— Você não vai.

Depois de rolar para fora da cama, Griff pegou a calça do chão. Ela se sentou rapidamente e puxou o lençol para cobrir o peito.

— O que está fazendo?

Ele jogou a camisola e roupas de baixo para ela.

— Pode se vestir.

— Não estou entendendo.

Ele parecia bravo. Furioso, na verdade.

— É hora de você ir embora. Vou acompanhá-la até sua carruagem.

— Por que está fazendo isso?

Griff se virou para encará-la. Ah, ele estava definitivamente fumegando de raiva.

— Por que diabo você pensaria em dizer não ao duque? Depois de todo o trabalho que eu tive para que esse cortejo acontecesse? Por que não aproveitar a oportunidade?

— Todo o trabalho que *você* teve? — Ela saiu da cama, os punhos fechados de raiva, e o encarou com um olhar fulminante. — O que você fez? Por acaso fez outra aposta sobre ele se casar comigo?

— Não seja ridícula.

Ele falou sem convicção, e Kathryn temeu que ele tivesse feito exatamente aquilo.

— Então por que está tão preocupado se vou me casar com ele ou não?

— É exatamente por isso que fui embora do chalé. Porque sabia que eu sucumbiria à tentação de ter você, e você confundiria paixão com amor e teria essa ideia absurda de que podemos ter alguma coisa. Você sabe o que perderia caso se casasse comigo? Além do óbvio, que é sua herança? Você perderia o apoio da sociedade. Nada de jantares, bailes, visitas para chá.

— A família da Althea aceitou você.

— Porque somos parentes, agora. Mas e o restante das pessoas da sua vida? Elas não querem relação nenhuma comigo. Eu sei os segredos delas, e elas sabem disso. E as pessoas que vêm ao clube? As visitas delas são clandestinas. Elas não sentem orgulho de serem vistas aqui, não sentem orgulho do que estão fazendo. Sabem o que esse lugar encoraja, o que *eu* encorajo. E elas não aceitarão um homem como eu em suas casas, e certamente não aceitarão você se estiver ao meu lado.

— Você não sabe disso.

— Eu sei, sim. — Ele balançou a cabeça. — Mas nada disso importa, querida, pois as amarras do casamento não são para mim. Nunca serão. Você me pediu uma noite, e é só isso que estou disposto a lhe dar. Você caiu na armadilha do clube. É tudo uma fantasia. E é hora de voltar para o seu duque.

Kathryn estava de pé em sua frente, em todo o seu esplendor, tremendo com indignação justificada. Griff podia ver os vários lugares onde a barba por fazer dele havia arranhado a pele delicada. Podia ver o rubor que o calor da paixão dos dois trouxera à tona. Podia ver a dor e a descrença nos olhos dela, e a visão destruiu seu coração.

Mas não podia permitir que ela abrisse mão de seus sonhos por ele.

Kathryn não sabia o que era ser excluída. Como era penoso e cansativo. E seria ainda pior para ela, porque ela fora abraçada pela mesma sociedade que se viraria contra ela. Seria dolorido, seria devastador. E, com o tempo, ela começaria a ressenti-lo por tudo.

Griff não seria o responsável por qualquer mal que pudesse recair sobre Kathryn. Não queria vê-la envergonhada, atormentada ou humilhada.

— Achei que você tinha mudado, mas pelo visto você sempre será incorrigível. Um cafajeste renegado — disse ela, recolhendo suas roupas.

— Exatamente. Combina comigo.

Mesmo que, naquele momento, Griff estivesse sendo destruído por dentro. Mesmo que sua alma estivesse sendo devastada e ele tivesse acabado de ganhar uma passagem direto para o inferno.

Ela colocou o vestido e ele deu um passo à frente para ajudá-la com os laços. Seu olhar congelante o parou em um segundo.

— Não preciso da sua ajuda. Não preciso de mais nada seu.

Enquanto ela se revirava para dar nó nos laços do vestido, ele vestiu a calça, a camisa e as botas. Griff não sabia como ela havia conseguido, mas Kathryn estava pronta e marchando para a porta antes de ele terminar de se vestir. Ele correu para alcançá-la.

— Não preciso que você me acompanhe — falou ela em tom amargo.

— Sua carruagem está nos estábulos? O clube tem uma porta nos fundos que leva direto até lá.

Kathryn permaneceu calada até chegarem ao térreo.

— Então me mostre.

Ele a levou pelo corredor e pela cozinha até a porta. Quando ele destrancou a porta, ela saiu fazendo questão de que nenhuma parte de sua saia roçasse nele.

Foi como um soco no estômago, mesmo que Griff merecesse.

Com os ombros eretos e a cabeça levantada, ela avançou para a noite. O cocheiro abriu a porta da carruagem e ajudou-a a subir.

Kathryn se acomodou na carruagem, desaparecendo nas sombras, e não olhou pela janela. Então foi embora.

E tudo ficou quieto.

Ajoelhando-se no chão, ele jogou a cabeça para trás e uivou com a dor que ameaçava destruí-lo.

Capítulo 20

Kathryn passou o dia seguinte em um estado de letargia. O corpo extasiado continuava a formigar, enquanto a mente não parava de pensar em Griff e em como ele a fizera se sentir amada, adorada e desejada. Até tirar tudo com uma verdade brutal.

Althea a visitou e Kathryn quase confessou tudo enquanto tomavam chá no jardim.

Cometi o erro de me apaixonar perdidamente pelo seu irmão.

Quando Wilhelmina a convidou para um passeio no parque, ela quase desabafou.

Você tinha razão. Toda mulher deveria cometer uma safadeza uma vez na vida, mas é necessário escolher com cuidado com quem essa safadeza será feita.

Quando entrou na biblioteca de casa e flagrou a mãe sentada no colo do pai e os dois em um beijo apaixonado, um livro esquecido no chão, ela imaginou a mãe interrompendo a leitura do pai para oferecer algo mais tentador. Kathryn sentiu um aperto no peito e saiu sorrateiramente pela porta, se perguntando se estaria sacrificando momentos espontâneos de carinho no futuro.

Será que as pupilas do duque dilatariam de desejo? Será que as mãos dele a segurariam com propósito? Será que ele gostaria de provar seu corpo inteiro? Será que a voz dele ficaria rouca e profunda enquanto sussurrava o quanto gostava de tudo nela, encorajando seus toques e perguntando onde ela gostaria de ser acariciada?

Quando algumas damas a visitaram de tarde, Kathryn quis mandá-las embora, e mal ouviu as fofocas sobre fulana ou sicrano. Tudo o que ela queria era deitar-se em posição fetal na cama e pensar em Griff, relembrar os momentos de sua noite juntos, sofrer pelo que nunca aconteceria de novo, pelo que nunca deveria ter acontecido.

Ela tinha um futuro diferente e longe dele, um futuro que havia sido orquestrado pela mulher que ela acreditava amá-la acima de tudo. Que queria apenas o melhor para ela e a recompensaria pela conquista. Mas e se a recompensa não valesse o preço?

Kathryn precisava sair de Londres. Precisava do único lugar onde podia ser ela mesma, onde podia refletir sem interrupções. Onde ninguém a visitaria ou apareceria para contar fofocas. Quando finalmente encontrou os pais em circunstâncias mais comportadas, ela os informou que viajaria para Kent por alguns dias e pediu à criada que arrumasse sua mala.

Ela tinha acabado de colocar seu vestido de viagem quando ouviu uma batida na porta e sua mãe entrou esbaforida, impaciente demais para esperar ser chamada e claramente animada.

— Ah, minha querida! O duque está aqui, e pediu uma palavra em particular com seu pai. Eles estão conversando na biblioteca agorinha mesmo. — Ela deu um gritinho e apertou as mãos de Kathryn. — Você estará noiva até o fim da noite, tenho certeza! Troque de vestido agora mesmo. Você precisa estar preparada para conversar com o duque.

Kingsland havia dito que pediria para falar com seu pai, mas Kathryn não esperava que fosse tão rápido.

— É possível que eles estejam apenas discutindo negócios.

— Oras! — A mãe abanou uma mão no ar. — Eles estão discutindo negócios de casamento. Você será uma duquesa. Sua avó ficaria muito contente.

— Ficaria mesmo?

— Mas é claro! Tudo o que ela queria era ver você bem cuidada e protegida. Duvido que outro nobre em toda a Inglaterra possa fazer isso melhor que o duque de Kingsland.

Sentando-se no banquinho da penteadeira, Kathryn sabia que a mãe estava certa. Ela teria uma casa adorável, roupas lindas e empregados prestativos. Mas ela não desejava Kingsland, não sentia calor ao pensar em beijá-lo, não sentia falta de seu toque nem se pegava pensando nele várias vezes no dia. Isso seria justo com ele? Seria justo com ela?

— Que tipo de cuidado a vovó estava pensando? Eu mal vejo o duque.

— Ele é um homem ocupado. Dizem os boatos que ele duplicou a própria renda este ano, e não estamos nem na metade do ano.

— Mas ele já era rico antes.

— Agora ele é ainda mais rico. Qual é o problema? Até parece que você está procurando desculpas para recusar o casamento.

— Não estou procurando desculpas. É só que, agora que o momento chegou, percebi que o conheço muito pouco, e isso me preocupa. Não sei o que ele gosta de ler. Não sei quase nada de seus negócios, com exceção de alguns empreendimentos que ele mencionou recentemente, ou o que ele gosta de fazer no tempo livre.

— Do que você está falando? Você terá o tipo de casamento que se esforçou para ter a vida toda.

— Foi realmente isso que quis a vida toda?

— Você anda estranha demais. É porque seu pai lhe deu permissão para ver Althea de novo, agora que ela se casou com um homem respeitável? Por acaso ela está enchendo sua cabecinha com ideias estranhas?

— Não.

Kathryn se levantou e foi até a janela. Ela podia ver a carruagem preta do duque na entrada, mas onde estava o mar? Ela precisava do mar. Mas, se não se casasse com Kingsland, ela não teria mais o mar. Não, isso não era verdade. Poderia ir para Brighton, embora não fosse a mesma coisa. Não teria lembranças de Griff em Brighton. E por que raios deveria querer lembranças dele quando ele não a queria?

— O que foi, querida? — Sua mãe apareceu em suas costas e começou a ajeitar os cachos de Kathryn. — Você está agindo como se Kingsland estivesse discutindo seu funeral, não seu casamento.

Ela se virou para encarar a mulher que havia lhe trazido ao mundo.

— Você esperou trinta anos para ser amada, mamãe. Não gostaria que isso tivesse acontecido mais cedo?

Sua mãe parou de mexer em seu cabelo e olhou pela janela. O que será que ela estava procurando? O que será que viu?

— Algumas mulheres vivem a vida inteira sem serem amadas, Kathryn. Antes tarde do que nunca.

— Isso não responde minha pergunta.

— É claro que eu gostaria de ter sido amada antes. — Ela endireitou os ombros e a fitou, levantando o queixo até não parecer nem um pouco a mãe, apenas a condessa. — Mas, em todos esses anos sem ser amada, nunca passei fome, frio ou necessidade. O amor é ótimo, mas não paga contas. É preciso ser prática. Quando seu pai falecer, seu tio e o filho dele não lhe darão nada. Eles não cuidarão de você, nem lhe darão influência, poder ou prestígio. Mas ser uma duquesa vai lhe dar tudo isso. E ser a duquesa de Kingsland vai lhe dar dez vezes mais. Se você recusar essa oferta, não vai apenas desapontar sua avó, como também decepcionará a mim e a seu pai. E suspeito que, com o tempo, vai decepcionar a si mesma também. — A mãe apertou as mãos da filha. — Ouvi dizer que ele recebeu centenas de cartas, mas escolheu você, querida. Talvez tenha uma pontinha de amor nisso.

— É verdade, mamãe. Talvez tenha mesmo.

Só não da maneira que a mãe imaginava.

Kathryn sentiu a mãe puxar a manga de seu vestido.

— Então vamos trocar esse vestido e colocar algo mais chamativo. Sarah, o vestido verde, por favor.

— Sim, milady — respondeu a criada.

— Não acho que preciso me preocupar em trocar de vestido.

— É claro que precisa! — Sua mãe embalou o rosto de Kathryn nas mãos. — O pedido dele será uma lembrança especial, algo que ele sempre vai lembrar. Você precisa estar radiante!

Por algum motivo, ela não conseguia imaginar Kingsland pensando muito na ocasião.

Alguém bateu na porta com certa urgência.

— Entre! — disse sua mãe.

Uma das criadas abriu a porta, entrou no quarto e fez uma reverência rápida.

— O duque de Kingsland está esperando na sala da frente. Ele gostaria de conversar com lady Kathryn.

Sua mãe soltou um suspiro de alívio.

— Diga a Sua Graça que vamos descer em alguns instantes. — Ela virou-se para Kathryn. — Agora, vamos arrumá-la.

E lá se foi o vestido de viagem, substituído pelo vestido verde. Kathryn se sentia como uma atriz sendo vestida para uma peça, enquanto a mãe lhe dizia o que ela deveria falar.

— Agradeça profusamente por ele tê-la escolhido e diga que está muito honrada. Garanta que...

— Mamãe, não preciso que me diga o que falar. Fui criada para saber o que falar.

Depois de terminarem os últimos laços do vestido, sua mãe apertou seus braços.

— É que estou tão feliz por você! Vamos ver o que ele deseja.

— Silêncio.

A mãe fez uma careta.

— O que disse?

— O que ele deseja. Silêncio. Uma esposa silenciosa. — Ela enlaçou o braço no da mãe. — Mas, sim, vamos ver o que ele tem a dizer.

Enquanto desciam a escada, a condessa descreveu como imaginava o vestido de casamento de Kathryn. Todas as camadas de tule, cetim e renda. O comprimento do véu. O comprimento da cauda do vestido. Tudo parecia muito tedioso. Onde estava a empolgação de Kathryn? Onde estava a alegria, a expectativa?

Sua mãe a acompanhou até a sala. O duque de Kingsland estava parado ao lado da lareira, seu antebraço apoiado na cornija e a cabeça levemente inclinada enquanto ele observava o local onde acendiam o fogo. Ao ouvir o som de passos, ele se virou.

Ele era devastadoramente lindo, com seu cabelo escuro e traços fortes. No entanto, a emoção ao olhar para ele era a mesma ao olhar para uma xícara de chá frio. Kathryn não sentia vontade de passar os dedos pelas mechas do cabelo dele ou acariciar os ombros largos. Não conseguia se imaginar correndo para os braços do duque.

— Sua Graça — cumprimentou a mãe, fazendo uma reverência. — Estamos muito felizes por sua visita.

— Lady Ridgeway. Como sempre, é um prazer vê-la.

— Mas entendo que não está aqui para me ver. Aliás, você pediu para conversar com Kathryn, então vou deixá-los a sós.

Enquanto andava para a porta, ela passou por Kathryn e lhe deu um olhar que claramente dizia: "Cuidado com o que vai dizer".

Quando sua mãe saiu, Kathryn ofereceu um pequeno sorriso ao duque.

— Sua Graça. Devo pedir chá?

— Não, obrigado. Gostaria de se sentar?

Ela se aproximou, parando a poucos passos dele.

— Na verdade, acho que prefiro ficar de pé.

— Como quiser. — Ele pigarreou. — Acabei de conversar com seu pai. Estou certo de que sabe o que discutimos.

— Já que não fiz parte da conversa, sinto que não posso responder com certeza.

Era o que ela teria respondido para Griff se ele falasse algo tão absurdo. Ele provavelmente não gostaria da resposta, mas Kathryn tinha certeza de que veria um brilho nos olhos azul-acinzentados. Nos do duque, ela viu apenas impaciência.

— Você não vai ser tão teimosa assim como esposa, vai?

— Como nunca fui uma esposa, não tenho certeza do tipo que serei.

— É por isso que não escreveu uma carta para mim se descrevendo?

— Há muitos motivos para eu não ter escrito uma carta.

— Hum, entendo. Bom, não importa. Conversei com seu pai e chegamos a um acordo. Então tudo o que resta é... — Ele deu um passo à frente e abaixou um pouco a cabeça. — Lady Kathryn, me daria a honra de se casar comigo?

Ela o estudou por um minuto inteiro, enquanto o duque apenas esperou, imóvel.

— Você não se ajoelhou.

— Espero que não se ofenda, mas não me ajoelho para ninguém.

Ela pensou em Griff e como ele fora ao chão com os dois joelhos, sem hesitação, quando aquilo poderia significar a morte. Griff, que fora até seu quarto quando ela estava sofrendo com um pesadelo e a ajudara a superá-lo, dando-lhe uma lembrança melhor para substituir o medo — uma que também envolvia ele de joelhos. Mas ele havia dito que tudo entre os dois não passava de fantasia. Que ela deveria voltar para o duque. Griffith Stanwick só lhe daria uma noite. Mas e se *Kathryn* quisesse mais?

— Você não vai ser tão teimoso como marido, vai?

Ele riu, e Kathryn percebeu que nunca o tinha visto rir antes. O duque tinha uma bela risada, mas ela não alcançou sua alma, não criou raízes em seu coração. Era possível que, após uma hora da partida dele, nem se lembrasse mais do som.

— Como nunca fui um marido, não tenho certeza do tipo que serei. — Ele sacudiu a cabeça. — Não, isso não é verdade.

— Você já foi um marido antes?

Kingsland sorriu, e Kathryn achou que, talvez, ele gostasse da brincadeira.

— Não, mas sei o tipo de marido que serei. Insuportável, sem dúvida. Tenho expectativas e não gosto quando elas são frustradas. Você sabe pelo menos uma delas, pois pediu que Griffith Stanwick perguntasse a mim o que eu desejava em uma esposa.

Ela revirou os olhos.

— Ah, sim. Achei mesmo que você tivesse descoberto isso naquele dia no parque.

— Talvez você fique mais aliviada ao saber que, embora eu tenha expectativas para minha esposa, tenho expectativas ainda mais rígidas para comigo mesmo. Serei o melhor marido que eu puder ser. Nunca vou lhe bater, nunca machucarei seus sentimentos de propósito, nunca serei infiel e nunca lhe darei motivos para duvidar de minha devoção.

— Devoção não é amor.

— Não é, mas o amor é uma emoção que não acho que sou capaz de sentir. Quem sabe você possa provar que estou errado.

— Você não me parece o tipo de homem que gosta de saber que está errado.

— Olhe só como você já me conhece bem, lady Kathryn.

— Infelizmente, sinto que mal nos conhecemos. O quão bem vamos nos conhecer daqui cinco anos? Ou dez? E se eu não provar que está errado? Se você não me amar...

— Você terá sua herança. Seu pai me explicou o que você vai receber. Achei que você ficaria satisfeita com ela.

— É o que todos pensam. Minha avó também pensava assim, mas estou começando a suspeitar que ela não me conhecia tão bem. — Kathryn deu uma risada amarga. — E acho que eu também não me conhecia bem até pouco tempo. Eu tinha só 12 anos quando minha avó faleceu, e tudo o que eu queria era tê-la de volta, sentir o amor dela de novo. Mas o chalé não vai trazê-la de volta, pois o amor dela não está lá. — Ela colocou a mão sobre o coração. — Ele está aqui, dentro de mim, nas minhas lembranças.

— Não sei exatamente o que está querendo dizer.

— É, provavelmente não... — Nem ela sabia o que estava falando direito. No entanto, tinha certeza de que, se aceitasse o pedido de casamento, estaria sacrificando uma vida inteira de amor. — Algum dia, Sua Graça, espero que encontre uma mulher por quem ficará de joelhos sem pensar duas vezes. Mas, como ela não sou eu, minha resposta para seu pedido é não, não vou e não posso me casar com você.

— Tem um duque tentando entrar.

Griff estava na recepção, observando enquanto o artista que havia contratado desenhava rapidamente uma gravura da mais recente inscrita do clube em um cartão para identificá-la como membro. O homem começara a trabalhar com ele poucos dias depois da sugestão de Kathryn e era rápido, eficiente e muito talentoso.

A ideia de Kathryn era brilhante e havia agilizado a entrada dos frequentadores ao clube. Eles precisavam apenas mostrar o cartão para Billy para serem liberados. O segurança era muito habilidoso em mandar embora quem não tinha um cartão. Afastando-se do artista, Griff olhou para Billy.

— Eu avisei que duques não podem entrar, mas ele disse que não era qualquer duque. Almofadinha metido. Quase dei na fuça dele, mas achei melhor confirmar. Vai que ele está certo.

Griff só conhecia um duque tão intragável.

— Duques não podem entrar, mas vou conversar com este pessoalmente.

Quando ele saiu para o corredor, não ficou nem um pouco surpreso ao encontrar Kingsland longe do lugar em que deveria estar — do lado de fora, como com certeza fora instruído —, mas um pouquinho mais para a frente para ver a parte de dentro do clube.

— Sua Graça.

Kingsland o encarou.

— Ouvi rumores sobre esse clube. Dizem que não é bom o suficiente para herdeiros de títulos.

— *Herdeiros* é que não são bons o suficiente para *ele*.

Kingsland riu baixinho.

— Falou como um verdadeiro segundo filho. Parece estar indo bem, mas seria bom para você ter um homem de grande influência falando bem do lugar.

— Eu tenho tanto homens quanto mulheres de influência falando bem daqui.

Ele sorriu.

— Ah, sim, os Trewlove, eu suponho. Chadbourne se mostrou um crápula, não é? Virando as costas para sua irmã daquele jeito... Embora ela tenha ficado bem no fim.

— Ele recebeu uma visitinha minha e do meu irmão. E farei o mesmo com você se fizer lady Kathryn infeliz.

— A felicidade dela não é minha responsabilidade.

— Como não? Você vai ser o marido dela!

— Não vou, não.

Griff sentiu a fúria entrar em erupção dentro dele.

— Você pode desistir dela depois de todo esse tempo?

— Foi o contrário, camarada. Kathryn recusou meu pedido de casamento. Ela não gostou que não me ajoelhei para fazer o pedido, acredita? Embora eu já devesse ter esperado a recusa. Foi uma aposta da minha parte ter escolhido uma mulher que não me enviou uma carta.

Griff congelou.

— Como assim ela não enviou uma carta?

— Ora, e eu achando que você era inteligente. Estou usando palavras muito difíceis para sua compreensão?

Por Deus, como ele queria socar aquele nariz aristocrático.

— Talvez você tenha sido muito burro e não tenha reconhecido o nome dela. Ou acabou perdendo a carta dela entre as tantas que recebeu. Eu mesmo a vi escrevendo.

— Ela pode ter escrito a maldita carta, mas nunca me enviou. Depois que a conheci no parque, comecei a prestar bastante atenção e li todas procurando pela dela. Estava interessado no que ela tinha a dizer.

— Você não a conheceu no parque. Você a conheceu em um baile há dois anos. Até dançou com ela, maldição!

— É mesmo? Nossa, que coisa. — Ele estudou Griff. — Mas eu recebi a *sua* carta. Pensei que, talvez, ela o tivesse pedido para escrever para mim. Pensei que era uma estratégia brilhante. Mas, então, enquanto dançávamos no baile, descobri que ela não sabia sobre a sua carta e fiquei intrigado. Por que a escreveu?

Griff queria mandar o homem ir para o inferno, mas, em vez disso, apenas confessou:

— Por causa da aposta que fiz. Eu queria influenciar sua decisão.

E por causa de Kathryn, para que ela ganhasse o que tanto desejava. Mas ele não contaria essa parte ao imbecil.

— É uma boa razão, suponho… — Kingsland olhou ao redor. — Bom, desejo sorte com seu empreendimento. Gostaria de ter tido essa ideia. Tem um enorme potencial para gerar lucros.

O duque de Kingsland virou-se nos calcanhares e estava a caminho da porta quando Griff o parou:

— Por que demorou tanto para pedi-la em casamento? Quero a verdade, agora.

O duque olhou por cima do ombro.

— Uma vontade tola da minha parte. Estava esperando que ela me olhasse com tanto desejo como quando olhou para você aquele dia no parque.

Capítulo 21

O duque de Kingsland entrou em seu clube favorito com sua confiança habitual e foi direto para a biblioteca, onde sabia que os outros o esperavam. Ele não era um homem acostumado a perder; e não gostava nada da sensação. Seu lema era "estratégia implacável" — o mesmo dos Enxadristas,* o nome atribuído ao seu grupo de amigos na época da faculdade em Oxford. Eles sabiam jogar xadrez muito bem, assim como qualquer outro jogo. Com uma estratégia astuciosa e impiedosa, eles garantiam a vitória, e por isso eram temidos e reverenciados na mesma proporção. Eles conheciam todos os pormenores das regras, e esse conhecimento permitia que quebrassem qualquer uma para garantir que os Enxadristas sempre vencessem.

Ele avistou o trio de amigos sentado em cadeiras de couro em um canto da sala, onde sua conversa não podia ser ouvida pelos outros frequentadores. Um copo de uísque estava na mesinha perto de uma poltrona vazia. Kingsland estava sendo aguardado.

Sem cerimônias, ele afundou na poltrona de couro, pegou o copo e levantou-o no ar.

— Podem pagar, amigos.

— Não acredito — falou Bishop. — Ela recusou seu pedido?

---

* Aqui, os apelidos dos membros remetem a peças de xadrez: King (rei), Knight (cavaleiro/cavalo), Bishop (bispo) e Rook (torre). Optamos por manter os apelidos em inglês porque alguns deles são baseados nos títulos e nomes dos personagens. (N.E.)

Depois de tomar um bom gole de uísque, ele deu um sorriso consternado.

— Sim. Ela preferiu o peão ao rei.

— E como você sabia que ela recusaria seu pedido? — indagou Rook. — Nunca o vi apostar contra si mesmo, mas desta vez você não pensou duas vezes.

— Do mesmo jeito que sempre sei tudo. Eu apenas observei com atenção. Naquele dia no parque, tempos atrás, era possível sentir a tensão sexual entre os dois no ar. Eles só não sabiam disso ainda.

— Essa história vai fazer você parecer um tolo, depois de investir tanto tempo nela.

— E que escolha eu tinha? O pai dele, aquele traidor, complicou tudo, e o lordezinho precisou sumir por um tempo. Mas, assim que ele voltou, eu sabia que não demoraria muito para que tudo se resolvesse.

— E se ele não tivesse reaparecido?

— Um casamento com Kathryn não seria um martírio. Ela é incrivelmente interessante.

Não exatamente silenciosa, mas bem interessante.

— Acho que a questão agora é se o peão escolherá lady Kathryn como sua rainha... — refletiu Bishop.

— Aposto mil libras que eles se casarão antes de agosto — falou King, tentando não passar a impressão de que já considerava a aposta ganha.

— Isso é bem específico. Eu seria um tolo de aceitar essa aposta.

— Seria mesmo. Talvez eu cadastre essa aposta nos livros...

Knight o estudou.

— Para um homem que todos em Londres pensarão que saiu perdendo, você não parece muito preocupado.

— Eu não saí perdendo. Vou receber mil libras de cada um de vocês. Além disso, nunca esperei conquistá-la. Mesmo se ela concordasse em se casar comigo, acredito que o coração dela sempre seria dele.

Kingsland conseguiria viver com aquilo, já que seu coração também estaria em outro lugar. Ele não estava em busca de amor, mas poder, influência e dinheiro eram outra história...

— Um dos nossos contatos disse que Marcus Stanwick está tentando restaurar a honra da família — comentou Knight.

— Aposto duas mil libras que ele vai conseguir — desafiou King.

— Ninguém vai apostar o contrário.

— Não invejo a tarefa dele. — Mas King tinha poucas dúvidas de que o ex-futuro duque estava pronto para ela.

— Você ainda precisa de uma esposa — apontou Bishop desnecessariamente, como se fosse algo que King pudesse esquecer.

— Todos nós precisamos.

— Você vai tentar encontrar a sua do mesmo jeito de antes?

— Não vejo motivos para não o fazer. Me poupou muito trabalho.

Mas, da próxima vez, ele escolheria como sua rainha uma mulher que não passaria o casamento desejando outro.

Capítulo 22

Usando apenas sua camisola e roupas de baixo, Kathryn observava as ondas do mar sentada em uma toalha na areia, apreciando os movimentos da água e o barulho das ondas quebrando na praia. Mais cedo, ela havia tirado o vestido e mergulhado na água gelada, mas já estava quase seca pelo sol da manhã, que cobria seu corpo com o calor.

Quando ela partisse do chalé após seu aniversário, dia em que a casa seria transferida para seu primo, ela certamente teria diversas sardas no corpo, mas não se importava mais. As manchinhas marcariam não só os lugares beijados pelo sol, mas também por Griff, e ela queria ambos os lembretes.

Seus pais não ficaram nada felizes quando ela recusou a proposta do duque, mas Kathryn sabia que não teria sido feliz com ele, e nem ele com ela. Embora o pensamento não fosse nada gentil da parte dela, ela esperava que o duque encontrasse uma mulher que o deixaria de joelhos. Ela ficaria muito feliz em saber da história, pelo menos.

Depois que Kingsland saíra de sua casa e depois de enfrentar a decepção dos pais, Kathryn havia colocado sua mala na carruagem e partido para o chalé. Então, ela mandara a carruagem voltar para Londres, pois planejava ficar no litoral até completar 25 anos de idade. Ela estava em Kent havia quinze dias, aproveitando para absorver a calma e a paz do lugar o máximo que podia, para que pudesse viver com a sensação até seu cabelo ficar grisalho e seus olhos perderem a capacidade de enxergar.

Queria ficar sozinha, sem nada nem ninguém para distraí-la de sua missão de acumular o máximo de lembranças, então nem se dera ao trabalho de chamar a sra. McHenry para cuidar da casa. Todos os dias, Kathryn andava até o vilarejo para comprar comida para suas refeições simples — frutas, queijo, pão, manteiga e vinho. Muito vinho. Ia para a cama quando estava bem sonolenta e acordava quando seu corpo indicava que já havia descansado. Lia, bordava e fazia caminhadas. E dançava na praia.

Ela estava feliz. Relativamente feliz. Só precisava de mais uma coisa para ser completamente feliz: Griff. No entanto, não sabia como tê-lo. Ele deixara sua posição muito clara, não se considerava digno dela. Enquanto a possibilidade de ter o chalé ainda existisse, mesmo que agora só por meio de um casamento rápido com um completo estranho, ele sempre sentiria que estava tirando algo dela.

Mas depois de seu aniversário, quando ela não tivesse mais esperanças de ter o chalé, ele não teria mais por que se sentir culpado. Ela pediria uma nova inscrição no clube e o atormentaria com sua presença. Visitaria todas as noites com vestidos provocantes e flertaria de forma ousada. Ela lhe daria olhares sensuais e sorrisos atrevidos. E, se demorasse o resto de sua vida para tê-lo em seus braços de novo, tudo bem.

Sem o problema de adquirir o chalé em seus pensamentos, Kathryn estava livre de todas as suas restrições, e era muito agradável saber que não precisava mais se preocupar em se casar. Um casamento havia se tornado uma opção, quando antes era uma obrigação. Ela podia escolher com quem se casar. Podia se casar até com o filho do ferreiro do vilarejo e não sairia perdendo nada.

Sem querer, a avó havia colocado um peso em suas costas, e Kathryn estava grata por ter se livrado dele. O chalé não era sua vida. Nunca fora. Mas só havia percebido recentemente.

Seu pai podia estar bravo com a filha no momento, mas ele certamente arranjaria uma poupança para que ela tivesse o dinheiro para viver de forma confortável quando seu tio herdasse a maioria das coisas. E, se ele não o fizesse...

Bom, Griff havia trabalhado nas docas, então Kathryn tinha certeza de que conseguiria arranjar algum tipo de trabalho. Qualquer pessoa seria muito sortuda em tê-la como funcionária.

Kathryn viu uma movimentação com o canto do olho e virou o rosto. Então, uma onda de paixão e desejo a atingiu. Alto e esguio, musculoso e poderoso, Griff marchava em sua direção. Ele estava descalço, as barras da calça dobradas mostrando suas canelas. As mangas de sua camisa também estavam dobradas quase até o ombro, e o tecido tremulava com a brisa. Kathryn se perguntou onde estavam seu lenço de pescoço, colete e casaco, mas decidiu que não importava. Aquelas peças não tinham lugar na praia.

Ainda assim, mesmo sem elas, Griff ainda emanava o porte de um lorde. Mesmo que a Coroa tivesse tirado tudo de sua família, ele escalara o fundo do poço e reivindicara um lugar de respeito na sociedade apenas com a força de vontade. Kathryn ficou sem fôlego com a perfeição dele.

Quando ele a alcançou, Griff sentou-se de frente para ela na toalha, esticando as pernas na direção oposta das dela. A coxa dele tocou a dela e, embora houvesse duas camadas de roupa entre eles, a familiaridade do toque pareceu tão natural e íntima quanto estar deitada embaixo dele na cama.

— Você não enviou uma carta para Kingsland no ano passado. Não fez uma "entrevista".

Não era bem aquilo que ela esperava ouvir. Um pedido de desculpas, talvez. Ou até um "Percebi que não posso viver sem você" teria sido melhor...

— *Olá* para você também. Que surpresa. Como soube onde me encontrar?

— Fui até sua casa e falei com seus pais. Depois de uma longa discussão, eles me contaram com certa relutância onde você estava. — Ele a estudou por alguns segundos. — Por quê?

Pelo visto, Griff não tinha intenção alguma de ficar sem resposta, mesmo que não tivesse exatamente feito uma pergunta. Ela balançou a cabeça e mordeu o lábio inferior, tentando encontrar as palavras certas. Como explicar?

— Porque não consigo ser silenciosa. Porque não conseguia imaginar que um homem que deseja uma mulher silenciosa seria feliz com uma que gosta de dançar na praia. E eu não danço só na praia, Griff. Danço ao sair da cama de manhã, às vezes danço tarde da noite em salas vazias. Mas, acima de tudo, porque eu realmente não consigo ser silenciosa. Eu quero conversar com meu marido, quero contar sobre meus problemas e ouvir os dele. Quero compartilhar minhas opiniões sobre assuntos simples ou complexos. Quero oferecer sugestões e quero que ele ache que mesmo as piores ainda têm valor.

— Mas você não recusou o cortejo do duque depois que ele chamou seu nome no baile.

Ela deu de ombros.

— Você teve tanto trabalho para ele me escolher. O mínimo que eu podia fazer era dar a Kingsland uma chance de me impressionar.

Além disso, Griff desaparecera logo depois, e ela ainda queria o que o casamento com o duque lhe daria na época. Um ano antes, o chalé dominava seus pensamentos, sua vida. Agora, ela se recusava a deixar o lugar dominá-la daquela forma. Queria algo completamente diferente, e precisava que Griff entendesse.

— Ele finalmente me pediu em casamento, mas eu recusei.

— Eu sei. Ele foi me visitar no clube. — Bom, aquilo era uma surpresa. Era por isso que Griff sabia sobre a carta não enviada. — Por causa disso, você vai perder o chalé se não encontrar um herdeiro para se casar rapidamente.

— Nem vou me dar ao trabalho de procurar. Já decidi que não quero um marido com um título de nobreza, e é por isso que estou aqui. Estou acumulando lembranças desse lugar enquanto ainda posso.

— E depois?

— Você disse que me abandonar nunca foi fácil. Quando se tornou tão difícil?

Ele olhou para o lado, para a lateral curva da pequena alcova que lhes dava privacidade. Era uma das razões pelas quais ela sempre se sentia segura ali. Ela podia dançar sem ninguém ver, podia ser livre e alegre e não se preocupar em se comportar como uma dama da alta sociedade. Então, ele voltou a fitá-la.

— Na noite em que a beijei no jardim de Kingsland. Provavelmente bem antes.

Kathryn sentiu como se tivesse destrancado um baú e encontrado um tesouro de valor inestimável. Abandoná-la nunca fora fácil. Nada sobre ela era fácil. Assim como nada sobre ele era fácil, também, mas ela só percebera aquilo recentemente.

— Há quanto tempo você me ama?

Ele fechou os olhos, e ela observou quando ele engoliu em seco. O suspiro de Griff foi levado pelo vento, e ele finalmente abriu os olhos para encará-la.

— Desde sempre.

Kathryn sentiu os olhos arderem com as lágrimas e o peito apertar. Seu coração acelerou tanto que provavelmente nunca voltaria a bater em um ritmo normal.

— Por que nunca me contou? Por que nunca deu a entender o que sentia por mim?

— Porque eu sou um segundo filho. Anos antes de saber sobre as condições da sua herança, ouvi você e Althea conversando. Você disse que nunca se casaria com um homem sem títulos, e eu nunca teria um. E agora... — Ele desviou o olhar mais uma vez. — Kathryn, eu fiz coisas horríveis. Eu tenho sangue de outras pessoas nas minhas mãos.

A consciência do que Griff fizera não a deixava mais em choque, mas parecia que ele ainda tinha dificuldades de aceitar os fatos.

— Mas você fez tudo isso para defender outras pessoas. Fosse trabalhando nas docas para cuidar de Althea ou enfrentando homens perigosos para proteger Marcus... ou para me proteger. Kingsland não se deu ao trabalho de ajoelhar para me pedir em casamento, mas você levou seus dois joelhos ao chão sem hesitar. Mesmo sabendo que eu poderia não entender sua mensagem. Você poderia ter morrido. Você se sacrifica pelos outros sem pedir nada em troca.

— Eu não mereço nada em troca. Não quero nada em troca. Não faço isso para ganhar algo.

Kathryn já entendera que Griff não tinha escrito a carta para Kingsland por causa da maldita aposta. Ele só quisera ajudá-la a conquistar o que sempre havia desejado. No entanto, do mesmo jeito que ele havia mudado nos últimos meses, ela também mudara. Não queria mais as mesmas coisas, não dava importância para as mesmas coisas.

Ela segurou o rosto de Griff.

— Eu te amo, Griffith Stanwick. Eu recusei o pedido do duque porque prefiro passar a vida ao seu lado a um chalé no litoral.

Ele gemeu, quase como se estivesse com dor, e colocou a mão sobre a dela. Então virou o rosto e beijou a palma de sua mão.

— Ah, Kathryn, você merece muito mais que um homem como eu, que fez as coisas que fiz.

— Você está errado. Quero passar o resto da minha vida provando que você está errado, mostrando que você tem valor, que não é apenas o segundo. Que tudo que você faz tem valor. Você sempre será o primeiro para mim. Meu primeiro e único amor. E prometo que não serei nada silenciosa durante o processo nem pedirei que você seja silencioso. Você me daria a honra de ser o meu marido?

Ela o deixou de joelhos. Mesmo sentado, ele sentiu que tinha caído de joelhos de alguma forma. Parecia mais que apropriado que uma mulher como Kathryn, que acreditava em direitos iguais para ambos os gêneros, o pedisse em casamento.

Griff se aproximou dela e segurou seu rosto com as mãos ásperas, mãos que não pareciam mais defini-lo. Pelos olhos de Kathryn, a feiura do passado dele não importava — e aquilo era tudo que importava para ele. Como ela o via.

— Você entende do que está abrindo mão?

— Entendo tudo o que vou ganhar. Tudo o que sempre sonhei em ter.

Ele pressionou a testa contra a dela.

— Ah, Kathryn, você me deixa tão feliz. A honra de me casar com você será toda minha, querida. Sim, eu serei seu marido e vou amar cada minuto. Assim como amo você com toda a minha alma.

Griff tomou a boca dela em um beijo que ele queria dar desde que a vira sentada na praia, como se os lábios dela pertencessem apenas a ele. Ela era seu fundamento, seu ar, sua vida. Ela era tudo de bom no mundo e tudo o que importava para ele. Corajosa, linda e ousada.

Ela nunca enviara uma carta para o duque, nunca desejara Kingsland, e Griff havia errado ao tentar determinar o destino dela. Ele passaria o resto da vida compensando seu erro. Kathryn seria sua companheira em tudo. Sua aliada. Quem ele procuraria pedindo ajuda para tomar decisões, a pessoa que teria as opiniões de maior valor. A mulher que havia recusado um duque por um segundo filho. Que escolhera um cafajeste renegado a um cavalheiro.

E ela estava prestes a descobrir o quão cafajeste ele podia ser.

Sem interromper o beijo, ele a deitou na toalha e virou o corpo para se deitar ao lado dela. Por Deus, os beijos dela nunca seriam o suficiente.

Mas agora as coisas eram diferentes. Não havia mais culpa associada ao que estavam se permitindo sentir. Griff não corria o risco de fazê-la ficar sem o que desejava. Kathryn o escolhera.

Com um rugido, ele aprofundou o encontro de suas línguas, se deliciando quando sentiu as unhas dela cravando em seus ombros, em suas costas. Então, ela virou de lado e passou uma perna pela cintura dele, pressionando ainda mais seus corpos, até o centro úmido estar prensado contra seu pênis latejante.

As mãos dela passearam por seu peito, soltando botões durante a jornada. Quando os botões da camisa acabaram, ela partiu para os da calça.

Interrompendo o beijo para respirar, ele começou a soltar as fitas da camisola fina. Ela riu, afastou-se um pouco e começou a tirar as poucas peças que vestia, jogando-as para o lado, nem um pouco preocupada quando as roupas voaram para mais longe por conta do vento.

Ele aproveitou para tirar a camisa e a calça com rapidez.

Com sorrisos, risadas e olhares brilhantes espelhados, eles voltaram a se unir. Griff nunca sentira tanta liberdade, tanta felicidade.

Kathryn era tão pálida que sua pele praticamente reluzia na luz do sol, e ele imaginou sardas se formando onde ele beijava.

— Sempre quis vê-la na luz do dia.

— Vai ficar mais claro ao meio-dia.
— Não consigo esperar todo esse tempo para tê-la.
Ele circulou um mamilo com a língua e sugou, e Kathryn gemeu baixinho.
— Adoro como você me provoca.
— Você também me provoca.

Como se quisesse provar seu ponto, ela o empurrou para que ele se deitasse de costas e começou a provocá-lo e atormentá-lo com toques, lambidas e mordiscadas, enquanto ele fazia o mesmo com apertos e carícias. Nenhuma parte do corpo de Kathryn fugiu ao seu toque. Griff venerou cada pedacinho com as mãos.

Então, ele voltou a embalar seu rosto para que ela o encarasse.
— Não quero uma esposa silenciosa, Kathryn. Quero ouvi-la gritando o meu nome.
— Só se você gritar o meu.

Era difícil acreditar no que ela estava fazendo, ao ar livre, na praia. Pescadores raramente apareciam naquela alcova. Quase ninguém ia lá. Ainda assim, sempre havia a possibilidade de que eles poderiam ser vistos...

Mas ela não se importava nem um pouco. Não quando as mãos dele exploravam seu corpo como se cada curva nunca tivesse sido tocada. Não quando ela estava no colo dele e podia sentir o pênis ereto de Griff contra seu centro, pulsando pelo prazer que ela lhe dava.

Kathryn deslizou o corpo pelo dele e ficou de frente com aquele membro maravilhoso que podia lhe dar tanto prazer, que ajudaria a gerar filhos em seu ventre. Então, lambeu como se ele fosse um sorvete em um dia quente de verão. Griff praguejou e arqueou o corpo, afundando os dedos em seu cabelo.

— Gosta disso? — perguntou ela em tom inocente, levantando a cabeça para encará-lo.

Ela ficou surpresa por não pegar fogo instantaneamente com o calor que viu nos olhos azul-acinzentados.

Sem desviar o olhar, ela beijou a cabeça de seu membro e lambeu a gotícula que havia se formado. Então, o engoliu com a boca, e o rugido feral que Griff deu ecoou por seu corpo quando ele estremeceu. Pelo visto, ela conseguia deixá-lo louco do mesmo jeito que ele fazia com ela.

Com uma lambida lenta e molhada, Kathryn sugou e gemeu, mostrando que gostava do que estava provando. E deu um sorriso atrevido.

— Jesus, Kathryn! — Ele a alcançou e a puxou para cima. — Assim você vai me fazer gozar. E quero estar dentro de você quando isso acontecer.

— Não saia de mim dessa vez.

Ele agarrou sua cintura.

— Não vou. Nunca mais vou deixá-la.

Griff a levantou e guiou sua entrada para o membro dele, penetrando-a e preenchendo-a de uma só vez. Ela jogou a cabeça para trás, viu o topo da encosta e desejou passar a vida inteira olhando aquela vista com Griff.

Mas ela teria a lembrança do agora, de balançar-se contra ele, de mover-se no ritmo que ele havia estabelecido — lânguido no início, combinando com a cadência das ondas quebrando na praia.

Então, Kathryn sentiu como se as ondas do mar estivessem quebrando em seu corpo quando tudo começou a estremecer. Ela tocou todas as partes do corpo de Griff que conseguia alcançar, deliciando-se com a rigidez, os músculos, as curvas. Adorando a maneira como os braços dele criavam um espaço seguro para ela em um abraço. Amando o modo como Griff a olhava, como se ela fosse o sol, a lua e as estrelas.

Quando a onda final de prazer a atingiu, ela gritou o nome dele, e sua voz ecoou na alcova, sendo rapidamente seguida pelo gemido de Griff com seu nome. Os sons se misturaram, assim como suas vidas. Saciada e contente, Kathryn dobrou o corpo para a frente e descansou a cabeça no peito dele, deleitando-se com a sensação dos braços dele ao seu redor, mantendo-a perto.

Por vários minutos, ela ficou apenas parada, absorvendo o calor e o conforto de Griff. Ela não precisaria mais de danças na praia para começar o dia alegre. Tinha a ele.

— Quando devemos nos casar?

— O mais rápido possível.

— Talvez possamos nos casar na igrejinha do vilarejo.

— Podemos nos casar onde você quiser.

Eles estavam no início de junho, e ela tinha apenas algumas semanas para acumular o máximo de lembranças do lugar.

— Mas acho que, depois, você precisará voltar para Londres para cuidar do seu negócio. Como a distância não é muito grande, talvez você possa voltar para me ver todos os dias até a metade de agosto.

— Você pode ficar aqui o tempo que quiser e visitar o chalé sempre que tiver vontade.

Que tolinho. Griff aparentemente ainda não tinha se recuperado o suficiente para pensar com clareza.

— Mas o chalé será do meu primo no dia após meu aniversário — lembrou ela.

— Na verdade, Kathryn, o chalé é um presente de aniversário do seu primo pelo seu um quarto de século de vida.

Ela se sentou e fitou Griff.

— Como assim?

Ele deu um sorriso tão feliz e tão cheio de amor que ela quase derreteu.

— Ele decidiu que não terá uso para o lugar e achou melhor que ficasse com você.

— E por que ele faria isso?

— Porque ele tem segredos.

Kathryn tampou a boca com a mão, dividida entre ficar horrorizada e extasiada.

— Você ameaçou revelar os segredos dele?

— Demorei uma semana para descobrir tudo, então tivemos uma longa discussão. Por isso demorei para vir.

— Seu canalha! Se ele não fosse tão horrível, eu me sentiria mal por ele. — Ela riu e abraçou Griff com força, apesar do ângulo estranho. — E não tenho dúvida de que ele mereceu uma visita sua. Eu te amo tanto, Griff! Por que não me contou antes?

— Porque não queria que você sentisse que me devia algo antes de eu pedi-la em casamento.

245

— Você estava planejando me pedir em casamento?

— Aham. Mas gostei de como as coisas aconteceram.

Ela também. Mesmo assim, Kathryn adorou saber que ele a pediria em casamento se ela não tivesse pedido primeiro.

— Conseguir o chalé deve ter dado muito trabalho.

— De fato. Mas, desta vez, não vou pedir nada em troca, pois já me deu a única coisa que eu gostaria: você.

Eles se casaram em uma manhã ensolarada de domingo na igrejinha do vilarejo, na companhia apenas de familiares e amigos próximos. Kathryn tinha certeza de que os curiosos teriam lotado os bancos de Westminster se a cerimônia tivesse sido lá, mas ela não queria compartilhar sua felicidade com aqueles que haviam virado as costas para Griff.

Seus pais não estavam exatamente felizes, não entendiam por que ela escolhera um renegado a um duque, mas haviam dado sua benção à união, e seu pai a levou até o altar. Althea e o marido estavam presentes, mas Marcus não apareceu. Embora Griff tentasse não demonstrar, Kathryn percebeu que ele estava preocupado com o irmão e com a falta de notícias desde a noite às margens do Tâmisa.

Após a cerimônia, todos foram à praia para um piquenique preparado pela sra. McHenry. Sanduíches simples com champanhe e vinho.

O som de risadas e conversas flutuavam com o vento, e o sol irradiava nos sorrisos dos convidados. Enquanto alguns homens do vilarejo tocavam violino, eles valsaram na areia.

— Está feliz? — perguntou Griff.

— Muito. O dia de hoje está perfeito. Absolutamente perfeito.

— Espere até nos livrarmos de todo mundo... — Sorrindo, ele apontou a cabeça para o grupo composto pelos Trewlove, Wilhelmina e os pais de Kathryn. — E eu puder fazer o que quero com você. Isso sim será perfeição.

Ela se aproximou dele, os seios roçando em seu peitoral.

— O que está pensando em fazer?

— Quero fazer amor com você até de madrugada. — Então, ele franziu a testa. — Quem é ela?

Ele a virou para que os dois olhassem pelo caminho da casa até a praia. Uma mulher usando um vestido azul-marinho recatado descia a encosta.

— Não sei. Nunca a vi no vilarejo. Talvez seja melhor explicarmos que é uma festa particular.

Ela enlaçou seu braço no de Griff e os dois foram até a mulher, que parecia apenas um pouco mais velha que Kathryn.

— Olá. Podemos ajudar?

A estranha a estudou com olhos sérios dos pés — Kathryn estava descalça — à cabeça.

— Você é a sra. Griffith Stanwick?

Kathryn sorriu.

— Como adivinhou?

— O vestido branco e o véu — respondeu a jovem com tanta seriedade que Kathryn se perguntou se deveria explicar que a pergunta fora uma brincadeira. Mas antes que pudesse falar alguma coisa...

— Sou a srta. Pettypeace, secretária do duque de Kingsland. Ele me pediu para entregar isso a você no dia do seu casamento. Como pareceu algo muito importante, vim pessoalmente.

Kathryn pegou o envelope que ela lhe ofereceu.

— O que é isso?

— Algo que ele gostaria que fosse seu.

A srta. Pettypeace parecia levar tudo ao pé da letra.

— Espero que o duque esteja bem.

— E por que não estaria?

Bom, obviamente o homem não estava sofrendo de um coração partido, o que deixou Kathryn aliviada.

— Tenha um bom dia, sra. Stanwick.

A mulher se virou para ir embora.

— Srta. Pettypeace? — Ela se virou e esperou. — Você gostaria de beber ou comer alguma coisa antes de partir?

— Obrigada, mas não tenho tempo para frivolidades. Preciso retornar para Londres e cuidar de assuntos de negócios para o duque.

— Faça uma boa viagem, então.

A secretária acenou e voltou a subir a encosta.

— Bom, ela parece bem eficiente, mesmo… — comentou Kathryn.

— Você vai abrir a carta?

Ela colocou o envelope no bolso do casaco de Griff.

— Vou ler mais tarde. Tenho uma valsa para terminar.

E outra. E mais uma. Enquanto o sol descia no horizonte e todos bebiam champanhe, compartilhando a felicidade do casal.

Quando o sol se pôs, todos brindaram mais uma vez antes de se despedirem. E enquanto Griff acompanhava Althea e o cunhado até a carruagem para trocarem mais algumas palavras, Kathryn leu a carta de Kingsland perto da encosta.

Querida sra. Stanwick,

Pensei muito sobre lhe enviar isso, mas decidi que é algo seu.
Eu desejaria toda a felicidade do mundo, mas não faz sentido desejar a uma pessoa o que ela já tem.

Carinhosamente,
Kingsland

Kathryn não ficou surpresa pelo bilhete curto e direto — um casamento com ele deveria ser igual. Além disso, talvez o duque soubesse que nada que escrevesse poderia ser comparado à outra carta no envelope.

Digníssimo duque,

Você pediu às damas para que explicassem por que você deveria se sentir honrado em tê-las como duquesa.

Eu diria que você não deveria desejar uma mulher que acredita que é uma honra ter sua atenção. Na verdade, você deveria procurar uma dama que o faz perceber que é uma honra ter a atenção dela.

Para esse fim, sugiro que escolha lady Kathryn Lambert, filha única do conde de Ridgeway. Infelizmente, ela não costu-

ma reconhecer os atributos que possui e a fazem tão incrivelmente atraente para um homem, e aposto que a carta dela vai fazê-lo dormir no meio da leitura do primeiro parágrafo. Por isso, decidi colaborar com a campanha do porquê ela deveria ser a próxima duquesa de Kingsland.

Como você sem dúvida notou durante nosso encontro no parque, ela tem um raciocínio rápido, uma língua mordaz e uma mente afiada. Ela é uma excelente conversadora e, embora você queira uma esposa silenciosa, acredito que descobrirá ser um erro não considerar a opinião dela em diversos assuntos, seja sobre a casa, seus negócios ou o gerenciamento de suas várias propriedades. Ela tem pensamentos muito concisos e pode oferecer pontos de vista que talvez você não considerasse. Ela nunca demonstrou ser inconstante ou irritantemente insípida.

Sua mera presença faz um homem desejar conhecer a intimidade de seus pensamentos, seus mais secretos desejos, seu toque. Como o mais fino dos vinhos, ela é ousada, encorpada e tentadora. Nunca decepciona e nunca é a mesma, e sempre oferece outro aspecto a ser descoberto. Uma vida inteira ao seu lado nunca será o suficiente. Ela é uma criatura complicada, complexa e merecedora do amor de qualquer homem. Não tenho dúvidas de que, com o tempo, você colocará seu coração nas mãos dela por vontade própria.

Você seria um tolo de deixá-la escapar, Kingsland. Confie em mim: não há outra mulher no mundo todo que seria uma duquesa melhor que ela.

Com respeito,
Lorde Griffith Stanwick

Kathryn apertou a carta contra o peito, tomando cuidado para não amassar ou rasgar o papel, pois pretendia guardá-la para todo o sempre. Kingsland estava certo. A carta era dela, assim como o homem que a escrevera.

— O que Kingsland escreveu?

Ela se virou, observando o marido se aproximar até sentir as mãos dele em sua cintura e ser puxada para mais perto.

— Ele me deu sua carta.

Griff suspirou.

— Aquele paspalho...

Com um sorriso, ela passou um braço pela nuca dele e pressionou a outra mão em seu peitoral, exatamente onde seu coração batia — batia por ela.

— Um ano atrás, eu acreditaria que suas palavras eram mentirosas, mas agora sei de toda a verdade. Não há outro homem em todo o mundo que seria um marido melhor que você.

Ele deu um leve rosnado e reivindicou sua boca, seu coração, com uma paixão desenfreada.

E quando as estrelas começaram a brilhar no céu, ele a pegou no colo e a levou para dentro do chalé, onde fariam muitas memórias e realizariam muitos sonhos.

Epílogo

Chalé Windswept
Alguns anos depois

Do alto da encosta, sob a luz do sol do fim da manhã, Griff observava a esposa e as três filhas — a mais velha com 8 anos — se divertindo na água do mar. Elas vestiam apenas as camisolas e roupas de baixo, mas só ele estava ali para ver.

Sua esposa deu um gritinho e correu para a areia, e o vento carregou sua risada até ele. Uma série de gritinhos das filhas soaram em seguida, e todas saíram da água, levantaram os braços para o sol, ficaram na ponta dos pés e começaram a sacudir como a muda de uma árvore em uma tempestade. Mas não havia tempestade no horizonte. O sol havia dissipado a névoa da manhã e prometia um dia claro com um mar quase cristalino. Então, todas começaram a girar em sincronia — um ritual cheio de risadas, sorrisos e, às vezes, música.

Griff nunca sentira tanta paz ou felicidade. Seus anjos não tinham uma única preocupação na vida e ele não podia estar mais feliz. Ele também faria tudo para garantir que elas nunca passassem necessidade, e já tinha preparado poupanças para que elas fossem independentes quando completassem 25 anos. Elas podiam se casar se quisessem, mas não seriam obrigadas a fazê-lo para ter o que desejassem. Não havia condição alguma para receberem o dinheiro.

Mesmo com a melhor das intenções, a avó de Kathryn quase a condenara a uma vida sem amor. Bom, não toda a vida, mas a um casamento, pois ela teria tido o amor dele, mesmo que não tivesse seu nome. Sempre teria o amor dele. E, agora, ela tinha os dois.

Kathryn olhou para cima, colocou uma mão acima das sobrancelhas para proteger os olhos do sol e acenou com a outra.

— Venha!

Ele não precisava do convite e já planejava se juntar à família, mas quis aproveitar um momento para observar com orgulho o que tinha conquistado, o que achou que nunca teria.

Depois de descer pela encosta até a praia, Griff foi rodeado pelas filhas, que pegaram suas mãos — nem um pouco incomodadas com suas cicatrizes — e sorriram para ele. As meninas eram quase miniaturas de Kathryn, todas com o mesmo tom de cabelo e dos olhos da mãe, além de traços parecidos nos rostos. Griff não mudaria nada se tivesse escolha. Elas eram perfeitas.

— Papai, você pode nos levar até o fundo? — perguntou a filha mais velha, citando o nível onde o mar passava de seus umbigos, onde elas podiam jogar água para todos os lados e fazer bagunça enquanto se seguravam nele.

— Por favor? — pediu a filha do meio.

— Por favorzinho? — acrescentou a caçula.

— Posso, mas preciso conversar com sua mãe antes.

— Você quer é dar um beijo nela.

A filha mais velha era inteligente e não tinha papas na língua. Ele sorriu.

— Bom, isso também.

— Podem ir na frente, meninas — falou Kathryn. — Façam um castelo de areia enquanto converso com seu pai.

— Você vai é beijá-lo — disse a mais velha, e então deu uma risadinha acompanhada das irmãs antes de todas saírem correndo.

Sua esposa o abraçou e o beijou como se eles não tivessem feito amor poucas horas antes, como se não tivessem se beijado intensamente. Não que ele se importasse com a demonstração de paixão. Mesmo que vivesse por cem anos, Griff nunca se cansaria dela.

Ela interrompeu o beijo e o fitou.

— O que a carta dizia?

Ele havia recebido uma carta de Althea naquela manhã e ficara em casa para ler a correspondência, por isso não estava na praia com a família. O atraso lhe dera a oportunidade de observar a esposa e as filhas de longe, e ele aproveitou a chance para guardar a visão na memória, para lembrar como chegara perto de não ter nada daquilo.

— Althea nos convidou para visitá-los na Escócia por algumas semanas.

— As meninas ficarão muito felizes. Elas sempre se divertem muito quando visitam os primos.

Abaixando a cabeça, ele mordiscou aquele lugarzinho especial atrás da orelha dela.

— E você? Vai ficar feliz?

— Você me faz feliz.

— É mesmo?

— Sim. Você também está feliz?

Ele se afastou para fitá-la. Naquele momento, o tom de seus olhos espelhava a cor do mar.

— Como eu não estaria? Para um homem que era para ser apenas um filho extra, acho que estou muito bem. — O clube era um grande sucesso, e ele fizera ótimos investimentos que se pagaram ao longo dos anos. — Tenho uma esposa que já foi cortejada por um duque.

Ela sorriu.

— E por que eu escolheria um duque a um canalha renegado? Especialmente quando era o renegado que eu queria? O renegado do meu coração. — Ela embalou o rosto dele com as mãos. — Eu amo esse chalé, mas não mais do que eu amo você.

— Você é tudo para mim, Kathryn. Você e as meninas.

Griff capturou a boca dela em mais um beijo, sabendo que ainda tinha um longo caminho pela frente para ser merecedor, mas sem ser tolo o suficiente para abrir mão de Kathryn. Ela o completava, o fazia se sentir inteiro.

Enquanto a brisa soprava, as gaivotas grasnavam e as ondas batiam na areia, ele a pegou no colo e a girou. A risada de Kathryn, o som mais doce do mundo, ecoou pela praia.

Depois de levar cada uma das filhas para o fundo, Griff levaria a esposa ao chalé que ela tanto amava e para a cama, onde mostraria o quanto ele a amava. Com Kathryn, seu passado e o de sua família não importavam. Tudo o que importava era o amor que sentiam um pelo outro.

Nota da Autora

Do início do século XIX até pelo menos a década de 1850, existiam nas partes menos afluentes de Londres os chamados "clubes mistos" — lugares onde homens e mulheres não comprometidos se encontravam e passavam o tempo de forma íntima. Um clube de solteirões, basicamente. Com o tempo, tais clubes começaram a desaparecer, e o aspecto sexual acabou sendo substituído por atividades mais sociais, como música e outras formas de entretenimento.

Embora seja improvável que Griff tenha visitado um desses clubes em sua juventude rebelde, a licença literária é algo maravilhoso — e é possível que este local raro ainda estivesse funcionando para servir de inspiração ao clube dele.

Este livro foi impresso pela Vozes,
em 2022, para a Harlequin.
O papel do miolo é Pólen Natural 80g/m²,
e o da capa é Cartão Supremo 250g/m².